真金白銀说红楼

张麒 著

中国经济出版社
CHINA ECONOMIC PUBLISHING HOUSE
·北京·

图书在版编目（CIP）数据

真金白银说红楼／张麒著．
—北京：中国经济出版社，2019.4
ISBN 978－7－5136－5187－5

Ⅰ.①真… Ⅱ.①张… Ⅲ.①《红楼梦》研究 Ⅳ.①I207.411

中国版本图书馆 CIP 数据核字（2018）第 091857 号

责任编辑　伏建全　孙喆浩
责任印制　马小宾
封面设计　任燕飞

出版发行　中国经济出版社
印 刷 者　北京艾普海德印刷有限公司
经 销 者　各地新华书店
开　　本　710mm×1000mm　1/16
印　　张　17.25
字　　数　200 千字
版　　次　2019 年 4 月第 1 版
印　　次　2019 年 4 月第 1 次
定　　价　68.00 元
广告经营许可证　京西工商广字第 8179 号

中国经济出版社 **网址** www.economyph.com **社址** 北京市西城区百万庄北街 3 号 **邮编** 100037
本版图书如存在印装质量问题，请与本社发行中心联系调换（联系电话：010－68330607）

序

胡文彬

《红楼梦》是一部文备众体、思接千古的经典名著。诚如前贤所云："《红楼梦》乃开天辟地，从古至今第一部好小说，当与日月争光，万古不磨者"（黄遵宪与日本友人笔谈遗稿），故此书传世以来，"不胫而走"，渐成一门显学——"红学"，乃至众口铄金："红楼夺目红"！

据我的阅读记忆，《红楼梦》研究界的学者，不仅有来自文学界、文化学界，而且还有出身名门的化学家、光学家、数学家、天文学家、历史学家、知名作家、评论家，园林、古建专家，书法绘画专家，医学家及养生专家……他们都从《红楼梦》中找到自己喜欢的研究对象，著书立说，为红学研究事业争光流彩，从而为红学研究做出自己的贡献！

但令我感到兴奋的是，一大批治学有成的经济学家加入到浩浩荡荡的红学队伍中来，并写出了许多《红楼梦》与中国经济学相关的研究著作。毫无疑问，这些著作不仅能帮助读者了解十八世纪中国的经济状况，还让我们进一步认识了《红楼梦》中有关"经济"方面精致描写的重要意义！例如，著名学者李辰冬先生早在二十世纪三十年代（1935 年）发表的《红楼梦的世界》一文第五部分专门列了"经济类"。他在该文"结束语"中写道："宁荣二府之所以衰败，是因为工作的人太少。而消费的人太多，然又不能节省以致坐吃山空。这是一个家室的衰败的原因，扩而论之，也是一个国家衰败的原因。"继李先生大文之后，王增宝等六位学者在 1944 年撰写长篇论文《红楼梦与中国经济——从一部文学巨著看一个中国社会》。在该文中，作者们从“红楼梦时代——十八世纪的中国”。“生产、流通、分配与消费——《红楼梦》时代的社会经济” “王熙凤与贾探春——两个理财家” “从贾太君到刘姥姥——《红楼梦》时代的社会阶段”等五个方面论证了“《红楼梦》不只是中国一部光辉的文学遗产，而且是一部不可多得的中国某一时期社会经济的实录——它给予了我们更多的证据，使我们在今天能对当代的中国经济有较深切与充分的了解。这一点在我们看来比发掘那些修改过的文献还有价值。”时间虽久，言犹在耳！

历史进入二十世纪五十年代后，著名的历史学家、经济学者王亚南、翦伯赞、傅依凌、吴晗、吴大琨等先进都曾撰文讨论《红楼梦》中“经济”描写的重要意义。时至二十世纪九十年代，湖南学者谭立刚先生先后出版了《红楼梦社经面面观》（1991 年）、《清代金融话红楼》（1994 年）两部专著，将《红楼梦》中的“经济学”研究推向了一个新阶段，其功不在禹下！

当历史的巨轮驶进二十一世纪的时候，资深媒体人、文化学者、中国中小企业研究院研究员、云南师范大学云南教育决策咨询智库研究员张麒先生，秉持“学术创新精神”，倾注二十年心血从经济学角度研究《红楼梦》中的“经济学”，出版了《红楼梦经济学》（2015 年）一书，为《红楼梦》的“经济学”研究做出了新一代的贡献。据媒体报道，该书出版后一年之内再版两次，深受海内外读者的好评和热烈欢迎！

成功不仅给张麒先生带来荣誉和慰藉，而且也给他带来无限的鼓舞和信心。在近两三年中，张麒先生废寝忘食，终于完成了新著《真金白银说红楼》一书。在即将付梓之际，张麒先生邀我为该书撰写序文。作为一个喜欢《红楼梦》也研究一点儿《红楼梦》的人，我读到张麒先生的新著是兴奋的，深表敬意！期盼是书早日问世传奇。张麒先生的这本新著，对《红楼梦》研究领域的拓展和延伸以及研究方法，对当下的《红楼梦》学术研究的方向具有一定的引领启发意义，值得从事《红楼梦》研究的人们重视和借鉴！这里，我也想把自己阅读书稿过程中的一些个人感受告诉给张麒先生并与阅读本书的读者共同分享！

《真金白银说红楼》全书六大部分，分别是：“经济大书”（内容包括“《红楼梦》是一部经济大书”“贾府的经济来源和日常运转”“贾府落败的经济学批判”），从这三个题目中可以看出本书的“宗旨”，或曰统领全书的“大纲”——“开宗明义”！其后有“经济人物”“经济故事”“经济分析”“经济评判”“经济原理”，共计六部分。当我细心品读这六大部分书稿后，觉得张麒先生对《红楼梦》一书中的“经济学”有许多新的“关注点”、新视角和新解析，值得我们读者关注并进行研讨：

其一，“《红楼梦》一书披露了清代初叶众多经济事件，演绎了当时许多的经济情节，描写了清代初叶国家经济生态和朝廷、府邸、下层平民的生存状态，一幕一幕，堪称清初的一部经济百科全书。细细研读，可窥探清初朝廷的政治演变，贾府及其他三大家族的兴衰轨迹，也可为‘红楼’中众多人物的情感档案增加一些经济注脚，看清他们‘爱’的花朵之下的土壤结构变化。他们因虚妄的美丽而绽放，因苦涩的挣扎而无奈。”

其二，“《红楼梦》曲折地反映了底层穷苦人们的生活疾苦和国家经济基础的脆弱，尤其是土地制度的积弊，具有鲜明的殷鉴意义。尤其是通过一座钟鸣鼎食的贾府去观照社会，通过贾府的人群来对比底层平民，更具有讽喻和批判性。”

其三，“读一部《红楼梦》，不能只看到‘情’字，更应该看到具有历史印记的‘经济’，看到一部清初人生经济账目和一页页改不掉、褪不了色的经济清单。曹雪芹不厌其烦地详细明了地记载的贾府经济用度流水账，装订成册就是贾家从发家到中兴，由中兴到消亡的家族兴衰史，也就是清代初期社会动荡和经济剧烈变革的发展史。这种有意记载别具匠心……”我以为作者阅读视野很广阔深邃，是值得我们学习的。

其四，在本书中张麒先生将大量的经济学“术语”引进“红学”研究中，给沉闷枯燥的“论述”带来一股新风和新视角、新境界。诸如“高消费”“会所”“空心化”“常态化”“工匠精神”“优化资产”“众筹”“供给侧”“饥饿疗法”“用户”“财富榜”“垄断经济”“商用房”“文化消费”“选秀”……使论述打上了鲜明的时代印迹，令我惊叹不已！

张麒先生语重心长，以一片拳拳爱国心来探讨《红楼梦》中的“经济学”。他写道：“贾府豪门的落败，是大清江山社稷落败的预演和序幕！后世的治国者，当从中汲取深刻的教训！”如果我没有误读张先生大著的话，这两段文字当是全书的“题旨”！

《红楼梦》隽立千古，曹雪芹普度众生！

是为序！

胡文彬

戊戌菊秋

于古月山房

（作者系著名红学家，中国红楼梦学会学术委员会主任，著有《红楼梦与中国文化论稿》《红楼梦人物》《列藏本石头记管窥》等数十种，在学术界尤其是红学界享有很高声誉和广泛影响）

跋

《红楼梦》解读的另一种可能

周国和

《红楼梦》与经济学有啥关系？在认识张麒先生之前，虽然也在大学中文系混过几年光景，但自己少有红学阅历，确实没想过它会有啥关系。

以一部文学作品成就一门散发持久魅力并让许多人痴迷其中的研究学科，四大古典名著中，当首推《红楼梦》不可；以一种独特的经济学角度来钻研解读《红楼梦》，并让其在文学魅力上更添经济学光彩，从而拓展红学研究门类，以我本人有限的视野来看，当首推张麒先生不可。

还记得三年前在深圳市社科院召开的一个学术会议，会议的主题就是张麒先生的《红楼梦》经济学研究，我作为特区报社的编辑忝陪末座。当时使我非常惊奇的是，在深圳这个商业氛围浓厚的滚滚大潮中，竟然还有人安坐书桌前，青灯黄卷伴更长，花落银釭午夜香，研究红楼尤可，而且是从经济的角度研究红楼且颇有崭获，于是惊为奇人，从此就赖上了他。我约他继续写红楼梦经济是副业，他常常约我小酌长谈是主业。张麒先生是安徽文人，安徽文人了得，不要说永远的“新青年”陈独秀等，就是我素来景仰的胡适先生一人，就顶中国现代文化史的半壁江山，每每与张麒先生斟饮相对，便觉得自己又多沾了一点徽文化的光，也多了一份对红楼梦和经济学的了解。

经济学是一门关于物质财富生产的学问，研究人们的行为与稀缺性资源之间的关系，研究如何最有效地配置资源，例如生产什么、如何生产、如何分配等，如何以最小的成本获取最大的效用。二百多年前亚当·斯密开创了经济学研究的先河，1900 年严复完成了亚当·斯密的经济学名著《国民财富的性质和原因的研究》的第一个中译本，取名《原富》，即《国富论》，其“看不见的手”的经济学观点洞彻了国民财富生产的秘诀，也成为市场经济运行的圣经。一百多年前，严复希望借此转变国人的观念，培育市场经济的微观基础，构建自由经济竞争的制度。然而，直到一百年后的今天，我们才真正认识到市场经济的魅力。一个国家，如果将亚当·斯密所倡导的自由、民主等价值观作为实现国家富强的工具，让市场在资源配置中发挥决定性作用，这个国家就会融入世界文明大潮而走向富强。

我们错过了《国富论》二百年，但是我们没有错过《红楼梦》。作为一部成书于清朝中期的文学作品，《红楼梦》是一部具有高度思想性和艺术性的伟大作品，自成书以来就备受关注，因其思想的丰富性而吸引无数学者对其深入研究，以致“红学”成为一门显学。

按照德国康茨坦斯大学文艺学教授姚斯 1967 年提出的接受美学，一个作品，即使印成书，在读者没有阅读之前也只是半成品。接受是读者的审美经验创造作品的过程，它发掘出作品中的种种意蕴，经典作品也只有当其被接受时才存在。《红楼梦》之所以成为经典，是因为它作为一部清代百科全书般的文学文本，一直以来被不同社会、不同时代的读者不断接受、解读所形成。不同时代不同的人会有不同的看法，普通读者如此，更何况文人大家。如鲁迅将其定义为“人情小说”，脂砚斋《凡例》评论道，此书只是着意于闺中，故叙闺中之事切，略涉于外事者则简。王国维《红楼梦评论》认为，《红楼梦》一书与喜剧相反，彻头彻尾之悲剧也。胡适《红楼梦考证》则认为《红楼梦》是曹雪芹的自叙传。蔡元培《红楼梦索隐》更是认为，《红楼梦》乃揭清之失，悼明之亡。

《红楼梦》是曹雪芹穷困潦倒感时伤怀而写就，本来只是写写家族发展史，没想到一不小心就成就了伟大著作，其写尽人间世态炎凉，写尽世上悲欢离合，写尽凡间兴衰变化，苦雨凄风，悲音大盛，变幻莫测，前所未有。

但是，正如张麒先生所言，《红楼梦》尽管是一部文学作品，但写实成分很重，尤其是对清初豪门大户衣食住行方面的刻画描写，揉进了作者曹雪芹的家事和当朝及史上一些有名有姓人物的家庭生活事迹、掌故，有不少故事情节简直就是明搬实录。所以，《红楼梦》是“假拟府邸，真有故事”，其记载的经济生活情节，值得我们审视和借鉴。

正是其写实的细节，让后来读者能从中发现许多真实的历史，甚至能复原当时的生活状况，而这些所有的生活细节构成了当时经济史的基本元素，也成了学者们研究清代经济的历史样本。看看曹雪芹在书中第五十三回列出的当时贾府过年所需物品的一份清单——“乌进孝进账清单”，其不厌其详地记录了大鹿、獐子、袍、熊掌、海参、蛏干、大对虾多少，猪的品种就有暹猪、汤猪、龙猪、野猪、家腊猪等，各多少只；羊又分为青羊、家汤羊、家风羊，各多少只，等等，其山珍海味无奇不有，而从这张清单中就可看出当时富豪人家的富裕程度与清代的经济状况和等级生活。

正是这些无意中的详细写实，让《红楼梦》的经济意义和经济学价值更加凸显，正如张麒先生所言：“摭谈红楼经济，是因为《红楼梦》一书披露了清代初叶众多经济事件，演绎了当时许多的经济情节，描写了清代初叶国家经济生态和朝廷、府邸、下层平民的生存状态，一幕一幕，堪称清初的一部经济百科全书。细细研读，可窥探清初朝廷的政治演变，贾府及其他三大家族的兴衰轨迹，也可为“红楼”中众多人物的情感档案增加一些经济注脚，看清他们‘爱’的花朵之下的土壤结构变化。他们因虚妄的美丽而绽放，因苦涩的挣扎而无奈。”

只要看看本书的一些题目，就可以看出张麒先生对红楼梦经济学的研究之独到与细致：王熙凤资本运作的“黑匣子”、贾母化解经济危机的供给侧思维、探春承包经营“新政”的基石、红楼梦里面的“众筹”、《红楼梦》“饥饿疗法”的当下意义、红楼梦中的“三农”问题、从贾府的洋货看清初经济贸易、从贾府用“香”谈香料时代的经济应对、红楼梦中的行为经济学分析，等等，不一而足，无不从一个细节或者一个现象来分析当时的经济情况，从而总结一些经济学意义的规律。

比如《红楼梦》第十六回里，写王熙凤与丈夫贾琏的奶妈赵嬷嬷闲拉呱，扯到贾府的始祖为康熙南巡接驾和王熙凤的祖上掌管海关事务和主管对外贸易的事，切中了前清海关关防和对外贸易的基本史实。

张麒认为，《红楼梦》里“王熙凤和赵嬷嬷的对话”情节，是有充足的史实根据的：康熙统治时期，对外贸易有声有色。康熙帝曾多次颁布圣谕，令各关口减免外国商船的关税，以刺激进口贸易。当时的中国沿海对外贸易分东洋、南洋、西洋三个区域。如南洋贸易，就是与南洋各国交易大米及土特产。其中，清朝为满足特权阶层的需要，从南洋进口香料占了很大比重。

史学界最新研究成果表明，从 1644 年清朝人关至乾隆二十二年（1757 年）这一百多年间，清初的对外贸易先后经历了“顺其自然”“政策锁国”和“被迫开放”三个阶段。王熙凤所说的事当发生在第三阶段。

当然，这里所说的开放，是清廷为保政权而被迫采用的救急措施，并非实施国家富强的基本政策，那时的贸易也是被列强枪炮打开的。清廷当时还是以天朝上国自居，夜郎自大，闭关锁国仍是主策，统治者根本没有世界眼光，无法认识到国贵自主、民贵自由的现代政治理念，更不用说有现代经济常识，无法认识到贸易是国民财富增长的基本手段，更无法认识到市场经济是国家富强的基本国策。一个老子天下第一的昏聩朝廷，一群成天溜须拍马的无知奴才官僚，如何带领一个封建国家进行现代化转型，清朝的灭亡是自然而然的。

确定合理的关税，与各国进行正常的贸易往来，实现与贸易国互利共赢，这是非常重要的国策，关涉经济和国际政治。《红楼梦》里的这些文字记载，尽管语焉不详，但对我们梳理清初的国家开放和对外贸易历史，从而积极应对当下的诸多世贸问题，仍有一定的借鉴意义。

我有幸作为本书许多篇章的第一读者，除了经常向张麒先生催稿外，更多地是与他小酌闲谈，从他的文章中我看到了《红楼梦》的经济学解读，也看到了一个作者对国家富强之路上下求索的忧心忡忡与一个知识分子的坚守与良知。

祝贺《真金白银说红楼》一书的出版，它让人们看到红楼梦解读的另一种可能。

2018 年 9 月 15 日于深圳

（作者系资深媒体人、理论研究专家、深圳特区报《理论周刊》主编）

目　录

03

经济故事

大有大的难处

04

经济分析

六亲同运

01
经济大书

《红楼梦》是一部经济大书，内中有贾府的经济来源和日常运转。一部《红楼梦》的情感史，其实就是一部活生生的清初经济史。

《红楼梦》是一部经济大书

可以这样说，一部《红楼梦》的情感史，其实就是一部活生生的清初经济史。贾、史、王、薛王公贵胄的风流账和承欢享乐账，正是清初封建士大夫阶层生活状况的活写真。

如今，曹雪芹所著的《红楼梦》无疑已成为一门显学，这一巨著不朽的意义就在于其成书近300年间，不断被人们欣赏、剖析、挖掘和阐释。人们欣赏它，是因为中国文学史上尚无任何一部著作在塑造人物形象上堪与之媲美；人们剖析它，是因为其文本中的文化内涵精深而博大，无边又无际。对此，人们阐释不清，又欲罢不能。刚厘清了一桩，又迅即被无数纷繁的头绪而搅乱，真可谓说清了东府又被西府所障眼，顺从了西风而又为东风所折服。

说《红楼梦》是情学，是因为“红楼”里的众儿女一直为情所困、为情所惑，最终更为情而殁。就连著书人曹雪芹也说：大旨谈情。

贾政、贾赦等《红楼梦》中衮衮诸公，情依皇权，情系皇家，其喜怒哀乐无不与朝政、皇族有关，其一举一动便不得不畏首畏尾，左顾右盼，动辄陷入进亦不能退亦不是的境地。这种政治情怀，让人哀怜，也令人感慨。满人入关后建立的大清政权，一直满汉纠缠，时而说“满”，时而道

“汉”。朝政风云变幻，在庙堂也在朝野，叫为官又为奴的贾府载沉亦载浮，同时令贾府的主仆们诚惶诚恐，惴惴不安。这种情势和情形，书中随处都有记载，贾府老少爷儿们既卑微又骄狂的家国情怀笼罩不散，沁肌彻骨。

然而，不管朝云暮雨，也无论风摧大树，只要树未倒、卵未覆，贾府红楼都有既定的繁华和热闹，大观园里的儿女们都会按节气时令呈现一番儿女情长，一如四季里的草木，枯荣兼有，长篇大套，美不胜收……

曹雪芹在《红楼梦》中“大旨谈情”，讲了许多故事，写了众多人物，其绽放的艺术之花，犹如喷发的岩浆，流金淌银，曾经让斯时斯地的星空都为之格外璀璨，也让后世200余年来的人们置身于红楼遗址，生发无尽的缅怀和遐想。后人（包括诸多红学家）们在“红楼梦”这座火山口里，每每捡拾到一块骆驼金或猫眼玉什么的，便欣喜若狂，他们只端详到花红柳绿，或只闻得笙歌繁弦，再进一步可能看得到如花的丽人、似水的骨肉而每每掉进温柔富贵之乡，还原得偷情和艳遇；或失足于“千红之窟”，体验式地拾得小姐的胭脂和丫头们的香囊；再要么就是拾得黛玉泪珠的琥珀，看得她所葬的花一片片复活，或是更幸运地寻得了宝二爷的通灵宝玉和他一寸寸断了的儿女情长……然而，这些毕竟还是审美的第一个层次，属于审视美物的一个立面。那么，《红楼梦》审美的第二个层次是什么呢？它所呈现美的另一个立面又在哪里？这一点却历来为人们所忽视或不屑，包括那些曾经和现在都很“显”的红学家们。而我所认为的这一层正是《红楼梦》的经济意义和经济学价值，所谓“摭谈经济”是也。

说“摭谈经济”，是因为《红楼梦》一书披露了清代初叶众多经济事件，演绎了当时许多的经济情节，描写了清代初叶国家经济生态和朝廷、府邸、下层平民的生存状态，一幕一幕，堪称清初的一部经济百科全书。细细研读，可窥探清初朝廷的政治演变，贾府及其他三大家族的兴衰轨迹，也可为“红楼”中众多人物的情感档案增加一些经济注脚，看清他们在“爱”的花朵之下的土壤结构变化。他们因虚妄的美丽而绽放，因苦涩的挣扎而无奈。

首先，红楼贾府的兴衰与清朝廷的政治经济嬗变息息相关，贾府被抄家从而一蹶不振就是雍正即位初期追讨国库欠银那一桩桩案例的缩影。

贾府二门的始祖贾演、贾源自大清龙兴即追随始祖爱新觉罗·布库里雍顺（明朝时期的建州满族或称为女真族领袖，在清朝统一中国后，被追封为“清始祖”），是孝庄皇后的包衣奴才。贾演、贾源某一房的妇人甚至还做了顺治爷的奶妈子，康熙皇帝幼小时还喝过她们的奶水。因贾府有战功，又是帝王家的奴仆，故贾演、贾源分别被封为宁国公、荣国公，世袭罔替，到《红楼梦》书中的贾宝玉辈乃为第四代，至贾兰为第五代。然而，“其兴也勃焉，其亡也忽焉”。当初的钟鸣鼎食之家，一如烈火烹油，鲜花着锦，百年间就变得家徒四壁，呼啦啦大厦倾塌，真应了“君子之泽，五世而斩”“穷不过三世，富不过五代”的铁律。

《红楼梦》里的故事情节，许多都是康熙、雍正两朝经济事件的原样或翻版，甚至诸如锦衣军抄家、选旗人淑女入宫等一些情节简直就与信史并无二致。

同时，《红楼梦》所演绎的还有与贾府“一损俱损，一荣俱荣”的史、王、薛家族，他们与贾府一起并称为“四大家族”，其经济的相互依托，相互交融，及至上通天子朝廷，下联庄奴佃户，其一桩桩、一件件经济事件和纠纷，历历在目，催人警觉。

可以这样说，一部红楼梦的情感史，其实就是一部活生生的清初经济史。贾、史、王、薛王公贵胄的风流账和承欢享乐账，正是清初封建士大夫阶层生活状况的真实写照。

《红楼梦》中正面描写的贾府，是跻身于清初王公大臣之流的贵族，书中所披露的贾家第一代的生活状况语焉不详，多为后人和家仆们的转述；而且正面描写皇宫和当朝王府相宅生活场面的笔墨也极少。然而，正是贾府这一康熙、雍正两朝时期金粉家族生活的波折，为我们研究清代初期上流社会阶层的生活状况提供了样本，尤为难得。

再者，红楼贾府主仆生活的礼制、家规和日常经济生活中交换、交易、交往过程中产生的经济文化、民俗文化，风尚和潮流，习惯和流弊，都令我们沉湎和陶醉。清初的士大夫们既有忠君爱民的一面，又有欺瞒朝廷、盘剥民众的一面；既怀揣信仰，向往崇高，又极其市侩而贪心，内心充满着纠结和挣扎。这从贾政为官、王仁仕宦、北静王和忠顺亲王等众多人物身上都能找到例证。

贾府的每一天都离不开钱财，就如同平民百姓开门总挣不脱柴、米、油、盐、酱、醋、茶七件事。这种凡俗的生活场面，既卑琐又温馨，既辛酸又热辣，它深深植入贾母、熙凤、宝玉和大观园丫头们的情感生活，成为托起主人公情感世界和命运沉浮的底盘。诚如鲁迅先生在《伤逝》中所言："人必生活着，爱才有所附丽。"

姑且不论为元妃造那座省亲别院（后来的大观园），元妃代皇帝给贾母众多人等的赏赐，也不论秦可卿葬礼的排场和贾府元宵节的菜单，单就是一年四时八节贾府的用度，一日三餐姑娘丫鬟们的饮食，再哪怕是主奴间一个小小的交往，小的们之间相互的馈赠，偶尔凑的一个份子钱……哪一样离开了"银子"这两个字？《红楼梦》中使用频率最高的热词是"银子"①，最不需要费尽心思去考证的是账目，许多好事歹事的根源都在于"钱"和"财"两个字上。

有了钱，爷们儿可以娶小，三妻乃至四妾；

有了钱，主仆可以颠倒，当然那只是一时一事，或限于特定的斯时

---

① 据笔者细数天津古籍出版社2006年10月第1版《脂砚斋重评石头记》上、下卷，一百二十回目里，"银子"（或"两""钱""钱财"）这一词条出现972次之多，而由此展开故事情节的文字则占了全书2/3以上的篇幅。比如，第七十二回"银子"一词出现38次，第四十三回"银子""钱"和"银两"的"两"字则更多更密，竟出现40次之多。

斯地；

奴仆屈死冤死，或多或少的钱便可打发，打死人不需偿命，掷下钱即可远走高飞；

有了钱，就有官身；有了钱，家奴也可以一朝赎身返梓。

“千里为官只为财”，贾政不通此道，因而留不了下人，容不得同僚，导致自己遭弹劾和申饬，散尽钱财止恸哭。贾母对贾府落败早有防范和谋划，做得从从容容，大雅而且大气……

有了钱银的基础，才能形而上之，才有爱的火焰、情的蒸腾，才有那么多红楼梦中的悲剧和喜剧。

有了钱的佐使，才有雪地煮鹿、四美钓鱼、菊花诗会，才有全府上下除夕祭宗祠的盛况……结社也罢，赏月也罢，生日的聚会，听戏时撒钱，如果少了富足的银子，就没有大观园的大雅，更少了上流社会雍容华丽、奢靡精致的生活！

然而，正是这银子，让王熙凤这位并不缺钱的少奶奶挖空心思，不择手段，成为悭吝人，成为泼辣妇，亲手毁了许多人，也毁了她自己。她是一个掉进“钱眼里”的牺牲品。

正是这银子，叫宝玉和黛玉两个冰雪心地的金童玉女嫌弃之、不屑之，最终使孕育多年的爱情之花不得绽放。不是吗，他俩都厌恶“禄”“蠹”，宝玉从来不知经济，黛玉因父母双亡而暂栖贾府屋檐，对宝玉哥哥有情有义却无人托话、无人出面，而无人托话、无人出面正是因为没有富足的家世和经济基础。在贾府上上下下都十分看中钱财和家业的“富贵眼”里，“宝黛之情”简直就是一个空中楼阁，“宝黛之恋”焉能成得了正果？

“宝黛恋”因为经济条件的差异、经济关系的不匹配而以悲剧了结，这正是《红楼梦》经济学研究的价值。

有什么样的经济基础，就有什么样的上层建筑与之相适应。同时，上层建筑对经济基础具有很强的反作用。《红楼梦》是女儿们的颂歌，粉脂队的佳人对经济的理解，对理财和开源亲力亲为的诸多事迹，令府中向来惯于摆谱打哈哈的爷们儿汗颜，也令后世阅读者为之钦佩，为之肃然。

王熙凤就是脂粉队中的一员理财骁将，是擅长进行资本运作的大鳄，她的用人观、理财观、金融观无不贯通经济要旨。其管府治园的手段，融资汇兑的本领，日常用度的统筹调度和安排，让我们大开眼界，自愧不如。

还有秦可卿，虽然她英年早逝，但她对富贵的理解，对大户人家兴衰更替的预见，对财务平衡的强调，对府上经济常态的热望，对家族命运的担忧，即便在当下，也均能对得起“宏观调控”这样的称号。

还有贾母，可谓一位看通钱财，看透经济人生的高人。她悠闲的生活节奏，优雅的生活方式，她对满府的“放任”和“节度”，其实都悄悄地掌控在她如佛祖般法力无边的手心。她是辩证的大家，是集“无为而治”和“有为生活”于一身的老祖母。她是熟稔经济的“祖母绿”！

更有探春，堪称一位经济革新精英。她有经济见地，更有促进经济成长的手段。探春是知行合一的府邸经济改革推动者和躬身实践者。和其祖母史太君、其嫂子链二奶奶、其侄媳可卿夫人一样，她早就对贾府外表轰轰烈烈、内在捉襟见肘的现状有所体察和认识，更对大观园内众兄妹和众奴仆一派乐悠悠的太平景象充满忧虑和担心。但她少说话，不过多议论，而是默然于心，思忖着改良与改革。她深知，既然节流难，那就不妨从开源上多做一些尝试。她抱定“天下没有不可用的东西，既可用便值钱”的信条，将突破点选在把大观园各个园子承包给嬷嬷和下人们去打理的举措上，而且明确宣布承包后所种树木、蔬果和花卉等所得，承包经营者和土地所有者双方按一个合理的比例进行收益分账。这种把土地所有权和经营权分离，充分利用劳动力资源的经济改革思想，在清代的官宦人家实属凤毛麟角，难能可贵。可惜探春进行园地承包的“新政”由于贾府经济大厦的岌岌可危，府中接二连三的变故，以及她自己不得不远嫁他乡而搁浅。

再次，《红楼梦》曲折地反映了底层穷苦人民的生活疾苦和国家经济基础的薄弱，尤其是土地制度的积弊，具有鲜明的殷鉴意义。尤其是通过一座钟鸣鼎食的贾府去观照社会，通过贾府的人群来对比底层平民，更具有讽喻和批判性。

贾府是一座消费之城，大观园更是一个高消费的会所。宁荣府第里的爷们儿、女眷、丫鬟奴仆，都不从事耕作生产，但每天的用度消耗却极大。是什么在支撑着这个庞大家族的运转？府中千余号人的生计又是依靠什么维持呢？这正是研究清代官僚士绅阶层生活样本的价值所在。

贾府的经济来源大致有以下几个方面：

一是祖上的余荫。宁国公（贾代化的父亲）、荣国公（贾代善的父亲）这一辈随皇帝征战，建立了开国之功，然后又放到外任为官为宦多年，便有了许多义财和不义之财。这些财产除置办了宁、荣二府的庄园和田亩，自然遗留了不少积蓄传给儿孙。

二是几代皇上和朝廷的赏赐。既然贾府男丁拜侯封爵，女眷无疑也贵为诰命。按清代朝廷礼制，逢年过节，皇上或朝廷少不了封赏，而且根据爵位等级不同，封赏数目也不尽相同。一般情况下，这种封赏并不是个小数目。自贾政上溯两代，贾府所得到的公赏，是“公”字等级的封赏。在清代，世爵即异姓功臣爵位，或称功臣世爵、民世爵，授予汉员和西南民族等满蒙外其他民族人士。清朝的功臣爵位实际分为 27 个级别，即公爵：一、二、三等公爵；侯爵：一等侯爵兼一云骑尉，一、二、三等侯爵；伯爵：一等伯爵兼一云骑尉，一、二、三等伯爵；子爵：一等子爵兼一云骑尉，一、二、三等子爵；男爵：一等男爵兼一云骑尉，一、二、三等男爵；轻车都尉：一等轻车都尉兼一云骑尉，一、二、三等轻车都尉；骑都尉：骑都尉兼一云骑尉、骑都尉云骑尉、云骑尉恩骑尉。恩骑尉是一级特殊的爵位，清朝世爵每承袭一次，即降一级，云骑尉再袭一次，就降为恩骑尉，恩骑尉不再降爵，而是世袭罔替。公、侯、伯、子、男等爵位都有明确的赏赐标准，如“公”一级的，一等公，可岁支俸银700两，二等公685两，三等公660两。

贾政之长女元春被选入宫中，成为贵人（书中演绎为“妃”）之后，朝廷的赏赐不但没有中断，又多了皇帝私人的恩赏。书中关于元妃省亲的诸多情节已交代得非常清楚，并且赏银和赏物的数字也令人瞠目！

三是贾府出仕之人的俸银。《红楼梦》中对贾政放任江西粮道的年俸交代得格外分明，即每年百余两，但这在当时是个不值一提的数字。查阅《清史稿》，雍正二年（1724年），时任河南巡抚田文镜的月俸只25两纹银，一年下来俸银也不过300两左右，维持自己的衣食用度尚且结结巴巴，贴补家用实在是一件难事。虽然贾敬、贾珍、贾赦几个是世袭功名，贾政、贾琏、贾蓉或被赐了官，或捐了官，都少不了享有俸禄，但其实只是微不足道的小数目而已。

四是来自佃户的收入。这才是贾府万万不能切断的经济渠道，它关乎贾府的经济命脉。满人入关建立大清政权后，土地兼并日益严重，特别是康熙在位几十年内这种弊端即已凸显，以致到雍正时期，不得不推行“摊丁入亩”新政，取消人头税，将土地作为征税的主要参照系。尽管摊丁入亩制度的实施结束了清初赋役制度的混乱局面，把原来归农民负担的部分税款转摊到地多丁少的地主富户身上，并且这种损富益贫的政策保证了赋税负担的相对合理和平均，但毕竟积重难返，像贾府、史府、王府之类的富户，其日常用度的来源，仍主要是靠佃户的供养。这里且不多叙。

单说贾府，也是满人入关初期土地兼并既得利益者之一，其土地占有量不少，且分布较为广泛。除府邸周围的庄田（是为私田）之外，在其他地方还有不少庄田（是为外田），这些外田，有的是祖上沿袭，有的是兼并和收购所得。贾府的庄田由庄头承包后统一租给贫困无田的农户耕种，租种庄田的人，其人身依附关系随田地流转，是为庄奴和佃户。《红楼梦》第五十三回记述的黑山庄头乌进孝年终来贾府交租进账一节就足以说明问题。

乌进孝的“进账单”从“大鹿三十只”至“西洋鸭两对”，所列动物、植物，菜蔬，山珍海味……总计物品折合白银近3000两。乌进孝所承租的贾府庄田显然在北边，时近年关，下起了鹅毛大雪，乌进孝竟走了一个月零两天才到。书中，贾蓉对乌进孝有这样一句训话：“你们山坳海沿子上的人，哪里知道这道理”，可见贾府的庄田不仅在北面的大山坳里有，海沿子边上也有。说良田、牧场、山屯、海围应有尽有，怕不为过分吧。尽管从书中看，乌进孝一年用以交租进账的财物折合纹银3000两并不算多，但乌进孝只是贾府庄田庄头之一，以此推论，各处庄园向贾府缴纳的田租总进项自然就是一个惊人的数字了。只有这惊人的田租收入才足够应付贾府奢华的日常享用。

当然，贾府府邸四周的田庄多为祖坟墓地和佛道用地，所派驻的看山耕地的家丁、佣奴的劳作收入，能应付得了他们自己的用度就很不错了，贾府上下一时还看不中这些私田上的收益。

《红楼梦》还曲折地反映了民间贫苦平民的生活，对劳苦百姓的生存状况寄予了深深的悲悯和同情。贾府的每一个家奴都有一部辛酸的血泪史，他们中的许多人只几两、几十两银子便被买入府中园内为仆为奴，任主子打骂、欺凌甚至遭受侮辱，到最后，是死、是伤，是配人，是遣返，也只几两、几十两银子就打发了去。有的嬷嬷、佣奴，世代依附贾府，即便后来成了奴才之首，佣仆之头，自己做了人之母，再升为爷爷奶奶辈，仍改不了身为奴才的卑下地位，也摆脱不了奴才的窘迫生活和经济困境，他们的社会地位丝毫得不到改变，其人身也永远挣不脱贾府的桎梏。这充分反映出清初户籍关系的实际状况——清军入关之初“凡民之著籍，其别有四，曰民籍，曰军籍（亦称卫籍），曰商籍，曰灶籍。其经理之也，必察祖籍。如人户于寄居之地置有坟庐逾二十年者，准入籍出仕，令声明祖籍，回避……”。尤其军籍，是与封建政府有着严格人身依附关系的户籍，不可随意脱户。这也说明后来朝廷废贱民、乐户，允许“赎身为良”政策对经济社会发展所产生的积极影响。

在这里，尤其需要对书中刘姥姥三进贾府的情节做几句解读。这个情节除了艺术上的需要和巨大的艺术比对作用外，对认识贾府一门主仆的生活态度、经济开销，以及对我们认识王府贵胄们所赖以生存的经济土壤，当时的社会经济结构、经济伦理和经济流变等都具有十分难得的标本价值。正是这些草根庶民和劳苦大众，才托起了“兴”，决定了“亡”。他们托起一切，也击毁了一切，然后大波大澜，大起大合，重新整合着经济，推动着王朝更替，他们才是江山社稷的柱石和根基！

读一部《红楼梦》，不能只看到“情”字，更应该看到具有历史印记的经济，看到一部清初经济账目和一页页改不掉、褪不了色的经济清单。

曹雪芹不厌其烦、详细明了地记载的贾府经济用度流水账，装订成册就是贾府从发家到中兴，由中兴到消亡的家族兴衰史，也就是清代初期社会动荡和经济剧烈变革的发展史。这种有意记载，别具匠心，由于沉淀太深，掩藏很厚，犹如草蛇灰线，柳藏鹦鹉，不轻易为人看清，不为人重视，其实这是有悖于文学大师曹雪芹的本意和初衷的。

那么，为何曹雪芹要将这不凡的寓意深埋于联袂逶迤的字句、段落、章回之间呢？应该是在其穷困潦倒、举家食粥之际，还在批阅、增删手头这部不朽典籍的时候刻意为之的吧！

噫，我们在登临“红楼”的时候，不妨俯身低看一层，看实一些！

贾府的经济来源和日常运转

贾府上下，一如清代的官府，实行的是年薪月例制，其薪酬等级分明而森严。贾府的收入来源有来自祖业的遗留，是为“世荫”。此外，贾府还有朝廷赏赐、公俸收入、田地房产、租赋和理财收入等。

《红楼梦》所记述的贾府，包括宁国府、荣国府两个富贵门第。一如贾府的最高权威人物史老太君——贾母的偏心眼一样，《红楼梦》的整个故事以荣国府的日常生活为主线，记述荣国府主子之间、奴仆之间或主仆之间林林总总的情感纠葛和恩怨是非居多，宁国府次之。原因是，史老太君——贾母的日常起居都在荣国府，贾母宠溺的宝玉是荣国府的二爷，包括贾母最心疼的黛玉、最欣赏的宝钗（均是书中的主要人物）都住在大观园。而大观园恰恰是荣国府的中心，因此《红楼梦》所展开的故事情节主要以荣国府为背景。除此之外，更重要的是荣国府有一个财务总管王熙凤，举府的日常用度，大事小事，谁能绕得过她？书中第二回“冷子兴演说荣国府”是这样说王熙凤的：“（贾琏）自娶了他令夫人之后，倒上下无一人不称颂他夫人的，琏爷倒退了一射之地。说模样又极标致，言谈又爽利，心机又极深细，竟是个男人万不及一的。”这王熙凤，举府谁人不尊之敬之，谁人不畏惧其三分？

贾母——史老太君曾坦言，贾府充其量是个“中等人家”。这是对贾府社会地位和经济地位的客观定位。的确，和亲王贝勒、王公大臣们比起来，贾府无论是官职、身份和财富均不比肩，但比起府尹道台、地方士绅来，贾府又傲视其三分。贾府的开山鼻祖宁国公、荣国公为清朝初期皇帝的包衣奴才，清代立朝开国即封为“公爵”。宁国府一支传至贾代化为第二代，贾敷、贾敬为第三代，贾珍为第四代，贾蓉为第五代；荣国府一支传至贾代善为第二代，贾赦、贾政为第三代，贾琏、贾宝玉、贾环为第四代。宁国府一支第四代子嗣，除贾蓉还有贾兰等，可见贾府是五世之家，四代为宦。

在《薄命女偏逢薄命郎　葫芦僧乱判葫芦案》这一回中，曹雪芹写贾雨村当初判薛蟠一案时，门人送给他一张本地大族名宦的俗谚口碑，即“护官符”云：“贾不假，白玉为堂金作马。阿房宫，三百里，住不下金陵一个史。东海缺少白玉床，龙王来请金陵王。丰年好大雪，珍珠如土金如铁。”俗谚中的贾、史、王、薛四大家族，互结连理，盘根错节，其中，贾府排在首位，即白玉为堂、黄金铸马的显赫家世。按照“红学考证派”的结论，曹雪芹所著《红楼梦》乃自况平生家世，其曾祖父曹玺、祖父曹寅分别为顺治皇帝、康熙皇帝的包衣奴才。曹玺自康熙二年（1663 年）外放金陵任江陵织造，负责办宫廷里朝廷官用的绸缎布匹，以及皇帝临时交办的差事，充当皇帝的耳目，前后达 22 年。此后，曹寅和他的儿子曹颙，继子曹頫连任这一职务，前后近 40 年之久。江宁织造无疑是一个肥缺，极易舞弊生财。曹玺及其子孙三代六七十年间积蓄的家产堪比国库（史料载，康熙驾崩时国库白银只存有 800 万两），因此说，贾府的收入不少是来自祖业的遗留，是为“世荫”。

那么，除此之外，贾府收入来源还有哪些渠道呢？那就是朝廷赏赐、公俸收入、田地房产租赋和理财收入等进项了。

先说朝廷赏赐。因为贾府是清初皇帝封公授爵的世家，承袭了皇帝和朝廷封赏的官爵职位，按满清宫廷制度是必有奖赏的。奖赏以年终为最重，类似于现在的年终奖。此外，年内的各个节令和一些特别的日子均有赏赐。书中第五十三回写贾府即将于除夕前夕祭祀，宁府贾珍问夫人尤氏："咱们的春祭可领了不曾？"尤氏回复他已打发蓉儿（贾蓉）领去了。书中交代贾蓉从光禄寺库上领回了一小黄布袋银两，袋上有"皇恩永赐"几个字，还有礼部祭祀司的印戳。第二十八回写端午节前夕元妃娘娘嘱贾府打三天平安醮，并拨赏银 120 两，同时还将端午节礼也一并赏了。关于朝廷赏赐，书中还有许多章节也有零星记载。

到了贾政这一辈，因其长女元春被送入宫中做皇妃，于是贾府在世贵之上又增新宠，皇帝和朝廷对贾府的赏赐自然是有增无减，单就元妃省亲时皇帝的那份赏赐清单即让我们大开眼界：

贾母的是金、玉如意各一柄，沉香拐拄一根，伽楠念珠一串，"富贵长春"宫缎四匹，"福寿绵长"宫绸四匹，紫金"笔锭如意"锞十锭，"吉庆有鱼"银锞十锭。邢夫人、王夫人二分，只减了如意、拐、珠四样。贾敬、贾赦、贾政等，每分御制新书二部，宝墨二匣，金、银爵各二只，表礼按前。宝钗、黛玉诸姊妹等，每人新书一部，宝砚一方，新样格式金银锞二对。宝玉亦同此。贾兰则是金银项圈二个，金银锞二对。尤氏、李纨、凤姐等，皆金银锞四锭，表礼四端。外表礼二十四端，清钱一百串，是赐与贾母、王夫人及诸姊妹房中奶娘众丫鬟的。贾珍、贾琏、贾环、贾蓉等，皆是表礼一分，金锞一双。其余彩缎百端，金银千两，御酒华筵，是赐东西两府凡园中管理工程、陈设、答应及司戏、掌灯诸人的。外有清钱五百串，是统役、优伶、百戏、杂行人丁的。（见第十八回《皇恩重元妃省父母　天伦乐宝玉呈才藻》）

这份赏赐清单，涵盖了贾府自贾母以下的所有主仆，即使"厨役、优伶、百戏、杂役"也一个不漏，少说也有数百上千人，笔者按清代物价和市值粗略计算，折合白银超过一万两。

二是公职收入。贾府做官拿公俸的人员不算多，计有贾赦、贾政、贾珍（其父贾敬将所袭的官职转让）、贾琏、贾蓉等人。其中贾赦是虚衔，年例银不会很多；贾政在工部掌印，相当于四品官，年例银有百余两，后改任江西粮道，官阶提升一些，但因其为人耿介，不通官场潜规则，不受贿不贪赃，弄得入不敷出，不得不从家中拿银子补贴任上，以至门吏四散；贾琏是花钱捐了个同知的官职；贾蓉因为妻子秦可卿病殁，葬礼上面子的需要，花1200两银子，买了一个五品官衔。这样看来，贾府这几个吃皇粮的爷们儿，其收入大抵能勉强维持自己的用度就不错了，要补贴家用则是断然不能的。不过，他们的公俸虽然不多，但有了权力，家人还是能从中渔利的，书中提及贾政在工部任职，家人中有贾芸等几个还是发了一些财的。

三是田租收入。贾府的田租收入无疑是个很重要的经济来源，如果少了这项收入，贾府的日常生活将立刻不能自如运转。

宁国府除夕祭宗祠之际，黑山村庄头乌进孝前来送礼，其礼单开列了山珍、海味、鸡鸭鹅羊、虾鱼米面以及柴炭杂物，节日用度物品一应俱全，共计折合白银近3000两。从书中记载得知，黑山村庄头共管着八九个庄子，方圆近二三百里，此番因为当年年景不好，没有凑齐5000两银子的进项，所以庄头乌进孝再三解释和讨饶，贾珍还十分不高兴。可见，按常规贾府仅此一处庄地的年租收入就有六千两。

黑山村乌庄是宁府的佃田，宁府这类的佃田当然不止一处。此外，还有屯地的地租收入，书中第九十三回就有记载，贾府在郝家庄有专门管屯地收入的人，而且是按月收租的；再加上海田、私田等进项，总年收入大概在数十万两以上吧。在贾府的府邸周边，还有自家的私田，佣人周瑞就是负责私田账目的，据他说每年收入“都有三五十万两”。在第五十三回，借庄头乌进孝的口透露了庄子的数量和产量：宁国府有庄子八九个，荣国府的庄子虽然在数量上也是八九个，但面积却大于宁国府庄子几倍。作家李国文在《曹雪芹写吃》一文中审视了乌进孝的那份“礼单”，竟得出贾府“天文数字”的收入结论来：“这还只是宁国府‘一共只剩下八九个庄子’的其中之一，而荣国府‘八处庄地，比爷这边多着几倍’”。因此，大致可以得出这两府在农庄部分的食物收入。那就是将上述品类均乘以八，然后，将其积再乘以二，所得出来的（就是）天文数字。”李国文的这种统计法，笔者不敢全信，但透过乌进孝的账单和负责私田账目的佣人周瑞的口，我们还是能大抵摸清贾府的年收入数字的。

第五十三回，乌进孝给宁国府送来了近6000两银子的实物。贾珍当时皱眉说：“我算定你至少也有五千银子来，这够做什么的?”他出此言不会是信口开河，至少说明他家以前向黑山村所收的地租现银当在5000两以上（实物价值当在8000两）。也就是说，在正常年景，乌进孝所管的黑山村到年底要给宁府送上价值8000两左右的租子。类似乌进孝的庄子一共有八九个，就算是八个吧，并假定都是等量交租，那么宁国府一年的地租共可收入64000两。荣国府“比爷这边多着几倍”，就算是三倍吧，按照乌进孝交租的情景，可以推算出荣国府一年的地租收入在192000两左右。宁、荣二府加起来就有近25万两以上的地租收入。学者们大都倾向于按清初一两银子合现在的100元计（一两银子的实际购买力不好说，清初的物价比例和现在不同，按不同的物品算就有不同的值），则贾府每年的地租收入大概合现在的2500万元。贾政自己也坦言，一府之人穿的靠租，吃的靠税。所谓“衣租食税”，正是贾府生活来源的实况。

2500万元，对贾府来说或许是个小数目，但对小户人家而言则是天文数字了。书中第六回写刘姥姥头一次进荣国府拿到贾府大管家王熙凤给的20两银子，这足以维持庄户人家一年的开销。这里所说的“开销”应该是日常用钱，粮食是除外的。因为庄户人家一般是不把粮食算在自己的开销之内的。在粮食自给的情况下，只买点油盐酱醋、衣服鞋帽，加上送人情什么的，庄户人家一年的花销合现在的2000元大概就够了，虽然比较紧巴。

四是理财收入。说到理财收入，不能不说一说贾府的理财机制。偌大的宁、荣二府，人丁上千，家产过亿，上通朝廷官府，交游王公大臣，下辖各地的庄农佃户，头绪甚多，层次冗繁，没有一位绝顶的理财高手，则甚难齐家，而贾府的这位理财高手就是荣国府的大管家——宁国府的二儿媳妇——贾琏的夫人王熙凤。

其实，按现在的公司说，王熙凤只是个“常务副总经理”，她是协助其丈夫贾琏打理这个相当于集团公司的大家族的全部经济事务的，贾琏名义上应该算是总经理。只不过这哥们儿有些贪玩，又好酒色，凡事不甚用心，更无心操持这个大家族烦琐的经济事务，久而久之，当家理财的担子便落在了自家媳妇身上。好在他媳妇王熙凤还挺爱张罗这一大家族的一应杂事。

但王熙凤这位“常务副总经理”上头应该还有一个类似现今公司董事会性质的决策机构，董事会应该有贾母、王夫人、邢夫人、贾琏，甚至还有贾母的“特别助理”鸳鸯。贾政、贾赦、贾珍（当然，贾珍是“族长”，府中诸如年祭、发年货等宗族事务，还是他说了算的）这几个或许是只挂个名却不问事的董事。

就是这个“常务副总经理”王熙凤，其勇于当家理财并卓有成绩的事迹在书中可谓连篇累牍，从第三回林妹妹打姑苏来贾府时她闪亮登场，到第一百一十三回她一病不起，不得不撒手再也不管贾府的大事小情，这一百回中都有这位“常务副总经理”驾驶贾府这艘经济大船劈金风斩银浪的理财高手影像。一部贾府经时济世的航行历史，从某种意义上说正是王熙凤的当家理财史，这个航海日志的总题目就两个字：变通；主题为：大有大的难处。王熙凤平生落下“泼妇”“辣货”“夜叉星”“烈货”等诨号和别称，与其刻薄节俭的治家手段和理财方式有关，其特点是泼辣果敢，干练沉着，处事绝少拖泥带水，凡事谋划在先，成竹在胸。她是红装素颜，又强势难挡，外表嬉笑嫣然，内心缜密坚强。她是穿女人衣服做男人事的铁腕儿人物，是脂粉队里的伟丈夫。

贾府上下，一如清代的官府，实行的是年薪月例制，其薪酬等级分明而森严，即便是史老太君——贾母、王夫人也只能按月领取例银，王夫人每月的例银是20两，贾母不详，应该比王夫人要多一些才是。倒是贾府的“常务副总经理”王熙凤的例银数额很清楚明了，书中至少有两处明确地提及过：一是第四十五回里，李纨和宝玉及园里几个姑娘们在筹备诗社时，因筹备经费问题，熙凤和李纨耍起贫嘴，指着李纨说：“亏了你是个大嫂子呢？姑娘们原是叫你带着念书，学规矩，学针线哪！这会子起诗社！能用几个钱，你就不管了？老太太、太太罢了，原是老封君。你一个月十两银子的月钱，比我们的多两倍子。”

可见，熙凤的月例银不足五六两，年例银只有几十两，就是她乱七八糟的收入加起来，也在百两以下吧。当然，上述说的是熙凤自说自道的，难免有些掐头除尾，往少里说了一些，但其陪房丫头平儿的话大抵应该是可信的。在第三十九回中写道：有一次因园中月例银不能按时发放，袭人便问起和她一同散步的平儿，平儿坦言，大伙儿的月例银都被王熙凤拿去放债了，并且絮絮叨叨地说起了以下这番话：

“这个月的月钱，我们奶奶（指王熙凤）早已支了，放给人使呢。等别处利钱收了来，凑齐了才放呢。因为是你，我才告诉你，你可不许告诉一个人去。”袭人道：“难道他还短钱使，还没个足厌？何苦还操这心。”平儿笑道：“何曾不是呢。这几年拿着这一项银子，翻出有几百来了。他的公费月例又使不着，十两八两零碎攒了放出去，只他这梯己利钱，一年不到，上千的银子呢。”

从平儿的话中，我们准确地获悉，凤姐的月例银的确不过十两八两。

王熙凤是官宦世家的女儿，即从“护官符”中金陵“王门”嫁入贾府，其陪嫁的银两也可保其一生一世衣食无虞。如果指望贾府的月例银过活，她大概比乡下的刘姥姥的景况好不到哪里去。这一点大抵与当时朝廷官员的情况相契合。当时朝廷的三四品官员，年例银也不过几十两、上百两而已，大多养不起一家老小，所以便使着法子去贪去占，由此清代官场贪腐成风，清代官人也大多蝇营狗苟。

但王熙凤身为总理贾府一应经济事务的“大管家”，贪自己府上的钱是断然使不得的：一是于贾府的制度不容；二来没有任何证据显示王熙凤是将这些月例银的利钱和其他放债的收入归了自己的腰包。真实情况是，王熙凤用贾府的流动资金，去到处放债生息。把死钱变成活钱，钱生钱，利生利，这是资本的固有属性，王熙凤熟谙此道。平儿的话中有一处明显的错讹，即“翻出几百来了”中的“百”字应该是“倍”字之误（古人“佰”“倍”二字容易混淆）。

试想，贾府上下的月例银按王夫人等几人各20两，李纨及同辈中有关人员每人七八两，熙凤、宝玉和众小姐等每人十两或八两，丫鬟们每人二三两，嬷嬷仆人们每人一两或几吊、几百文之计，还真是一笔不小的数目，往少里说每月也总有上千两银子。上千两银子的月利息，按当时的放贷利率（3%）少说也能得到几十两的利。如果是高利贷，康、雍、乾时期通常是“以子为母，利上加利”，因此世面上通常有“以七钱之本而索十八两之偿”，“借二三十两未及一年，算至二三百两者”，更是获利甚多。王熙凤拿这些月例银子放债，想必有普通借贷的，也有高利贷。此外，王熙凤掌握的贾府资本还远不止月例银资金这一项，再加上其他的资本金，经她常年这么腾挪翻转，其利润空间还是相当大的。

王熙凤以本生息，以钱生钱的这些手法，虽有利己成分，但更多的是为贾府偌大一家子老少主仆的生计考虑，如果单从“阶级剥削”“盘剥人民”的固有观念解析当时官僚世家的资本经营和生财之道，实际上是很肤浅的。如果我们细细读一遍《红楼梦》，就会深切地感知到，贾府每一天的用度，每个月的开销，每一年的花费，数字是非常惊人的。不当家不知柴米贵，如果你是王熙凤，你一定会焦虑不堪，用时下的话说，真乃“亚历（压力）山大”，想必你也会像她这样做。

平心而论，如果不能精打细算地理财，没有狂热地追逐资本的手段和本领，没有未雨绸缪的超前谋划，轻则贾府日子难挨，捉襟见肘，重则寅吃卯粮，富贵门第呼啦啦轰然坍塌。贾府能一直衣食餍足地运转着，这一点应归功于王熙凤，归功于她熟谙资本逐利的原理并能大胆经营实施。

那么，王熙凤的这些资本经营手段究竟为贾府带来了哪些实实在在的利益，又对贾府的可持续发展产生了什么样积极的影响呢？在《红楼梦》第五十五回中，王熙凤对平儿的一番倾诉为这一问题提供了准确的答案：

“你知道，我这几年生了多少省俭的法子，一家子大约也没个不背地里恨我的。我如今也是骑上老虎背了。虽然看破些，无奈一时也难宽放；二则家里出去的多，进来的少。凡百大小事仍是照着老祖宗手里的规矩，却一年进的产业又不及先时。多省俭了，外人又笑话，老太太、太太也受委屈，家下人也抱怨刻薄；若不趁早儿料理省俭之计，再几年就都赔尽了。”平儿道：“可不是这话！将来还有三四位姑娘，还有两三个小爷，一位老太太，这几件大事未完呢。”凤姐儿笑道：“我也虑到这里，倒也够了：宝玉和林妹妹他两个一娶一嫁，可以使不着官中的钱，老太太自有梯己拿出来。二姑娘是大老爷那边的，也不算。剩下三四个，满破着每人花上一万银子。环哥娶亲有限，花上三千两银子，不拘那里省一抿子也就够了。老太太的事出来，一应都是全了的，不过零星杂项，便费也满破三五千两。如今再俭省些，陆续也就够了。只怕如今平空又生出一两件事来，可就了不得了。”

王熙凤这里主要说她这几年在钱财上的“省”和省钱的不讨好，虽然“挣”了多少没说明，但即便挣了钱也同样不被理解，甚至遭人怨谤和误解。一省一挣，方可维持贾府的状况，这是当下贾府的现实，那么未来呢，将来贾府“还有几件大事”要办，还要花上几万两银子哩，王熙凤的前瞻性思维，由此可见一斑。贾府维持日常生活钱财始终出多入少的现状逼着她不得不无时无刻地用心经营和谋划。

【清】孙温　绘

01 经济大书

贾府的经济来源和日常运转

贾府落败的经济学批判

贾府的“经济当局”不懂得利用优质资产，不知道流动资金沉淀所造成“不良资产”的极大危害性。沉湎于“人口红利”——殊不知食口众多，冗员沉淀，正是压垮贾府经济巨轮的最后一捆稻草。

贾府的落败，首先是经济的落败；是经济的全面破产引发政治上的破产。

荣、宁二府被抄家治罪后，家徒四壁，人心动荡，危机四伏，偌大的贾府呼啦啦大厦倾塌。贾母——史老太君临终前散尽余资，才暂时勉强支撑住危局，但各房子孙们的出路依然渺茫。书至“散余资贾母明大义”第一百零七回起，后面的众多情节都是记述贾府经济上的落败和政治上的失意。

首先说经济上的。为了给过门不久的孙媳妇薛宝钗过生日，贾母是“强颜欢笑”，自个儿掏腰包办酒席、包戏场供大伙儿乐，但大伙儿一个个都是非情非愿，走过场似的，蔫蔫的，打不起精神（第一百零八回）。曾经风光八面，不可一世的贾府财经大管家王熙凤咽气前已是无依无靠，只能将爱女巧姐托付给那位过去曾来过府上“攀亲”打秋风的乡野老妪刘姥姥。当斯时，王熙凤病入膏肓，卧在床上，她已拿不出半两银子，只“在手腕上褪下一支金镯子来交给他”（见一百一十三回）。第一百一十三回《忏宿冤凤姐托村妪 释旧憾情婢感痴郎》，详细记载了贾府经济危机期间生活窘迫的诸多细节：王熙凤生命快要走到尽头，躺在床榻上，平儿当着贾琏、熙凤的面，拿一个木匣子（应是平时装钱票、细软之用）撒气：“……贾琏叫平儿来问道：‘奶奶不吃药么？’平儿道：‘不吃药。怎么样呢？’贾琏道：‘我知道么！你拿柜子上的钥匙来罢。’平儿见贾琏有气，又不敢问，只得出来凤姐耳边说了一声。凤姐不言语，平儿便将一个匣子搁在贾琏那里就走。贾琏道：‘有鬼叫你吗！你搁着叫谁拿呢？’平儿忍气打开，取了钥匙开了柜子，便问道：‘拿什么？’贾琏道：‘咱们有什么吗？’平儿气得哭道：‘有话明白说，人死了也愿意！’贾琏道：‘还要说么！头里的事是你们闹的。如今老太太的还短了四五千银子，老爷叫我拿公中的地账弄银子，你说有么？外头拉的账不开发使得么？谁叫我应这个名儿！只好把老太太给我的东西折变去罢了。你不依么？’平儿听了，一句不言语，将柜里东西搬出。”

这表明贾琏、熙凤一房此时已经是零积蓄、零库存，一贫如洗了。那么贾府呢？更是活着的人赤贫潦倒，连死去的老太太——贾母的后事都“短了四五千两银子”，昔日大富大贵的贾府竟然沦落到了这步田地。随后，王熙凤死去，也是连个像样的丧礼都办不成，引得其兄长王子胜在灵堂现场和贾琏好一番吵闹（见一百一十四回）；王熙凤丧殁之际，贾政正在替母亲——史太君守孝，热孝在身，不便出门，整天待在书房里。他和府上过往甚密的清客程日兴道出了肺腑之言。贾政说：“家运不好，一连人口死了好些，大老爷和珍大爷又在外头，家计一天难似一天。外头东庄地亩也不知道怎么样，总不得了呀！”又说：“……册子上的产业，若是实有还好，生怕有名无实了。”（均见一百一十四回）。

第一百一十六回，贾政准备启程扶贾母的灵柩回南边之际，他与侄儿贾琏有一番对话。

贾琏道："如今的人情过于淡薄。老爷呢，又丁忧，我们老爷呢，又在外头，一时借是借不出来的了。只好拿房地文书出去押去。"贾政道："住的房子是官盖的，那里动得?"贾琏道："住房是不能动的。外头还有几所可以出脱的，等老爷起复后再赎也使得。将来我父亲回来了，倘能也再起用，也好赎的。只是老爷这么大年纪，辛苦这一场，侄儿们心里实不安。"贾政道："老太太的事，是应该的。只要你在家谨慎些，把持定了才好。"贾琏道："……老爷回南……路上短少些，必经过赖尚荣的地方，可也叫他出点力儿。"

你看看，贾母灵柩运回故乡金陵时，连安葬费都短缺，不得不向自己家奴赖大的儿子赖尚荣借钱（此时赖尚荣已入仕宦，放外为官）。贾政开口要借500两，可最终赖尚荣只修书一封送过来，给了白银50两。弄得贾政又羞又恼，欲哭无泪。

非独贾府一门，贾府的经济危机所产生的次第连带效应，叫"四大家族"中的史、王、薛家族亦如同多米诺骨牌一般刷刷倒下，可谓"六亲同运"。第一百一十四回，在王熙凤病危之际，薛府的宝钗姑娘对贾宝玉的一番倾诉道尽了凄凉。

宝钗道："我们家的亲戚只有咱们这里和王家最近。王家没了什么正经人了。咱们家遭了老太太的大事……想起我哥哥（指薛蟠）来不免悲伤。况且常打发人家里来要使用，多亏二哥哥（指薛蝌）在外头账头儿上讨来应付他的。我听见说城里有几处房子已经典去，还剩了一所在那里，打算着搬去住。"宝玉道："为什么要搬?住在这里你来去也便宜些，若搬远了，你去就要一天了。"宝钗道："虽说是亲戚，倒底各自的稳便些。那里有个一辈子住在亲戚家的呢。"

先前是薛姨妈领着薛宝钗、薛蟠一双儿女从金陵地界投奔贾府，现如今贾府落败，只得又到外面求一处安身之所。真所谓"一荣俱荣，一损俱损”！

那么政治上呢？先是贾赦、贾珍世职被革去，标志着“家破”，随后便是连三接四的“人亡”了。林黛玉“潇湘闻鬼哭”、贾母“寿终归地府”、王熙凤“力诎失人心”、鸳鸯“殉主登太虚”、赵姨娘“赴冥曹”……府中人之死犹如秋风扫落叶一般。

落叶过后更有一场接一场的寒霜苦雨，先是荣国府被家族奴才招引外盗洗劫一空，后是家庙里的女尼妙玉被江洋大盗掳掠，又加上荣府四小姐惜春看破红尘带发修行，最是那满府人望的贾宝玉在中了“乡魁”之后，悄然披一件猩红斗篷在大雪天里遁离府门，出家而去……

尽管《红楼梦》第一百零七回之后也记有“贾政复职”“宝玉中乡魁”的情节，但那只是以“乐景衬哀”的有意手笔，是曹雪芹有意激起人们对昔日“钟鸣鼎食之家，诗礼簪缨之族”贾府的深切悲悯、追忆和不舍。

贾府落得个政息人亡、树倒猢狲散的结局，极具经济批判意义，至少给我们如下警示：

其一，经济的滋生和消亡，自有其自身规律，违背经济规律，脱离经济运行轨道，是注定要付出惨痛代价的。前文笔者条分缕析地分析过贾府的经济来源和日常用度，清楚地得出过“收支有限，消费无度”的结论。这种寅吃卯粮、坐吃山空的消费观，“居移气，养移体”的讲排场、竞奢华、比阔气，必将导致贾府经济“空心化”。按当下流行语说，贾府的人们——至少贾母、熙凤、王夫人等“经济当局”还缺少早逝的秦可卿的宏观经济思维，缺少对贾府经济常态的认识、把握和掌控，没有能将贾府的生财、理财、消费纳入“常态化”的运行轨道，以致翻车失控，经济破败、人亡政息。

其二，贾府的“经济当局”不懂得利用优质资产，不知道流动资金沉淀所造成“不良资产”的极大危害性。

何谓贾府的优质资产？应该是土地，这土地里有私田和庄田（供佃户耕种，收取地租）。私田不耕作，庄田不盘点，疏于管理，对租金多少也是一笔糊涂账，何以支撑“衣租食税”的偌大家族的主仆人众？当然，由于清初的土地制度限制以及商品经济的不发育，叫贾府王熙凤她们去搞多种经营、承包租赁，农林牧副渔多样并举，甚至去搞房地产开发……那是苛求，是不切实际的事。但至少秦可卿“托梦”中所说的“将祖茔附近多置田庄房舍地亩，以备祭祀供给之费皆出自此处，将家塾亦设于此。合同族中长幼，大家定了则例，日后按房掌管这一年的地亩、钱粮、祭祀、供给之事。如此周流，又无竞争，亦不有典卖诸弊。……”是应该可以做得到的！如此，何至于私田荒芜，坐吃山空？百年贾府又何至于“后手不济”？

所谓不良资产，就是那个最终荒芜凋敝的“大观园”。大观园的投资，严重透支了贾府的财力，掐断了贾府的现金流，重创了贾府的资本造血功能。这一案件用现在的话来说，叫十足的“面子工程”，教训十分惨痛！死要面子活受罪，风光一时痛一生。当下的国营和私营经济里，同样的教训还少吗？

据报载，在20世纪90年代，在宁夏回族自治区有一个陶乐县。县政府债务中，有一笔拖欠的工程款，除办公写字楼等豪华建筑设计工程外，还有园林庄园别墅式建筑、马兰花、兵沟汉墓项目工程款，总金额逾3000万元。在当时，这也是一个天文数字！目前，在我国西部的很多贫困地区，最豪华的楼房往往是政府机关，而这些楼房大都是举债建筑，之所以这么做，就是因为官员们“好大喜功”，追求奢华，盲目攀比。经济学家一针见血地指出：“政绩工程和形象工程如果再伴以官员寻租腐败，地方财政想不困难也难。”

这话是针对当下人们说的，说给贾政、贾赦这些热衷于“显摆”“打肿脸充胖子”的贾府主子们听听，也振聋发聩。中国传统价值观里有“好大喜功”这个因子，至少我们从《红楼梦》里可以清楚地窥见，贾府不切实际地“迎合主子”的思想行为是传代的、一脉相传的。贾赦、贾政这辈举一府之财力建大观园，以致家产败尽。其实，他们曾祖父、祖父那辈早早就干上这些事了，他们因四次接驾，“别讲银子成了泥土，凭是世上所有的，没有不是堆山塞海的。”（见《红楼梦》第十六回赵嬷嬷和凤姐闲吹牛的一番话）。其实这是映射曹雪芹家世之事，其曾祖父曹玺是康熙皇帝的包衣奴才，后官至江宁织造。曹玺的儿子曹寅后承袭父职，曾在金陵地界四次接驾南巡的康熙皇帝。曹寅从康熙二十九年（1690 年）开始任江宁织造，直到康熙五十一年（1712 年）去世，这 23 年，在曹家固然是鼎盛时期，但却埋下了一个极大的祸根——亏空钱粮达数十万两银子之巨。据苏州织造李煦（李的堂妹嫁给曹寅，所以他是曹寅的内兄）在曹寅故世之后给康熙的奏折上说，曹寅临终时告诉他，江陵织造衙门历年亏欠钱粮 9 万余两；又两淮商欠钱粮，曹寅也应完 23 万，两项加起来，达 32 万两之巨。李在另一份奏折中说曹寅亏欠有 373000 两。所以，曹寅有“无资可赔，无产可变，身虽死目不瞑”的临终遗言。这么多的钱用到哪里去了，多半是用到了皇帝身上。

后来，到雍正皇帝即位后，又追查曹、李两家的亏欠，曹頫（曹寅之子）在雍正二年（1724 年）正月初还上奏折请求分三年补完亏欠，奏折中有“惟有感泣待罪，只知清补钱粮为重，其余家口孥，虽至饥寒迫切，奴才一切置之度外，在所不顾”等话。可见，这时候曹家为了赔补亏欠，境况已经十分凄惨了。到雍正五年（1727 年），雍正下令查封曹頫家产，经当时的江宁织造隋赫德仔细清查，曹家除房屋土地之外，“余则桌椅、床具旧衣零星等件及当票百余张”而已。一个康熙年间声势显赫的钟鸣鼎食之家，落得如此下场，教训何其惨痛！

其三，贾府的“经济当局”沉湎于“人口红利”，殊不知食口众多，冗员沉淀，正是压垮贾府经济巨轮的最后一捆稻草。

笔者专门统计过，荣、宁二府的奴仆竟有500人之多。以每人平均每月月例银1.5两计，则每年需发放人员工资9000两，倘再加上年终赏钱等福利，则不下万两。一个年支出万两人员工资的家族，按现代成本经济学核算标准（工业企业的工资总额一般占成本总额的比例为5%～10%；占营业收入的比重，一般为15%～20%），年支出万两人员工资的贾府（当然贾府不是企业，不好绝对化类比），如果取上述比率的15%计，起码年收入应不少于六七万两。而贾府纯粹是个消费中心，即使有庄田的年租金收入二三十万两，与主人及仆佣们的工资及衣食等开销相抵，仍有很大的缺口。当然，贾府的额外收入也有不少，其中王熙凤的资本运作（放债收入）也不可小觑。但无论怎样，收入与支出的悬殊却是明摆着的事实。收支倒挂，年复一年，正是导致两府亏空难填、寅吃卯粮的主因。

财政赤字如果是明白账还好说，但贾府的“赤字”分明就是一笔糊涂账。贾政、贾赦他们是不明就里的，那贾母呢？王夫人呢？王熙凤呢？她们怕也只是知道个大略，只不过比贾政他们多了一些“入不敷出”的感性认知而已。就说王熙凤吧，尽管她当家主事，有经常挪三借四、拆东墙补西墙的苦痛，但每有难处时，总能拿府里的金银家伙、古玩玉器到典当行去典当以渡过难关，加上放贷的收入时不时地补充，这便使得她对贾府财政“赤字”既有体会、感知，但又不会去正视面对。

前清的康乾盛世，人口增长极为迅速。康熙六十一年（1723年），全国人口突破了一亿，恢复到宋朝时的人口高峰值；其后50年，人口总数竟然飙升到3亿。由于人口膨胀，导致耕地不足与粮价上涨等一系列经济、社会矛盾。查阅清史便知，康、雍、乾三朝的统治者并没有得到“人口红利”，相反，倒是吞咽下了流民饥馑、阶级矛盾加剧、社会动荡不安的苦果。

《透过钱眼看中国历史》一书作者波音先生说：“人口却是双刃剑，清朝虽然所辖地城广阔，但人口数量的增加总归比耕地面积的增加要快，到了康乾盛世的乾隆皇帝时期，耕地的增加已经十分有限了，而人口却还在不断增加。因为要精耕有限的农田，于是需要更多的劳动力；吃饭的人多了，平均到家庭中每个人头上的口粮便少了。自耕农的家庭经济陷入了恶性循环之中，越来越多的底层人口陷入了绝对贫困化。”

贾府以及类似于贾府的封建士大夫阶层、豪门大户人家，在康、雍、乾朝政下，恰恰成为封建王朝“人口包袱”的消化者。那些“陷入贫困化”的底层人口依附于这样的豪门大宅，也和其主子一样过上了不从事生产加工、耕作（制作）的纯消费的庄园生活。而且像贾府的不少奴仆那样，世代为奴，举家为奴，这样的国家经济、府宅经济是没有不落败的道理的。

贾府豪门的落败，是大清江山社稷落败的预演和序幕！

当今的治国理政者，当从中吸取深刻的教训！

【清】孙温　绘

贾府落败的经济学批判

02 经济人物

裙钗一二可齐家

《红楼梦》第十三回末评王熙凤协理宁国府之功、之才时，有“金紫万千谁治国，裙衩一二可齐家”之评语。本辑名就借用了“裙衩一二可齐家”这下半句。

贾母化解经济危机的供给侧思维

> 经济，是万万不可走到“滞胀”这一步的，就如同人不能胡吃海喝到肚子鼓胀如铁的地步。

《红楼梦》中以锦衣军查抄宁国府为标志，贾府一门的经济危机总爆发。如何化解这场危机，把一干众人引入慈航？是摆在贾府主人面前的迫切课题。化解危局的不是贾政，不是王夫人，也不是王熙凤，而是年逾八旬的贾府人瑞史老太君——贾母她老人家。是她以四两拨千斤的巨大内功，以阅破世事、点破凡尘的巨大智慧和勇气，将摆在贾府出路口的一道障碍成功摆平，其三大举措里的“供给侧”思维仍具有启示意义。

贾府实行的是“一大二公”的消费模式，其人员逾千，食口繁杂，清客满门，日用消费奢靡浮夸且不说，有效供给是常常做不到的。所以，当经济危机出现时，贾母的第一项措施便是“散余资”，散出她毕生积蓄的两万两银子。这体现了贾母对金钱的态度，以及她在货币供给方面的超人智慧。贾府的金融好比央行，操控和掌管货币的是贾母（王熙凤只是执行者的角色）。平心而论，贾府往日里的货币政策是宽松的。锦衣军上门来抄家时，抄得的银两并不多，也就万两不到。那么，府中的钱到哪里去了呢？胡乱消费，大手大脚是一方面；本身就入不敷出，收支不平衡才是重要的一方面。此外，就是王熙凤用于放债和从事资本运作。这些都是大家熟知的。那贾母有意储备了一笔银两就不大为外人知晓，或不能深刻领会其中用意了。先前贾府一直实行的是量化宽松货币政策，而此时一下子从紧，对分门立户的家人来说，无疑是雪上加霜。所以贾母散尽余资，对受到经济危机困扰的大家庭及各房儿孙来说，可谓是雪中送炭。此时的贾府需要资本的流动性，这有利于贾府后来的供给侧改革。

贾母化解经济危机的第二大亮点就是放奴和裁员。而放奴和裁员之后，也不是就要过紧日子，像穷人一样过生活。贾母是不满意府内大管家王熙凤的，“很不该略见些风波就要改了样子”。书中还写到锦衣军抄家前贾母的饮食，当各房照例用“捧盒”送菜来时，贾母很是不高兴：“如今可以把这些蠲了吧。”其实这正是精准消费的生动体现。过去贾府是怎么消费的，人们都清楚：夜宵花酒，茶饭宽松；祭祀花钱如流水，年节大把撒银钱。可采购回来的许多东西，是重复的、低层次的、浪费人力物力的，谈不上“有效消费”。贾探春代理“大管家”之职的几个月里，有一项新政就是蠲了园内（丫鬟小姐）每月二两银子的脂粉头油钱。大观园的丫鬟小姐们每个人都是有多少不等的月例银，可府上却要为她们月月采购、置办脂粉化妆品之类的东西。这些小东西也不值多少钱，但月月领用，多人领用，年复一年，就不是一笔小数目了。况且，这些东西丫鬟小姐们“食之无味又弃之可惜”。可见，“鸡肋消费”，不属于有效供给。

此外，贾母在贾府出现经济危机时勇于“去库存”的认知水平和良好心态也值得大书特书。贾府的最大“库存”和“滞胀”在哪里，就是那个花了170多万两银子盖起的、横直“三里半见方”、相当于时下35个足球场那么大的园子。当初修这个园子，是为了贾妃元春省亲所用，名曰“省亲别院”，可贾妃就来过一回，住了一晚，就一直荒在那儿、撂在那儿。后来贾宝玉、林黛玉等一帮人搬过去住，任他们在那儿折腾。正是这个大观园，连累了贾府，拖垮了贾府，叫贾母她老人家心里那个痛啊，别提了。所以，她老人家临终前撂下话："到底把这园子交了才是呢。"可大观园既然是皇妃娘娘住过的，就是皇家财产，是不能随随便便处置的。同时，谁有那么大身家，能买得起这个园子呢？所以，后来的大观园是皇家不收、商家不买，就这么半死不活地"挺"在那儿，尾大不掉。这不能不让我们想起"烂尾楼""鬼城""煤都霉都"这些个词。经济，是万万不可走到"滞胀"这一步的，就如同人不能胡吃海喝到肚子鼓胀如铁的地步。贾母她老人家是懂得"供给侧"的，她深知：钱变成钢筋混凝土容易，再变回钱就难了！

王熙凤资本运作的“黑匣子”

为何一听得“抄家”二字，王熙凤竟吓得昏死过去？她暗地里究竟搞了什么鬼？

王熙凤是贾府“违例”进行资本运作的操盘者和大管家，其为贾府挣得了巨额钱财，也最终落得被官府抄家治罪的结局。打开王熙凤资本运作的“黑匣子”，我们可以看清以下真相：

一是王熙凤实施的资本运作，所操纵的是一笔联通面极为广泛且极其庞大的资本。贾府是有钱的大户，鼻祖宁、荣二公作为皇帝的包衣奴才，立下无量军功，被封侯拜爵，传至以下五代近百年，其家族资本十分庞大。贾府又与史、王、薛家联亲联姻，政治与经济力量都产生了裂变效应。加之贾政的长女又贵为皇妃，贾府一门成了皇亲国戚，其政治地位已跻身王公大臣之列，经济地位也随之水涨船高。明末清初的资本主义萌芽处于“石压笋斜出”的状态，尽管重农抑商仍是主流思想，但典当、放债却在民间悄然盛行。京城和发达的大都市，官绅资本流向民间已是司空见惯。有“一万个心眼”的王熙凤正是看清了朝廷半遮半掩的放贷制度，也瞅准了市场对资本需求无比旺盛的大好时机，大肆进行资本运作。王熙凤四处放钱：如放在甄府就有 5 万两，那是用来生利的。贾府应该还有放在别处的钱，比如：放在哪一位王爷府邸账房上的，譬如放在北静王水溶手里，帮其放债的；放在薛蟠名下，由张德辉单列一账目，进行官办采买的；或放在朝廷工部某一位大人手里，助其暂过“补亏空”难关的；再或者，放在夏太监他们那里，这类人有的是钱生钱的套路……

二是王熙凤的资本运作有一根复杂的利益链条，而且见不得光。贾府结交的王公贵族究竟有哪些人？我们翻一翻秦可卿出殡（第十四回）、贾母八旬大寿（第七十一回）的来宾名单就可详知，这里不再赘述。与贾府相好、相交的“世交”都是上流人物，每有大事都互相来往走动；收礼和送礼的经济来往都少不了大管家王熙凤，有什么相与、交易的“要事”必找王熙凤。虽然书中没有直接描写贾府与王公大臣们经济交易的情节，但王熙凤与宦官阉党们的权钱交易却记述得细致详尽，内中大有藏掖。

既有权钱交易，也有钱钱来往；既有放债的利钱进来，也有借用于放债的本金送还；大小进进出出只是关系网上的明钱，送礼收礼的礼尚往来中有多少“暗道机关”……

锦衣军为何要查抄贾府呢？原因很多，但有一条绝不是臆断，怕是与王熙凤所存放的放债票据不无关系吧。而且查抄前朝廷对王熙凤伙同朝里人“违例”放债早有耳闻，只是没有确凿的证据，因此抄家的目的不只是抄没贾府的财产，而是要拿到他们一心想得到的相关放账证据。这从以下几点可以得到证明：

第一，抄家前大观园持续“闹鬼”，王熙凤路过园子时被鬼魅缠身，以致一向不信邪的她，竟要去散花寺上香抽签。王熙凤在默念什么？祷告什么呢？其实是她心里有“鬼”，这个“鬼”就是她固守的许多经营上的秘密。

第二，第九十三回说水月庵贾芹出了事，王熙凤一开始听错了，以为是馒头庵。馒头庵连着铁槛寺，为何王熙凤一听到“铁槛寺”就心惊肉跳，竟急火攻心，口中吐血呢？读者总该忘不了王熙凤正是接受馒头庵那位老尼请托得了3000两不义之财的银子呀！而且应该远不止这一笔吧，这只有王熙凤自己心里最清楚了。而且铁槛寺连通平安州，从这条线上，王熙凤一定还有其他不为人知的勾结官府的放债秘密。

第三，闻得锦衣军在宁府翻箱倒柜抄家时，王熙凤的反应最离谱，只见凤姐先前圆睁两眼听着，后来她一仰身栽到地下死了。其实，不是真死，是惊吓过度昏厥过去了。王熙凤平日里是何等的泼辣，心理素质一向好得惊人，但为何一听得“抄家”二字竟昏死过去？唯一的解释就是她苦苦严守的秘密一旦败露，她和举府的“暴富”罪名就将坐实。因为王熙凤为贾府累积的大量的钱财是数年间放债所得，而且不少是“违例”放债。且这些放债行为还不是她和贾府一方所为，其中有共同参与者、合伙经营人。这些人身份显赫，是隐形庄家，是万万不能暴露于光天化日之下的。

凤姐的经济人特质

凤姐会说话，日常生活中及生意场上会“兵来将挡，水来土掩”，大都靠三寸不烂之舌，靠拿捏得体、张弛有度、不卑不亢、能让人接受又下得了台阶的说辞。

标题里的“凤姐”，是指《红楼梦》里的王熙凤。恨王熙凤的人很多，理由有一千条一万条；喜欢她的粉丝也不少，盖因她是十足的经济人，她身上展现的经济人特质十分明显，即便在当下仍觉新鲜，具有独特的魅力。

凤姐在贾府是主事的角儿，虽然上面有祖婆婆——贾母，但贾母只宏观上定定位，其他大事小事一概不管；叔婆婆王夫人秉持“黑箱理论”，只管事情的“进”和“出”，过程是不管的。所以，王熙凤是一应大小事都要管、都要过问，掌管、调度和监控这“黑箱”里的全过程。上面动动嘴，下面跑断腿，是说“执事者”难做，这话让时下的“总经理”们听着受用。王熙凤就是贾府的总经理，而且她管着贾府的东、西两院，即宁国府和荣国府。王熙凤那时才多大？二十几岁还不到三十，如此嫩弱的年庚，要管千余号人的吃喝拉撒睡，谈何容易？但王熙凤就有这方面的能力和素养。

凤姐是不识字的，从书上的交代看，“王熙凤”这三个字，她恐怕只认得不会写。所以第二十八回里她口报一个礼单，还得叫宝玉帮她写下。但日常牢记的账目、往来的人事和账单数额、繁杂的流程事项，她都熟烂于心，过目不忘。记性好、悟性高、统筹能力强，这大概是成功的经济人所共有的特质吧！他们往往读书不多，也并非商业院校毕业，甚至有的连书房门都未进过，但却天生对数字敏感，对生意神通，对账房事务娴熟。这方面的例子太多太多，像李嘉诚、曾宪梓他们，就不是商场上的“学院派”嘛。

凤姐身上的经济人特质还体现在理财方面的特殊禀赋上。除了寻租权力、从铁槛寺得请托银3000两这件事不说，她会利用一时不用的银子、闲散的银子放债以生财，经常玩“三个茶壶两个盖”这样的腾挪之术，即便是现在擅长于资本运作的高人怕是也只能望尖莫及了。细看过《红楼梦》的人，想必对凤姐放债、典当，钱财进出的手段咋舌，其明线、暗线的交易往来堪称“障眼法”，若叫你来复述还原恐怕都很难。这不禁使我想起古代徽商、晋商里的许多人，他们在大额交易中讨价还价，竟然可以随口报价，并精确到小数点、精确到厘和分，并不像现如今“三个点、五个点”那么简单。而且货物中的样式、品格、尺码什么的，也是信口报来，绝不离谱；陈年流水账目见面核对时，也一笔是一笔，少有差池。有王熙凤这帮人在，电脑都是多余的。这是笔者在阅读《红楼梦》时常生的感慨。

作为经济人，还需具备的一个特质就是有定力，不容易被忽悠。笔者接触过一些算得上成功的企业家，他们说到自己跌跟头、倒运时的教训，无一例外地提到了“轻信”“架不住劝”这一点，按现在流行的话说，就是“经不住诱惑”“招不住忽悠”。王熙凤经历的忽悠场不比这些人少，到贾府来说项、忽悠的人那可是一拨一拨的，可凤姐身上就是有一种定力，就是不“入套”。书中第九十二回就记载了冯紫英上门来“推销”的事：

冯紫英道："小侄与老伯久不见面，一来会会，二来因广西的同知进来引见，带了四种洋货，可以做得贡的。"这话是对贾府的"一门人望"贾政说的，细细一琢磨，便知是典型的忽悠套路。"小侄与老伯久不见面"，谦恭无比，明显是在套近乎；称是广西的同知引荐，说明自己有来头，也属官场的"正路子"；"可以做贡品"，是瞅准了贾府的刚需（贾政之女贾元春为皇妃）和贾府好面子、讲排场的做派。还好，那天多亏贾政把这位资深大忽悠支到侄媳妇王熙凤那儿。凤姐真不愧慧眼识人识事，一眼便识破了冯紫英的"把戏"。她不买这案值两万两银子的"洋货"不说，还有一套上好的说辞："东西自然是好的，但是那里有这些闲钱？咱们又不比外任督抚要办贡。我已经想了好些年了，像咱们这种人家，必得置些不动摇的根基才好……"冯紫英无话可说，只得走人了事。

不上套，又不得罪人，这就叫会说话，也叫情商够。贾府里的贾政在朝廷户部为官，谁人不知"政老爷"。得罪冯紫英这样的小人自然不好，但买下这两万两银子的东西也的确是"冤大头"。所以要有个站得住脚的、得体又堂皇的说法，这才是作为一个经济人必备的功夫。

凤姐会说话，日常生活中及生意场上会"兵来将挡，水来土掩"，大都靠三寸不烂之舌，靠拿捏得体、张弛有度、不卑不亢、能让人接受又下得了台阶的说辞。仓颉造生意之"意"字，由三部分叠加："立"，为门面、招牌，做生意不能无住所、无执照、无正规的手续，这些王熙凤的贾府集团自然有；最底下的"心"，为"心态""心情""心思"，有什么样的心情、心态，用什么样的心思，那自然有个体差异，并打上时代、阶级的烙印，这里不过多探究。只是最中间的那个"曰"字最值得玩味。会说话，话语能打动对方，击中客户的痛点和要穴，这才称得上真正的"曰"。当然了，现在的生意场上得倡导说"人话"。

【清】孙温　绘

凤姐的经济人特质

【清】孙温　绘

探春承包经营"新政"的基石

探春承包经营“新政”的基石

这批女辈后起之秀，能从《不自弃文》中得出“天下没有不可用的东西”的结论，抱定“可用便值钱”的理念去开辟府中物用的来源，可谓贾府中有经济觉悟的智者、能者。

《红楼梦》是一部女儿们的颂歌，塑造了贾母、王熙凤、贾探春等一众精明、练达的“经济女性”，艺术形象都十分鲜活、饱满，尤以对贾探春经营、治理行为的演绎、塑造更为精彩，更加引人注目。

贾探春“兴利除弊”的事迹，是将大观园承包出去让老妈子、嬷嬷们等去种植打理、经营，她们将未有效利用的园子用来种瓜、兴藕，将满树满枝的时令鲜花拿出去卖，换回来银子。探春将这些自主经营性收入以资产所有者和经营者各占一定比例进行分成，且不入贾府的公账。这一举措，充分利用了大观园现有的土地资源，调动了府里仆人们的生产积极性，创造了劳动财富。在封建士大夫经济治理时期，这一举措石破天惊，被后来的《红楼梦》研究者誉为“探春新政”。

“探春新政”闪烁着绚丽的理论色彩，其理论基石就是朴素的“物用理论”和“不自弃”的哲学观点。前者是说世间万物都有其用途，只要物尽所用，就有价值，就会给人们的生活带来福利，给社会众生带来福祉；

后者是说，人和物都不能自弃，也不必自暴自弃，而是要积极用世，有所作为。《红楼梦》第五十五回清楚地交代，探春因贾府大管家王熙凤小产不能视事而“暂代数月”府上的日常事务管理。本来，她完全可以按王熙凤的现行政策，走走过场“代理”一下就行了，过去怎么规定就怎么办理，过去没作规定的就去请示一下，或等大管家病好了再办不迟。按现在流行的说法，就是例内的事按规定走，例外的事等领导定，可三小姐贾探春就不这样。贵为荣府三小姐的她，按照封建时代的礼教，只需读读《女儿经》之类的贤文，再做做针黹纺绩之类，方为正宗正道，大可不必言经济，谈治理，更不可僭越主事的男丁，在府里立规矩，启法度。但探春却是“老鸹窝里的凤凰”“带刺的玫瑰”，她不以女儿身而自弃，也不因姑娘小姐的身份而淡忘持家理财的立身根本。

她是一个想干、敢干且努力想把事干成的“角儿”。她不为小姐身份所束缚，不为传统的男尊女卑的观念所羁绊，对朱熹的那篇《不自弃文》心领神会，并切实躬身实践。《不自弃文》是宋代理学家朱熹的一篇著名的“物用”雄文，此文劝诫世人不自弃，敢作为，有担当。论点鲜明，语辞庄严，文章举寻常之例，讲世间之理，所言“怨天者不勤，尤人者无志”，“视天下之物有一节之可取且不为世人所弃，岂以人而不如物乎?”实乃发人深省，启人心智。

“天下没有不可用的东西；既可用，便值钱”，这是《红楼梦》第五十六回中探春与宝钗一段对话中的名言。这个“物用理论”，正是探春实施大观园园林承包责任制的理论基石。在贾府经济暗显危机，家族时现异音悲兆的情形之下，探春、宝钗以及平儿、袭人等这批女辈后起之秀，能从《不自弃文》中得出“天下没有不可用的东西”的结论，抱定“可用便值钱”的理念去开辟府中物用的来源，可谓贾府中有经济觉悟的智者、能者。

贾府的男丁，一个个俗不可耐，也无所作为。探春目睹了自己的家父、世伯、家兄、晚辈们种种的不肖行为，但她无力反抗，也无法改变。尽管她是女儿身，却不像林黛玉那般对月伤心，捡花流泪。她平常的习惯就是留心事务，关心贾府治理，所以对嫂子王熙凤心摹手追，和薛宝钗、秦可卿这类人挺合得来。

《不自弃文》云：“士其业者，必至于登名；农其业者，必至于积粟：工其业者，必至于作巧；商其业者，必至于盈资。若是，则于身不弃，于人无愧。”由此可见，贾府的衰败，最根本的原因是人的衰败，是人的堕落，是人心的荒芜，是人的不作为。所以，从这个角度来审视贾探春的承包经营责任制，可以窥见那个时代封建府邸的人们有意改造自然、改造客观世界的精神觉醒，是“物用理论”已在一部分青年人心田里萌芽的典型例证。

红楼女儿的经济意识

贾府的女人们大致可分为两种类型，一类是姑娘、小姐、丫鬟们，她们大都心地单纯，不通俗务，尤其是对钱财银两看得不重，甚至分辨不清；另一类是见到物质利益就如同饿虎扑食一般的女人。

《红楼梦》中，贾府的女人们大致可分为两种类型，一类是姑娘、小姐、丫鬟们，她们大都心地单纯，不通俗务，尤其是对钱财银两看得不重，甚至分辨不清。最典型的例子是麝月竟不识戥。书中第五十一回，晴雯生病，为付给前来看病的太医一两银子，麝月拿了一块银子出来竟不知道怎么称。她提起戥子便问宝玉："哪是一两的星儿?"宝玉自是不知，直让她拣最大的一块给太医。有其主，必有其奴。宝玉身边的丫头，像晴雯、麝月这些人，生性浪漫，心地单纯，不认得秤也不知道银子的大小价值，其实是不难理解的。

还有史湘云，她其实因家道式微，处境并不好，手头还很拮据，有时来贾府这边走动，盘缠都成问题，真乃生在大户却寒酸得很，但她竟然连当票也不认识。有一天，当拾到薛蝌的未婚妻——邢岫烟遗失的一纸当票时，她竟然高高地举过头顶，大呼小叫起来，连连追问是何人遗落了账单。最后，还是见过世面、家里也开有当铺的薛姨妈仔仔细细地向她解释了一番，但看样子湘云还是有些不明就里。

另一类是见到物质利益就如同饿虎扑食一般的女人。这些女人就是府上、园子里那些主一些事情的嬷嬷、奶妈等上了年纪的女佣们，如林之孝家的、周瑞家的、来升家的、王善保家的和宝玉的奶妈、迎春的奶妈等，她们专爱弄权揽利、索贿、收礼、抢吃抢喝、偷主子的贵重东西等，兴风作浪，无事生非。譬如李嬷嬷，她是宝玉的奶妈，第八回写宝玉来梨香院看薛宝钗，被薛姨妈留下喝酒，李嬷嬷劝宝玉不要饮酒，扫了众人的兴，被薛姨妈支走。她乐得偷空回去把宝玉给晴雯留的豆腐皮包子拿给自己的孙子吃，又吃了宝玉的枫露茶，结果惹得宝玉大发脾气。第十九回里，袭人回家过节，宝玉出去后她溜进宝玉的房里又想吃那盖碗里的酥酪。还有迎春的奶妈子，她偷拿迎春的首饰赌钱，结果被查获。而贾琏的奶妈赵嬷嬷呢也很会来事儿，精于算计。为了给自己的两个儿子揽到“大观园工程”的活计，她几次上王熙凤的门子，甜言蜜语，百般奉承套近乎，叫凤姐架不住。正好贾蓉要到苏州一带采购建造大观园的物资缺人手，于是便将赵嬷嬷的两个儿子给派了去。

要是用世俗经济的观点来观照贾府的第一类女人，来考量“红楼”的女儿风，笔者认为，首先，由于贾府实行的是供给制的大锅饭，不单是府中的姑娘、小姐，就连丫鬟、侍女们也一个个远离经济实务，她们过惯了平均主义的生活，习惯于清风明月，不懂得交易买卖，没见过大钱，也未曾去当铺里当过东西，自然对金钱、理财和经营都有些懵懂麻木，很不敏感。其次，她们不当家，便不知菜米今日贵明日贱，今日油醋这个价，明日菜米那般行情。若要走到柳妈、秦显家或林之孝家的那一步，抑或日后有幸成为东府尤氏、贾政偏房赵姨娘那个层次的人妻人母，料想她们是一定要论斤论两，讨价还价，学会看戥，也会“关心粮食和蔬菜”的。然而，从小被送到贾府这等深宅大院做丫鬟、过着衣食无忧生活的她们，的确没体会过生活的痛，也未曾尝过当家的酸。最重要的是，因为没有人给她们肩膀上压担子，她们一时还没有养家糊口的责任和担当。如果像凤姐那样，负有掌管一府人丁衣食用度之责，如果有探春“暂代数月”当家做主的机会，则她们对经济账目的往来、用度的增减删削必然会非常用心。

贾府里大大小小的“经济学家”

这些“经济学家”中有影响的代表人物首推王熙凤和贾母。王熙凤擅长资本运作，把死钱变活钱，把小钱变大钱，把少钱变多钱，把有限的银两变作无限的资产。

美国经济学家弗里德曼曾经说过：“一个对经济感受好的人，没有学过，对经济的看法往往远比一个饱读经书的经济学教授为高。”经济学家张五常在《什么是经济学?》一文中说得更是透彻：“任何找寻生计的人都是经济学家。”的确，经济学原本是浅显的道理，从这个意义上说，我们说《红楼梦》详细记述了贾府里大大小小的“经济学家”的事迹，也就说得过去了。

这些“经济学家”中有影响的代表人物首推王熙凤和贾母。王熙凤擅长资本运作，把死钱变活钱，把小钱变大钱，把少钱变多钱，把有限的银两变作无限的资产……书中记述她的事迹相当多。她用的是放贷敛财术和典当套现术，小本靠众筹集资，巨资赖大户入股，手眼通天，长袖善舞。尤其是王熙凤资本腾挪的手段和本领，简直叫人眼花缭乱，笔者在拙著《红楼梦经济学》中专辟一节称她是“资本运作的大鳄”，就连不少活跃在当下资本市场的经济人也不得不叹服她的手腕。其实，王熙凤除了自己名字这三个字会写，其他所有字眼对她来说都是天书。但她作为“经济学家”的名头，却是没什么水分的。

还有贾母，她是十足的跨界人物。除了文艺是她的强项，其经济的宏观思维恐怕满府之中无人能及。在贾府出现猝不及防的巨大经济危机中，是她以四两拨千斤的巨大内功将之一一化解，最典型的是当贾府被朝廷抄家时，她拿出了自己多年储备的近两万两银子分发各房作为“银根”，为下人们争得了一条生路。还有，她平时积攒在自己阁楼上的珍玩异物等，不时作为府内财政的应急之需。因此，她除了“经济学家”的身份外，还应该顶一个“银行家”的名头才对。

贾母的儿孙辈里，只有几位女眷堪称经济高手，贾探春是其中的佼佼者。探春把闲置的大观园进行承包，以承包经营责任制盘活了土地和人力资源，把贾府的土地所有权和家佣们的经营收益权分离，使园林的收益翻倍溢价。她的经济理论是朴素的“物用原则”，她的分配原则是“计划单列”“划小核算单位”，“按资产所有人与实际经营者以适当比例分配收益”。和嫂子王熙凤、祖母史太君一样，探春的经济学也不是空洞理论，而是有扎扎实实的操作实务。

有什么样的主子就有什么样的奴仆，贾府的丫鬟、女佣、仆从里，有几位虽称不上“经济学家”，但却是“经济学家”们的助手和高参，诸如袭人、小红这些丫鬟，什么王善保家的、费婆子、夏婆子、来旺家的、秦显家的这些嬷嬷女佣。贾宝玉的丫头袭人是节俭型的，凡事都考虑“大本”和“根本”，因而处处谨慎小心，不敢越雷池半步，在与主仆的经济交往上如此，在对宝玉的情感投入中也是如此。不犯什么错，但永远也没什么大的建树，这是“稳健型的经济学家”的共同特征。来旺家的，她是王熙凤的陪房，王熙凤的经济事务大都由她经手打理。书中第十六回写贾琏从江南苏州回来，正在屋里和妻子王熙凤说话。这时，来旺家的偏偏过来给熙凤送利钱银子，幸亏被机灵的平儿支溜、搪塞过去——因为这种事是一直瞒着贾琏的。来旺家的机灵劲儿和处理经济事务的能力比府里其他夫人的陪房都要强，可见整日里在“经济学家”身边接触银两，涉及买卖，参与交易，耳濡目染，“油锅里抓银子”的本领慢慢就学会了。

贾母有句名言：“我知道咱们家的男男女女都是一个富贵心，两只体面眼。”因为追求财富，讲究体面，所以贾府里才会出现那么多治家理财的“经济学家”。在前清康、雍、乾三朝过后，封建官绅经济逐渐式微。贾府虽然仍算是富贵门第，但不论主子还是奴仆整日里却不得不为生计绞尽脑汁。他们成为“经济学家”，是因为有生计之忧、求富之患，熙攘的现实是成全他们经济思维的肥沃土壤。

贾政为官平庸的经济考量

贾政为官的情节描写，如果做政治方面的界定就两个字——平庸，但贾政这一人物塑造及由此展示的清代初期的经济治理和经济生态，极具殷鉴价值。

如果一定要看到贾政为官发了多少财、捞了多少好处，这样看《红楼梦》的读者肯定会失望。贾政在户部任上不显山不露水，无官声也无劣迹，表现平平。点学差的情节文字也不多，只笼统地做了个交代，但也没写他有什么“贪腐”的行径。只是他被放到江西粮道的任上，情节比较具体，但仍然满足不了人们对一个外放官是“好官”“坏官”的简单定性。

清初社会的“人口红利”不但得不到有效释放，反而还给国家治理和民生带来了许多包袱甚至灾难。书中详细记述了贾政上任江西粮道路途及任前、任后的所见所闻、所感所悟，还有朝廷、地方官员和坊间百姓的种种议论和私语，集中反映出清代初叶，在人口急剧膨胀的情况之下，粮食问题、运输供给问题十分突出，粮价官定和黑市的矛盾十分尖锐，经济不举和吏治腐败双管齐下。

《红楼梦》第九十九回写道，“贾政带了几个在京请的幕友，晓行夜宿，一日到了本省，见过上司，即到任拜印受事，便查盘各属州县粮米仓库”，对“外省州县折收粮米勒索乡愚这些弊端，虽也听见别人讲究，却未尝身亲其事。只有一心做好官，便与幕宾商议出示严禁，并谕以一经查出，必定详参揭报。”从中我们清楚地看到，“州县折收粮米”“勒索乡愚”问题十分突出。贾政从户部任上被外放江西粮道，级别提升半级抑或一级倒是小事，关键是对口外派，意义重大。清代的户部掌管着国家农粮、军需、漕运、赈灾救济等诸多领域，足见朝廷对贾政的重视和厚望，也充分体现出皇帝对贾府一族的体恤和栽培。

朝廷外放贾政等京官，是想历练出一批善于经济治理、缓和地方矛盾的能臣。据史料载，至乾隆六年（1741 年），大清人口竟达 1.4341 亿。由于人口剧增，导致了空前的生存竞争，人多地少的矛盾越来越突出。地主不断增加地租，贫民越来越无法承受。康熙、雍正年间全国范围内不断发生减租、抗租的风潮，国内阶级矛盾上升为主要矛盾。在这种情况下，谁懂经济，谁会抓经济，自然便是能臣、忠臣了。大清龙兴入关已逾百年了，一切以经济建设为中心，就如同当初打江山时是以军功论英雄，现在就得以绥靖安抚、平衡天下利益为考量了。官二代、富二代们深知朝廷的用心，于是纷纷“你方唱罢我登场”，竭尽所能，一展风采，为的就是在和平时期有所建树，谋求政治地位，搜刮新一轮经济利益。可以说，贾政是这一轮竞争的失败者，贾府是既得利益阶层新一轮利益分配的输家。

“千里为官只为财”，贾政到江西粮道上任，不贪不腐，不屈从地方的潜规则，就是想打开粮食安全（尤其是京畿的粮食安全）有效供给的新局面，即使多次在自己府上拿钱贴补、将在户部任上的薪金用于粮道开销也在所不惜，就是想挣得政绩，好捞取更多的好处，收到更大的经济利益。这一点，很多读者都没看清，他们总是疑惑：贾政为何在这样的岗位上成不了那位“张集馨”式的官？清代道光年间，江苏仪征有一个名叫张集馨的，他也被任命为贾政一样的差事——陕西督粮道。张集馨出京之前向京官送礼辞行，一来感谢诸位此前的照顾、提携，二来拜托各位以后多多照应，共送出别敬 17000 两银子，折合人民币约 250 万元。当时张集馨并无积蓄，别敬的钱是向广东洋行、朋友和西洋人借来的。

不过，他任督粮道一年，不但连本带利还清了借贷，还给老家寄回一万多两银子。张集馨这样的“小聪明”，是封建吏治下不少“超级智慧”的贪官所不屑的。以小博大，吃小亏赚大便宜，他们算的是为官一任的收支总账。从这一点看，贾政并不老实、迂腐。

还是回到粮道任上的事吧，为确保粮食安全尤其是京畿的粮食安全，漕运为重中之重。这便给腐败提供了便利，“各省大吏往往借漕运保举私人”。如果贾政肯屈从于各省大吏和地方实力派，或将自己的随扈幕僚安插负责漕运之事，也会很快捞得许多白花花的银两，尽发“国难财”，但这与贾政追求的最大利益和贾府一干众人的长远利益是不相符的。

贾政是书中有意塑造、刻画的一个“不通俗务的家长和官身”，他仅凭祖上的“余荫”和朝廷的体恤，不肯在混浊的经济里扎猛子游泳，是很难晋升的。当然，这里丝毫没有教唆当下的为官者和公务人员去同情贾政，或者让贾政去与那些“潜规则”同流合污的意思。不论曹雪芹写贾政的为官为人是否出于“以儿子写老子的心情下笔的”（著名红学家王昆仑语），有些同情和评功摆好的意味，但贾政给我们的借鉴启示却不可忽视。那就是，一个人尤其是官员的进取心和自律、慎独当然可贵，理应得到赞扬，但整个的社会大环境的影响也不可忽视，不良的社会风气对官员的施政和作为有相当大的负面影响和反作用。因此，在对官员进行教育引导的同时，也要花大力气净化社会风气，强化制度建设。让先进的、合理的制度管理人、约束人，使得好人更好、更具正能量；让社会风气更净化、更清纯，使得收入和分配更合理、更公平。

富二代薛蟠鲜有经济作为

《红楼梦》里的薛蟠是典型的富二代，在他的身上除了集中放大了市面上富家公子行为上的坏毛病外，在治家理财方面也毫无建树。作为一位经济人，他是不合格的。

薛蟠的父亲是皇商，即负责宫中的采买，这是薛家成为“丰年好大雪，珍珠如土金如铁”的先决条件。但到了薛蟠这一代，财富就大大缩水了，且门风不振，声名狼藉，家道式微。所谓“富不过三代”的铁律又一次在富商薛门得以应验。

按理说，薛蟠的生意条件那么好，应该是能挣钱且挣大钱的，可薛蟠却经常手头拮据。他犯事的风流债、人命官司钱大都是靠贾府的姨妈姨父给出的。和许多富家子弟一样，薛蟠身上的许多恶习是制约他创富和成才的魔咒。这些恶习都是不少富二代们所共有的：好面子、充好汉、花钱无度、胆大妄为；不思进取，坐享其成；玩世不恭，骄奢淫逸。

为塑造这位恶少典型，剖析其悲剧原因，曹雪芹下足了功夫。薛蟠为争夺英莲打死了势单力孤的小户人家子弟冯渊，因为有贾雨村徇私枉法判案，才判薛家支付冯渊家人“许多银子”了事。

薛蟠打死冯渊后，随母亲逃到京城住进贾府，没多久又在一次酒后

“失手”用酒碗砸了一个叫张三的店伙计的头，致其死亡。为此，薛家及贾府托知县，贿知府，求刀笔吏，拜衙狱，前前后后花了数以万计的银两，薛蟠才被免了死罪。这事儿的确闹大了，也暂时让薛蟠的行为有所收敛。于是，他决意让府上的老伙计张德辉带他出远门做生意。据书中介绍，薛蟠随张德辉出去几个月回到家后，却是两手空空，除了给自家妹妹薛宝钗和贾府的同辈亲友们带些小物件玩意儿外，并没什么斩获。可见，所谓“出远门做生意”只是个幌子。

富二代的典型——薛蟠，在清初社会有相当的典型性。

清初的不良社会环境好比是个大染缸，将薛蟠这样的年轻人引入歧途。清兵入关，统治中国之后，乃有“八旗子弟”。这些人中一部分留在兵营，大部分则流入社会。中国社会科学院历史研究所研究员、著名历史学家王春瑜在其《明清史事沉思录》一书中清楚地记载了清初八旗士兵腐朽堕落的情况：雍正五年（1727 年），当时的抚远大将军、恂勤郡王、辅国公——康熙皇帝的第十四子胤祯曾痛心疾首地指出：满族八旗子弟兵酗酒、赌博、“往赴园馆，一次即费数金”、斗鸡、斗鹌鹑、斗蟋蟀、讹诈、盗窃、雇人当差、转卖口粮、放印子钱、典当钱粮、科敛钱粮等，无所不为。更有甚者，有不少旗兵花天酒地，狂嫖滥赌，银钱花光了，干脆把盔甲器械送进当铺。

走向社会的那批八旗子弟慢慢变成了纸醉金迷的公子哥——持着折扇、提着鸟笼招摇过市，身后簇拥着家丁打手。因为别无所长，他们一不务农，二不做工，只是在社会游荡。

《红楼梦》中的薛蟠，虽然不是正宗的“八旗子弟”，但却是清朝旗人的奴才，自然得益于“八旗子弟”为非作歹的肥沃土壤。薛蟠身上所有的恶习，都有着八旗子弟日渐堕落的影子。

富二代的畸形成长的确是长期存在、尾大不掉的社会问题。正如巴菲特所说：他们出生时含着金汤匙，却变成了背上插着的金匕首。但世间事也绝非一律，同是清朝，作为晚清重臣的曾国藩，其子侄后人是不折不扣的富二代，但绝大多数都有出息。有人曾做过统计：曾氏家族从曾国藩的父亲以下到科举制度废除 70 余年间，共出秀才、举人、进士、翰林 20 多个。实行新式教育制度之后，其子孙都大学毕业，留学外国。

长期研究曾国藩的学者唐浩明认为，曾氏家族之所以能创造这样的奇迹，缘于世世代代尊奉曾氏家风，即曾国藩反复强调子侄们要惜福、简朴、刻苦上进的“寒士家风”。这一点，尤其值得那些富裕家族的人们咀嚼、反思、借鉴。

贾府的清流门客

清代初叶是一个封闭落后的自给自足的社会，京城和民间哪里有什么古董古玩市场，这注定了靠倒卖玉石书画的“清流”们没有出路，生计艰难。

每个朝代都有“清流”人士。

称得上“清流”的人，都似乎有些清雅、清高，他们大多懂一点艺术，但也只是附庸风雅；和官人仕宦比，他们自然清贫许多，甚至有些寒酸；但要和贩夫走卒泥腿子们相比，又显得有些阔绰讲究。

在清代，尤其是京城里，清流的群体十分庞大，也十分庞杂。《红楼梦》就零零碎碎地记述了一帮清流门客，如程日兴、詹光、冯紫英、单聘仁、冷子兴等，他们就是一群无所事事的清客。

《红楼梦》第四十二回就提到“程日兴的美人是绝技”。程日兴擅长画美人图，这美人图里甚至有些是裸体美人，只不过他的画艺水平无法和唐寅（唐伯虎）那些前代的大家相比。薛蟠和程日兴“泡”在一起的时候很多，有一回薛蟠过生日请客，就在宝玉面前吹嘘，说他见过什么落款为“庚黄”的一张春宫画，想必是程日兴之墨宝吧（应该是假托唐寅之名）。程日兴的画作想必坊间流传不少，甚至有些达官贵人家里也有藏挂，而且他的画可能大多是仿冒唐寅之名。贾宝玉欣赏程日兴，也不讨厌上门来的那帮清流门客，他只讨厌求官谋财的“禄蠹”们。但程日兴真正挣钱的门路应该是变卖古董，从某种意义上说，他还只能算是个古董行当里的掮客，画画看来是挣不到多少钱的。

说程日兴画画赚不了几个钱是有证据的。有一次，贾府的三小姐探春将几个月攒下来的十来吊钱拿出来，托宝玉出门到市面上给买一些字画。十几吊钱就能买一些字画，由此可见，当时的文人字画是何等廉价。就连擅长画美人图的程日兴也不得不靠临摹、仿冒名家书画或倒卖古董赚钱营生，那么像冷子兴之类无甚专长的清流自然就可能得靠坑蒙拐骗一些真真假假的古董去谋生了。冷子兴就曾经在刘姥姥的女婿狗儿手上捡了个“漏”，骗得了那个成窑五彩泥金小茶杯，让他大赚了一笔。

《红楼梦》中写到的清流，还有一个“老明公号山子野者”，最擅长画图纸，贾府盖大观园就是请他给绘的图。不用说，贾府肯定会支付一笔丰厚的设计费的。但这样的活计，他一年又能揽下多少呢，这可得打个大大的问号了。可以说，干园林设计这一行当的，往往是“三年不开张，开张吃三年”，“三年不开张”的确是事实，但是否真的能“开张吃三年”，就没准儿了。

不是吗？冯紫英是推销“洋货”的清流，有一次就从一位广西同知的手上弄到四样开价两万两银子的奇货，拿到贾府，想游说贾政买下，大赚一笔，但最后却由于贾府精明的女管家王熙凤的否决而未能成交。这样的大额推销往往很难，因此他们的收入也就可想而知了。

经济学家张五常有一个以玉石交易为例引发的“玉石定律”。其玉石定律说：“需要专家鉴证的物品，自私自利的行为会增加讯息传达的费用，但没有这种费用的增加，那些物品不会有贵重的用场。”这一定律再清楚不过地表明，玉石若想要卖上好价钱，自然要有市场、玉石专家、自私自利的人（因为玉石可增值，故自私自利的人就是期望发大财的买家。）这三大要素。

清代初叶是一个封闭落后的自给自足的社会，农业文明、农耕文化占主流，民间哪里有什么古董市场，更少有古董买家，当然也就没有因交易应运而生的所谓“专家”。所以，当时倒卖玉石书画等，是没有太大出路的，清流之辈也只有挨着混着，优哉游哉地过着他们的清苦日子罢了。

那么，《红楼梦》中的清流们是玉石、翡翠吗？贾府里的贾政、贾赦、王熙凤、贾母等人是专家吗？贾府门外的街衢上有适合这样交易的古董市场吗？

答案是不言自明的，此处不再赘述。

03

经济故事

大有大的难处

“大有大的艰难去处”，语出《红楼梦》第六回，是王熙凤对上门打秋风的刘姥姥说的话，这话形象、生动地道出了贾府的处境。这里取之作为本辑名。

假拟府邸　真有故事

《红楼梦》描写的是明末清初封建府邸的生活，那个时期正是资本主义孕育萌芽阶段，经济迅猛发展，国力上升，社会阶层尤其是封建士大夫阶层对物质文化生活有了新的需求。

尽管《红楼梦》是一部文学作品，但写实成分很重，尤其是对清初豪门大户衣食住行方面的刻画描写，糅进了作者曹雪芹的家事和当朝及史上一些有名有姓人物的家庭生活事迹、掌故，有不少故事情节简直就是明搬实录。所以，《红楼梦》是“假拟府邸，真有故事”，其记载的经济生活情节，值得我们审视和借鉴。

贾府的主人在衣食住行方面很是讲究，并形成了自己特有的消费习惯和理念。这种“讲究”，并非恣意奢华，追捧那些华而不实的物品。相反，那些本色的、原生态的物品，简约、自然的生活方式恰恰是他们的至爱。贾母喜欢乡野老妪刘姥姥上门带来的那些时令瓜果蔬菜，对刘姥姥说：“我正想个地里现结的瓜儿菜儿吃，外头买的不像你们地里的好吃。”有一回，她在大观园里偶感风寒，就觉得下人们送来的野鸡崽子好吃、对胃口，连连表扬孙媳妇——大管家王熙凤。举府尊贵无比也娇惯无比的宝二爷——贾宝玉，除了脖子上的通灵宝玉不得不随时佩戴外，其平时穿着打扮也本色寻常，吃的方面更不刻意花哨。他常常是头上的“抹额”也懒得戴，香囊等装饰物也不稀罕，乐意送给下人。有一回他到他的姨妈——薛姨妈家做客，也没见他喝什么高档酒、饮用什么噱头十足的养生茶，书中记述得很清楚，那次宝玉喝的是坛子装的纯手工酿造的酒（似为薛姨妈从南边带过来的类似于现今的“加饭酒”“女儿红”之类的酒），饭后喝了些陈年普洱茶。另书第六十回记载，有一次宝玉屋里的芳官向厨房中的柳家媳妇发话：“柳嫂子，宝二爷说了：晚饭的素菜要一样凉凉的酸酸的东西，只别搁上香油弄腻了。”这道“凉凉的酸酸的”素菜即后世人取名叫“翡翠羽衣”的“红楼大菜”，其实就是一盘凉拌黄瓜。只不过这黄瓜并非温室大棚里那种反季节的，也并非转基因的，是农家田里现摘的，而且个头刚好，不老不嫩。制作的时候，刀工须极其讲究，而且浇淋的是地道的小磨香油。再如林黛玉的日常饮食中，也少见大油大荤，林姑娘讲究清淡素净，且保留着南方人饭前喝汤的习惯，丫鬟便经常叫厨房给做一道汤，这道汤既不是山珍海味，也不是鱼翅燕窝，却是用现在常见的那种娃娃菜做的。在贾府，威望和影响力仅次于贾母的王夫人多年来坚持吃斋饭，须知斋饭不仅仅是素净，其食材哪一样不是原生态的？

的确，原生态的食物养人脾胃，使人健康；原生态的衣衫，也能叫人大方磊落，不至于浮光妖冶，移人性灵。就是日常的小摆设、小玩物，贾府的主人们也是喜欢原生态的那种。有“老鸹窝里的凤凰”之美誉的贾府三小姐探春就喜爱那些“质朴”的小物件、工艺品，她秉持的朴素的物用原则就是：有用就值钱，有用自有价值。《红楼梦》第二十七回写她说给二哥贾宝玉的一番话，便透出她对原生态物品的钟爱：

探春（对宝玉）又笑道：“这几个月，我又攒下有十来吊钱了。你还拿了去，明儿出门逛去的时候，或是好字画，好轻巧顽意儿，替我带些来。”宝玉道：“我这么城里城外、大廊小庙的逛，也没见个新奇精致东西，左不过是那些金玉铜磁没处撂的古董，再就是绸缎吃食衣服了。”探春道："谁要这些。怎么像你上回买的那柳枝儿编的小篮子，整竹子根抠的香盒儿，泥垛的风炉儿，这就好了。我喜欢的什么似的，谁知他们都爱上了，都当宝贝似的抢了去了。"宝玉笑道："原来要这个。这不值什么，拿五百钱出去给小子们，管拉一车来。"探春道："小厮们知道什么。你拣那朴而不俗、直而不拙者，这些年东西，你多多的替我带了来。"

生态，简单地说，就是指一切生物的生存状态，以及它们之间和它与环境之间环环相扣的关系。生态学的产生最早也是从研究生物个体开始。1869 年，德国生物学家 E. 海克尔（Ernst Haeckel）最早提出生态学的概念，即它是研究动植物及其环境间、动物与植物之间及其对生态系统的影响的一门学科。《红楼梦》中有关动植物与环境的相生、相克、相容、相左的情节很多，其中描述最多的还是人，即贾府主人与客观环境如何和谐相处。除了上面提到的饮食，贾府主人在居住、娱乐、祭祀以及社会交往中都十分注意时宜、环境、气场，始终注意摆正人在其中的位置和人所发挥的作用。如"黛玉葬花"的情节，就不能仅仅以感情和性格因素来衡量、分析，其人与自然的关系、原生态性才是最需要考量的因素。

《红楼梦》描写的是明末清初封建府邸的生活，那个时期正是资本主义孕育萌芽阶段，经济迅猛发展，国力上升，社会阶层尤其是封建士大夫阶层对物质文化生活有了新的需求。像贾府这样的人家，注重"生态"，就是注重诸如健康等美好的事物。这正反映出新兴资产阶级的一种时尚和价值追求。

【清】孙温　绘

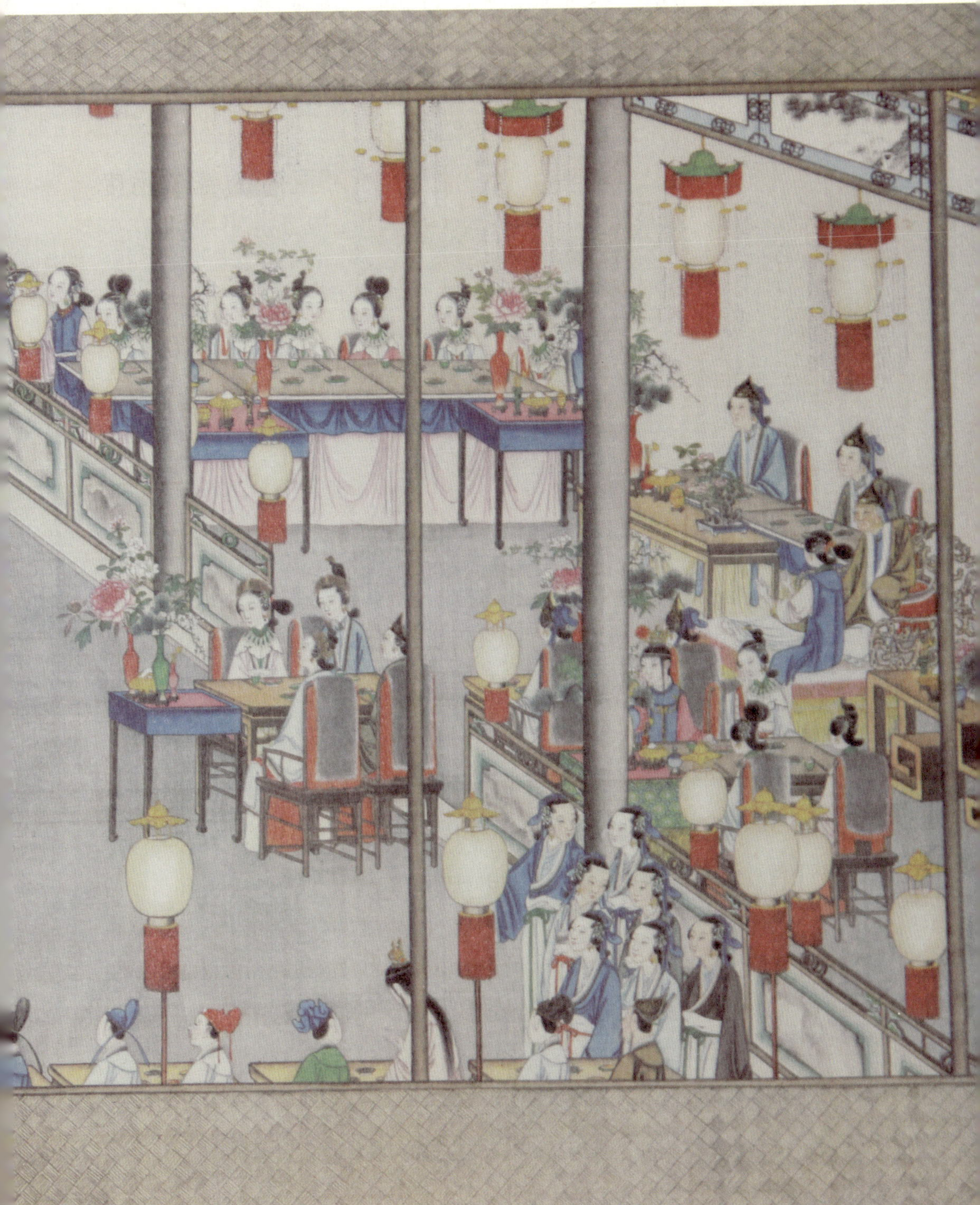

贾府的春节用度

贾府的春节用度

从《宁国府除夕祭宗祠　荣国府元宵开夜宴》《史太君破陈腐旧套　王熙凤效戏彩斑衣》这两回文字来看，贾府过春节是精心筹备、大有讲究的，而且花费惊人。

贾府是个豪门大户、鼎食之家，宁、荣二府人数千人以上，过一年四时八节中最盛大的农历春节，自然十分隆重，花费巨大。《红楼梦》记载贾府19年的兴衰，但只选取头尾三四年的事展开描述，而浓墨重彩写贾府欢度春节的盛况仅一次，用了两个章回的篇幅。从《宁国府除夕祭宗祠　荣国府元宵开夜宴》《史太君破陈腐旧套　王熙凤效戏彩斑衣》这两回文字来看，贾府过春节是精心筹备、大有讲究的，而且花费惊人。同时，过春节的仪程安排、用度管理等是早有备案、掌控得法的。

首先是除夕宴及祭祖。书中没有明说这一项花了多少银子，只详细记录了大的仪程及具体流程细节，出席的人员名单及身份，在府里的辈分排行，陈设及祭祀的物用品等，但聪明的曹雪芹早在未进入正题之前就将过年所需的物品列了一份清单——那就是“乌进孝进账清单”。乌进孝是贾府在距京城1300里地的北边一带的庄田的庄主，自然要按贾府主子的要求，早早地备下全部过年用品（当然是抵佃租的），《红楼梦》第五十三回就一笔不落地记录下了这些物品："大鹿三十只，獐子五十只，狍子五十只，暹猪二十个，汤猪二十个，龙猪二十个，野猪二十个，家腊猪二十个，野羊二十个，青羊二十个，家汤羊二十个，家风羊二十个，鲟鳇鱼二个，各色杂鱼二百斤，活鸡、鸭、鹅各二百只，风鸡、鸭、鹅二百只，野鸡、兔子各二百对，熊掌二十对，鹿筋二十斤，海参五十斤，鹿舌五十条，牛舌五十条，蛏干二十斤，榛、松、桃、杏瓤各二口袋，大对虾五十对，干虾二百斤，银霜炭上等选用一千斤、中等二千斤，柴炭三万斤，御田胭脂米二石，碧糯五十斛，白糯五十斛，粉粳五十斛，杂色粱谷各五十斛，下用常米一千石，各色干菜一车，外卖粱谷、牲口各项共折银二千五百两。外门下孝敬哥儿姐儿顽意：活鹿两对，活白兔四对，黑兔四对，活锦鸡两对，西洋鸭两对。"而这些物品并不及往年的数目，因此叫贾府的族长贾珍很不高兴。那么，这些物品值多少银子呢？书中交代得明白：折合现银 3000 两，是贾府北边一处地租银的八九分之一，贾府地租总额的 1/50 左右。拿全年收入（不包括理财及其他收入）的 1/50 用于过春节，是贾府的排场。再说国人就这样，忙一年就为过年，况且拿出 1/50，对贾府来说也不在话下。

其次就是看戏。贾府自家就有戏班子，那是花钱从江南姑苏一带买的 12 个优伶。小小年纪，就会很多戏文，唱念做打，样样精通，从书中的记述来看，主要演的是昆曲及京腔、弋阳腔、汉调等地方戏。一府的最高领导人——贾母最爱看戏听曲，大家自然也就陪着乐。但这看戏可不是闹着玩儿的，是要花白花花的银子的。这些个优伶平时是要发工资的，春节期间的演出当然工资要加码，还有赏银。这些当然是小钱。只是演出到中场或散场，按惯例贾母是要叫家人用簸箩抬钱上台撒的，叫"大撒钱"。满簸箩的钱从台下往台上撒，只听得"豁啷啷"响声一片，看戏的主仆们都在争着抢钱，好不热闹。赏钱用"簸箩"装，少说也有几千上万枚吧，也就有几百上千两银子了。这即便对巨富的贾府来说也算得上铺排了。

此外，还有派发红包。这是贾府过年的必备功课。贾府的压岁钱做得很精致，《红楼梦》第五十三回提到，一茶盘押岁锞子共是一百五十三两六钱七分里头成色不等，共220个锞子，有梅花式的，有海棠式的，还有笔锭如意的、八宝联春等不同样式。那么，到底要派发多少呢？参见书中零星的记述便知，也是一笔相当大的数目，不比现在一些公司的年终奖少。

现在很多人都在感叹“过年就是过钱”，贾府的族长贾珍也无奈地感叹“真是别叫过年了”！

贾府主人与沉香

沉香又名“沉水香”“水沉香”，古语写作“沈香”。有“沉檀龙麝”之说，历来排在众香之首。

贾府的宝二爷爱佩香囊，香囊里装有各种香料，其中就有沉香。

《红楼梦》第十八回写贾宝玉随父亲贾政在拟修建的大观园“才题对额”回到自己住处，被府里的几个小厮“抢”去了荷包、香囊等随身佩物，惹得丫鬟袭人很不高兴：

少时袭人倒了茶来，见身边佩物一件无存，因笑道：“带的东西又是那起没脸的东西们解了去了。”林黛玉听说，走来瞧瞧，果然一件无存，因向宝玉道：“我给的那个荷包也给他们了？你明儿再想我的东西，可不能够了！”说毕，赌气回房，将前日宝玉所烦他作的那个香袋儿——才做了一半，赌气拿过来就铰。

宝玉所生活的年代，佩香是大户门第公子哥儿的必需。那么，宝玉香囊里装的究竟是什么“香”呢？《红楼梦》第四十三回《闲取乐偶攒金庆寿　不了情暂撮土为香》就有明确记载：

宝玉和茗烟一气跑了七八里路出来，人烟渐渐稀少，宝玉方勒住马，回头问茗烟道："这里可有卖香的?"茗烟道："香倒有，不知是那一样?"宝玉想道："别的香不好，须得檀，芸，降三样。"茗烟笑道："这三样可难得。"宝玉为难。茗烟见他为难。因问道："要香作什么使？我见二爷时常小荷包有散香，何不找一找。"一句提醒了宝玉，便回手向衣襟上拉出一个荷包来，摸了一摸，竟有两星沉速……

沉速，即"沉香"和"速香"；所谓"两星"，指少量，即"二钱"。古时候称白银等货币及其他贵重的物品，少量的均以戥子称物，一星一钱。宝玉的香袋子里，装沉、速香料两种，竟然只有两钱，可见沉香这种香料不只名贵，功效还很大。

旧时的豪门公子爱用香袋，穿戴的衣帽也要熏上香。夏天出门会客、郊游，执一把纸扇子，也有香味；敬神、礼佛，更要沐浴更衣，焚香膜拜。这些香的种类很多，但沉香用得却十分普遍。

如今，男士已很少用香了，但偶尔也用些香水，多半还是劣质的。即便使用比较昂贵的香水，也觉得不自然，不太符合中国男儿的气质和风度。说中国男人不够绅士，怕与丢了沉香、丢了香袋有关吧。

贾宝玉的祖母——史老太君是那个时代的人瑞，她修养高，涵养好，所谓"居移气、养移体"就是她日常生活的信条。

她的居室里常有儿孙出入，请安的、作揖的，前来禀报事务的，主子奴才、丫头仆人都有。她老人家又极爱热闹，还特别爱看戏。所以，人员走动频繁所带来的空气质量不高是一个问题。但她老人家有一个办法，就是爱熏香。

《红楼梦》第五十三回记述："众人围随，同至贾母正室之中，亦是锦裀绣屏，焕然一新。当地火盆内焚着松柏香、百合草。"同一回庆元宵写道："这边贾母花厅之上共摆了十来席。每一席旁边设一几，几上设炉瓶三事，焚着御赐百合宫香。""松柏香"" 百合草"都是香的名字，但概念不尽相同，一是指以制造原料松、柏二木命名，一是指多种杂香糅合而成。“百合宫香”，是宫廷里所用，一般由檀、降、沉等五六种高级香料混合而成，其中“沉”即沉香。而沉香又最贵，据明代的《明会典》“番货价值表”载：“丁香每斤一贯、速香每斤两贯、沉香每斤三贯……”

沉香是名贵的香料，制香的木料大都出自云、贵、两广及南洋。沉香又名“沉水香”“水沉香”，古语写作“沈香”。有“沉檀龙麝”之说，历来排在众香之首。在中国，沉香还是名贵的中草药材，在佛教修行中，其各种制品也是上等的贡品，价值极高。历朝历代，拥有沉香工艺品和使用某种形态的沉香物品都可以称得上是主人身份、学识、品位的象征。据史书记载，沉香在唐朝时已传入广东，宋朝普遍种植，因为主要集中在东莞地区，所以又名莞香。关于莞香，当地人流传着一个美丽的故事：莞香的洗晒由姑娘们负责，她们常将最好的香块偷藏胸中，以换取脂粉，香中极品“女儿香”由此得名。

《红楼梦》里面的“众筹”

众筹，是一种向众人募资，用于支持某事发起人或组织的行为。但《红楼梦》中的“众筹”似乎还只停留在众人热闹热闹、聚一聚、吃吃喝喝的生活层面。

《红楼梦》里有许多“众筹”。海棠社做社事（主要是举办诗会及雅集活动），采取的是“众筹”模式；王熙凤过生日办宴席、请戏班子也是。《红楼梦》里最繁华热闹的几个场景，似乎都与“众筹”有关，如第六十三回《寿怡红群芳开夜宴　死金丹独艳理亲丧》这回，就写宝玉过生日，除府里（公费）为其庆生之外，众姐妹及丫鬟们也“众筹”为其单独庆贺。

众筹，即大众筹资或群众集资，源自外来词 Crowdfunding，由发起人、跟投人、平台所构成，具有低门槛、多样性、依靠大众力量、注重创意等特征。简言之，众筹是一种向众人（当然有定向）募资，用于支持某事发起人或组织的行为。但《红楼梦》中的“众筹”似乎还只停留在众人热闹热闹、聚一聚、吃吃喝喝的生活层面。即便如此，也与当下的众筹概念相去甚远。海棠社虽然具有创意性，但过于高雅，基本上属于“小众”，少了府上的主角和头头脑脑们，故其兴焉勃、其衰焉忽。熙凤的生日尽管由至高无上的贾母领头“众筹”，也有“创意”，但“门槛”太高，叫府上的下人们出那么多银两，有强人所难之嫌，因而难以为继。所以，如何让众人热心参与，心甘情愿地跟从，又实实在在从中受益，怕是“众筹”之关键考量吧！

其实，贾府中的很多事都可以采取“众筹”模式办理，譬如大观园的兴建和管理就完全可以走“众筹”的路子。建这个园子是贾府自己出钱出力，花出去的银子就像淌水似的，叫贾府透支了财力，造成资金闲置，导致流动资金严重不足，最终成为一处尾大不掉的不良资产。假如建园子时，以“接待皇妃”“省亲别院”等为由头，招募与贾母过从甚密的史家、王家、薛家还有金陵的甄家一起来动手，出钱出力，那效果就大不同了。若思路再开阔一些，叫上北静王，贾政的几位贴心同僚，再要么让王熙凤挟贾母之命，到几位诰命夫人那里去走动走动，到戴权那些个太监那儿说项说项，集点资，都会得到一定响应的。当然，那位负责规划设计的山子野的图纸怕得要多更新几次，贾惜春的“大观园形象效果图”恐怕得提前绘制好；当然，也少不得几场路演，贾母的戏台子得热闹几天，那 12 个花钱买来的优伶正可以派上用场，让他们把建园子怎么怎么好，园子如何如何排场，元妃娘娘来住下会如何如何夸赞，然后她回到宫里去怎么向皇帝说，皇帝一高兴了——准赏……这些个“众筹”项目的好处和利益所在，用戏曲的表现形式向出资人讲得清清楚楚。可惜，《红楼梦》所描写的贾府处于清代初叶，资本主义刚处在萌芽阶段，我们不可苛求于贾府的决策者们这样做。即便是资本运营的高手——王熙凤，我们也不必苛求她非得在建设大观园这个事情上采取“众筹”模式。这里只想说明一点，即“众筹”这一手段和方法，符合生产力发展的实际，是经济学的规律性的东西，当然也不必贴上这样或那样的标签，同时它也超越国度的界限和意识形态的领域和范畴。至于说到可以超越历史时空，那倒不好说，因为人们认识客观世界需要有个循序渐进的过程，发现并掌握这一经济规律也需要一个漫长的过程。况且，贾府所处的时代，连金融业都没有发育和破土，叫他们懂得“众筹”并加以实施，那是在苛求前人，当下的人们倒是可以以史为鉴。尽管《红楼梦》是一部章回体小说，不能当作信史来读，但书中众多的经济情节还是为我们提供了巨大的、广阔的斟酌和想象空间。还是回到兴建大观园这件事情本身吧，贾府举全府之力造园子，只赢得了一时的风光，却咽下了日后的苦果；为讨皇帝老儿的欢心，却损害了一府众人的利益。以此为鉴，我们现在做众筹，首先要把项目（事业）的用途理一理、清一清，即这个项目（事业）是不是大众所需、是不是能使大众受益、它的市场接受和认可度怎样、收益几何、能否带来持久的收益以及退出机制等，这些都是回避不得、含糊不得的。

贾府儿孙“油锅里抓钱”为哪般

《红楼梦》对贾府主人生活细节的描写，深刻地揭示了贾府的衰败首先是“人”的堕落的经济成因。

很多《红楼梦》读者把贾赦一房看作宁国府那边的，这是误读。贾赦是荣国府的长房长子，可贾母她老人家却不喜欢贾赦这一房的人，府里人也拿贾赦、贾琏父子俩不那么吃劲，每每谈起他们，表情都是怪怪的，有一种说不出的味道。究其原因，就是他俩做人不大气，贪财好色，对下人也悭吝、刻薄得过分了。

贾赦是靠其祖上的余荫，世袭了一份功名，属于有地位但平时不拿俸禄的那种官。不像其胞弟贾政，在工部供职，花名册上赫然载有名姓，有俸禄银子可领。贾琏呢，也大抵是花钱捐的官，属虚衔，每月只在自家府里领一份例银。但他们俩的日子却过得花里胡哨，按现在世俗的说法就是活得很潇洒。

贾赦父子玩“潇洒”是需要银子的，那他们的银子从何而来呢？这正是《红楼梦》大有经济看点的又一例证了。

他们俩的“生财之道”的确让人匪夷所思。贾赦是凭他承袭的官职功名四处拉关系敛财的，干了许多交通官府、包揽词讼的事：其儿媳王熙凤受铁槛寺老尼请托，交通平安州拆散小民张华婚姻，得银3000两，用的就是贾赦的关系网。不用说，王熙凤自然会把银子与贾赦伙分的。贾琏私娶尤二姐不久，受贾赦两次支派到平安州前后两个月时间办一桩“机密大事”。事成后，贾赦欢心，给了儿子贾琏100两银子的好处费，还要把自己身边17岁的名叫秋桐的丫鬟赏他为妾。这究竟是什么样的一桩“机密大事”？书第一百〇五回记载，西平郡王到贾府宣旨：“贾赦交通外官，依势凌弱，辜负朕恩，有忝祖德，着革去世职。”同时，贾政得知：李御史参奏了平安州节度，罪状是奉承京官，迎合上司，虐害百姓等几大款。京官就是贾赦，那贾赦交通的外官就是平安州节度。所谓“机密大事”，就是包揽词讼，依势凌弱。因为这件事，荣府被查抄，贾赦被革职。其实，这对父子蝇营狗苟的事还有不少，譬如贾赦嫁女儿，处心积虑“设套”，讹了未来女婿的5000两银子；串通贾雨村，强占石呆子的20把古扇，欲高价转手牟利。贾琏从协助自家媳妇王熙凤理财的有限权力里，假公济私、想方设法捞取好处，如主管府内采制、工程发包过程中，其侄辈如贾芸、贾蔷等纷纷上门求活计，贾琏是统统要收好处费的。因此，他成了全府上下无人不知无人不晓的“油锅里抓钱的人”（贾琏侍妾平儿语）。

如此贪财，这般爱钱，这对父子意欲何为？原来他俩都有一个共同的毛病——贪色。贾琏偷娶尤二姐，在外面另起一舍，锦帐日用，一应俱全，还有小姨妹尤三姐及“岳母”大人，统统一起养着，这笔开销可不是个小数目。为此，差不多花去了他平日里积攒的那些来路不正的“私房钱”。可不是吗？后来尤二姐死了，贾琏只出了一副棺材板，连丧葬费都拿不出来了……

其实，在私娶尤二姐之前，贾琏就和鲍二家媳妇暗通款曲，当偷情败露致鲍二媳妇自尽时，贾琏不得不拿出200两白花花的银子来了断。要知道，贾琏在贾府的工资每月也不过10两银子以下，而这笔银子差不多是他两年的收入啊。所以，这笔钱贾琏走的是贾府的“公账”。这等个人风流账却要府里公款报销，长此以往贾府不亏空倒台才怪呢！

其父贾赦当然更胜一筹，他垂涎贾母身边的贴心丫鬟鸳鸯，欲讨来做小不成后，转眼就托“人牙子”物色了一个17岁的女孩收在屋内，你猜花费多少——800两银子。800两，按清初一两银子折合当下人民币四五百元计算，也是三四十万啊。可贾赦舍得，因为他为了女色可以不计成本。

人是社会的人，更是经济的人。人的感情作为上层建筑的一部分，受制于经济基础。因此，热衷于婚外情，首先要做好成本准备。而且婚外情和常态的情爱相比，付出的成本要大得多。从近年来查处的官员腐败案件来看，许多贪官都因为“二奶”“情妇”的开支太大，才大肆贪污。滥情的私生活，是导致贪腐敛财的直接原因。

《红楼梦》中诸如贾赦父子贪色败家等经济情节的披露，决不能看作是曹雪芹专注于记贾府的生活流水账。这些封建府邸主人生活细节的描写，深刻地揭示了贾府的衰败首先是“人”的堕落的经济成因。

贾府中大多数男儿皆属不务正业之类，他们热衷于吃喝玩乐，眠花宿柳，偷情偷娶，不走正道，以致家敷日炽，用度惊人。试想，像这样一个又一个小家庭的细胞都中毒坏死了，贾府这个大家族岂有常青不败之理？

贾府经济“藏掖”多

贾府所处的时代是封闭、僵化的封建社会，贾府经济说到底只是封建府邸经济，与现代社会的审计、监察和公开、透明招投标等不可同日而语，但我们可从贾府的日常经济管理和经济人的行为方式里得到殷鉴和启发：即促进经济的增长值得重视，经济的维护和管制同样不可含糊。

“藏掖”一词的意思是：怕人知道或看见而竭力掩藏、躲闪。《红楼梦》里多次出现这个词，书第十六回里，贾蔷在王熙凤那里谋得去苏州采办建造大观园工程物料的差事，贾琏就以过来人的口吻挤对贾蔷说这里面“是大有藏掖的”。

藏着掖着，是贾府经济人的一贯做派：贾蔷去苏州办采购，因为“藏掖”许多，自然发了不少财；还是大观园工程，贾芸为承揽绿化工程，兜里一个铜钞没有却要到外面赊欠市面上比较名贵的冰香麝片作为礼品，以打通王熙凤的关节。试想，如果工程过手没有好处，穷小子贾芸肯定不会干这赔本的事的。可见，关于工程建筑上的猫腻和苟且，200 多年前的一部《红楼梦》早就写透了。

“藏掖”之事往往不是一个人、一个部门就能做得到的，它需要上下联手、左右勾连、横竖配合，大家彼此心照不宣地办，日久天长便形成了“潜规则”。贾琏和仆佣鲍二的内人偷情，最后闹出事来导致这妇人自尽，所赔偿安抚的一笔银子就是从“公账”里走的，做得神不知鬼不觉。这都是财务部门出的馊主意并具体经办的。府里的姑娘小姐加上女佣们常年用的“头油”等易耗品，没有了自然去采购，月月发放、年节再发，用不掉都堆在那里，但还是采购、还是照样发，而且是以上好的价格拿劣质的货。这里面负责采购的人员就“大有藏掖”。还有贾府各房子孙上私塾学堂里的“学钱”，也是常年重复报销入账，可一直没人理会。要不是敢于较真碰硬的三小姐贾探春因王熙凤生病而临时“暂代数月”政务，在审批账目时把这两项不合理的开支“砍”了去，贾府的“油水”还不知要漏到哪一年呢？

家风乃国风之缩影。贾府里那位撑门立户的人物——贾政就摸透了朝廷的陋习和市面上的种种营私手段。他在朝廷工部只任个大概从四品的官，就以权谋私，让家里人和族人沾光、捞好处。《红楼梦》第八十八回就赫然写道：“贾政自从在工部掌印，家人中尽有发财的。”贾政负责的是总办陵工，即营缮帝王陵墓寝的工程，这里面的“藏掖”就很大、很多。贾府（含荣国府、宁国府）的大管家、女强人王熙凤是一位精明能干的主儿，在放债、典当等资本的腾挪方面堪称能家里手，在日常经营上总是要尽了手段，玩足了猫腻。其放债经营的利息钱就明显高于朝廷的制度限额。书第一百〇四回记载：贾芸说王熙凤“拿着太爷留下的公中银钱在外放加一钱”。所谓“加一钱”，是高利贷的一种，月息为本金的1/10。月利率竟达到10%，这是很高的贷款利率了。因为前清时期国家有严格规定，一切债务每银一两月息不得超过三分，禁止息上滚息。从顺治到乾隆朝这一法定利率都是“铁律”。所以，贾府被抄家问罪，其中有一款大罪就是“违例取利”。

查阅前清史料，到康熙晚期，国库就出现亏空。所以雍正即位当年就成立了会考府，专门考察各地方亏空的情况。到了乾隆时代，虽然国库充盈了，但经济上的“漏洞”却越来越多，贪污贿赂盛行。乾隆四十六年，甘肃连年大旱，饿死不少百姓，当地官员请示朝廷开展捐粮运动，捐得多的富户可以取得“监生”资格，但在实际操作中，却只收银子不收粮食。数年之间筹集的上百万两白银根本没有用来救灾，而是在编造假账报销后，被各级官员私分一空。

与“藏掖”一词相对应的是“透明”。“公开、透明”原则，是经济健康发展乃至安邦定国必须坚守的原则。造成不公开、不透明的原因很多，首要的一条就是没有制度和规范，靠“人治”，全凭一个人或少数个别人说了算，譬如贾府经济上就是大管家王熙凤说了算。具体到某件事上，如贾琏偷情的费用冲账报销，因为是王熙凤的夫君来办的，那就贾琏说了算。这就又带出第二个原因，即“情大于法”。贾府经济体犹如一个庞大的家族企业，盘根错节，关系复杂，人情很厚，加上封建家长制，纵然有“总理房”“账房”“银库”等管理财物的机构，但仍形同虚设，聋子耳朵而已。此外，一府的经济内生动力丧失，经济生长面大面积坏死，贾府的主子都浑然不觉，对这些经济和财务管理上的“猫腻”和“跑冒滴漏”他们自然也视而不见了。

诚然，贾府所处的时代是封闭、僵化的封建社会，贾府经济说到底只是封建府邸经济，与现代社会的审计、监察和公开、透明招投标等不可同日而语，但我们可从贾府的日常经济管理和经济人的行为方式里得到殷鉴和启发：即促进经济的增长值得重视，经济的维护和管制同样不可含糊。尤其是对那些现代企业制度意识不强，基本经济制度一直未曾建立或不够健全、不够规范的家族企业来说，《红楼梦》里面记载的这些各色人等、大大小小的经济活动中的“藏掖”情节，堪为不可多得的反面教材。

养怡之福　可得永年

“养怡之福，可得永年”，这是曹操名诗《龟虽寿》里的句子，是说“颐养”对一个人的健康长寿非常重要。

在深圳文博会上，听闻前来参展的一家国内颇有影响的家具制造商有志于振兴中国古典家具品牌，准备推出“榻”这款家具，感到特别欣喜。“榻”在《红楼梦》里有多处记述，在明清的时候寻常可见，堪称中国家具中的瑰宝。

“歪在榻上”，是贾母的习惯性动作、经典动作。在《红楼梦》第二十二、五十三、五十四、七十一、七十二、七十五、八十二回里，贾母每每出场，描写她老人家的文字里总少不了这四个字。如第七十一回写道：

“至次日一早，见过贾母，众族人中到齐，坐席开戏。贾母高兴，又见今日无远亲，都是自己族中子侄辈，只便衣常妆出来，堂上受礼。当中独设一榻，引枕靠背脚踏俱全，自己歪在榻上。”

这是贾母过八十大寿时的情形，她老人家面对满堂儿孙的承欢、逢迎、祝福，心花怒放，百般满足，但她只慵懒地“歪”在榻上，做随心所欲的享受，无忧无虑的放松。

床榻，是中国古典家具中六大门类之一。《广博物志》中曾有“神农氏发明床，少昊始作箦，吕望作榻”的记载。汉代刘熙在《释名·床篇》中解释道：“人所坐卧曰床。”又说：“长狭而卑者曰榻。”《说文》也说：“床，身之安也。”而榻则是专供休息与待客所用的坐具。古代的床榻，大致可分为两大类：一类为珍贵硬质木材所制，如黄花梨、紫檀；另一类为白木材质，此类床榻或髹漆，或贴金，或镶嵌。《红楼梦》中没有详细描述贾母所卧之榻的形状、材质，但影视剧中展现在大家眼前的都是紫檀模样。但不管怎样，榻与现今的沙发、榻榻米之类是有明显区别的。有“红学”研究专家还考据出贾母的榻是美人榻，这是古时专供妇女小憩用的榻。美人榻在制作上是很讲究的，其后背有围栏突出并由右向左阶梯式提高，其意为“步步高”，中间常镶以秀丽的云石，上面都会雕刻精美的吉祥如意图纹，两边的围栏演变成扶手形，有的还制作成书卷枕形，为的是让女性午间做小憩用，榻面一般较狭小，可坐可躺，制作精致，形态优美。

这里且不去细说美人榻，只说人怎么享用这个榻。贾母习惯于在上面“歪”着。“歪”，非“睡”非“躺”，非“卧”非“倚”。一个“歪”字，写尽了贾母养尊处优的神态，也为我们留存了数千年传承的一种宅第颐养方式。中华民族是个敬老的民族，对于尊者、长者，特别尊崇和优待，唐五代时的名画《韩熙载夜宴图》中，韩熙载因年高位重，就独自在榻上“歪”着待客。明代以后，特别是在清代，这种礼仪已成定式。

那么，榻应该摆在居所的什么位置适宜呢？贾母生活的前清时期，一般富贵人家都设有榻，而且摆放在正屋内。熟悉《红楼梦》的读者会明白，贾母的住所是五间上房加次房、稍房的四合院，上房正中一间是明间，贾母所用的“榻”就摆放在正中的明间中。孟子有“居移气，养移体”的说法，指地位和环境可以改变人的气质，奉养可以改变人的体质。贾府是四代同堂的富贵门第，其最高长辈就是贾母。只有她，才能在正屋明房配置榻，而且可以在榻上随心所欲地“歪”着。

人，上了年纪，腿脚不甚利索，腰背不怎么舒朗，这样“歪”着，有利于活筋舒血，脉络通畅，健身养心。长期以来，国人被要求“坐有坐相，站有站相”，其实这种长期“一本正经”的正襟危坐是不利于调整身心的，至少不适合老年人。

我们已经或即将迎来人口老龄化社会，年老之人，居所及家具陈设，坐卧的姿势等，都可以学学《红楼梦》中人的做派。现在我们经常看到一些老年人在日常生活中，常做一些年轻人都不适宜做的事和动作，结果，这种“不服老”的举动轻则伤筋损骨，重则有致命之虞。七老八十的人，宜静卧，不宜奔突，即一动不如一静，所以平时在榻上坐坐，歪一下，是很好的养生保健之法。

《红楼梦》的养生学体现在各个方面，渗透在生活的各个领域。重视人伦，讲究颐养环境和条件设施，是《红楼梦》对居家养生方面的一个重要贡献。

“养怡之福，可得永年”，这是曹操名诗《龟虽寿》里的句子，是说“颐养”对一个人的健康长寿非常重要。《红楼梦》里的贾母是一位长寿老人，这与她胸襟开阔、乐观豁达、富有仁爱之心有很大关系，但也与她重视养生、深谙颐养之道不无关涉。

《红楼梦》里的三场“服装展示会”

《红楼梦》里对于众多人物的衣着穿戴、服装展示光鲜生动，美轮美奂，其精深而博大的服饰文化对丰富当下人们的精神文化生活，尤其是如何办会展乃至“会展经济”都具有借鉴和启发作用。

被誉为中国封建社会“百科全书”的古典文学名著《红楼梦》里对于众多人物的衣着穿戴、服装展示光鲜生动，美轮美奂，其精深而博大的服饰文化对丰富当下人们的精神文化生活，尤其是服饰经济的发展和走向仍具有借鉴和启发意义。

《红楼梦》全书涉及服饰的共有51个章回，其中最为精彩、最为翔实的有三处——称作三场“服装展示会”并不为过，尽管书作者曹雪芹并非刻意为之。

第一场是第三回《金陵城起复贾雨村　荣国府收养林黛玉》，林黛玉初进贾府，通过她的一双纯真无邪的眼睛，观察到富丽堂皇的贾府以及贾府的人们，他们养尊处优、高贵华丽，主要是从服饰穿戴上去展现。如府上财经大管家王熙凤“头上戴着金丝八宝攒珠髻，绾着朝阳五凤挂珠钗，项上戴着赤金盘螭璎珞圈，裙边系着豆绿宫绦，双衡比目玫瑰佩，身上穿着缕金百蝶穿花大红洋缎窄褃袄，外罩五彩刻丝石青银鼠褂，下着翡翠撒花洋绉裙”的描写，就充分展现出清代早期上流社会贵族妇女穿着用料考究、制作精良，且服饰文化讲究横竖搭配、色泽和谐、自然得体的特点，体现出供给侧和需求侧在特定的背景之下，处于相对统一的状况。类似这种通过“第三方体验”和“情景剧”等方式展示服装、传播服饰文化的，现如今人们也在运用，但是否做到了《红楼梦》这么贴切自然，值得我们反思。

最为精彩的一场出现在《红楼梦》第四十九、五十回这两回，那是在大观园的雪地里。这一天大观园里银装素裹，一片“琉璃世界”，贾府的一帮女眷们加上来府里走亲戚的几位女宾一共14位，在雪地里行走，在雪天里吟诗作对。本来场景、天气、物象就已经够美的了，偏偏又是一帮天真烂漫的美少女登场，而且她们一个个堪为仙人似的着装，更为这冬雪世界增添了无尽的妩媚和妖娆。你瞧，林黛玉“换上掐金挖云红香羊皮小靴，罩了一件大红羽纱面白狐狸里的鹤氅，束一条青金闪绿双环四合如意绦，头上罩了雪帽”；贾宝玉披一件“大红猩毡”在那里若有所思地呆呆地站着，他本就是十三四岁的年纪，又时常在“女儿堆”里插科打诨，加上雪地里的这一身装扮，叫人真的难分是美少女还是美少年男儿。更奇绝的是薛宝琴披着凫靥裘站在山坡上遥等，身后一个丫鬟抱着一瓶红梅。在一边做看客的贾母喜得忙笑道：“你们瞧，这雪坡上配上他的这个人物，又是这件衣裳，后头又是这梅花，像个什么？”众人都笑道：“就像老太太屋里挂的仇十洲画的《艳雪图》。”贾母摇头笑道：“那画的那里有这件衣裳？人也不能这样好！”（见第五十回）

雪地红装，红颜笑脸，再加上红梅花映衬，这样的“服装展示会”才叫情、景、人绝配，才能令“服装”凸显亮眼。

真佩服大文豪曹雪芹先生的审美观，他懂得美，会设计和制造美。当下的服装展示会，这里展那里展，大都在固定的、圈守的场馆室内（很少在露天野外举办），纵然有灯光音响、舞美设计什么的，那也绝对赶不上大自然的场景。最美不过大自然，自然之美是任何人为的雕琢粉饰所万不能及的。这方面，现在的服装展示会的组织策划者真的要拜曹雪芹为师好好学学。

第三场是第六十三回，贾宝玉在大观园设宴过生日的场景。这一回文字中对于懵懂少男少女无拘无束的神态以及他们内衬内衣的描写和介绍评点十分细微传神，堪称大匠心、大策划、大手笔，非当下那些生硬、机械地推销展示内衣内裤、鞋袜胸罩的商家们所能做到的。

展销会，顾名思义在于“展”和“销”，要在“展”上下足功夫，否则是很难“销”得动的。当然，你可以尽可能声嘶力竭、生拉硬拽地“销”，或者弄些“清仓甩卖”“买一送二”什么的，但效果毕竟不理想。

现在盛行“文化搭台，经贸唱戏”，这本身没有错，关键是要真有“文化”，真正懂得文化，要像《红楼梦》那样，会设置场景，会制造情景氛围，会运用生活美学，让人们在不知不觉中接受你的产品，在自己的亲身“体验”中留下难忘印象，激发购买冲动，从而达到销售和推介之目的。从这个意义上说，《红楼梦》里的三场“服装展示会”对我们如何办会展乃至“会展经济”都具有借鉴和启发作用。

贾府饭局的“下半场”

《红楼梦》里贾府的“饭局”，那是丰盛的、精细的，也是隆重非常的。但有一点，贾府的“饭局”更在“下半场”。

饭局，古来有之，当下益盛。有宾客来，宴之；有朋自远道来，款待之；就是没客来，家人、邻里相聚，也得上桌吃个饭。现如今，人们把这种常见的食肆活动统称为“饭局”。这不禁使我想起《红楼梦》里贾府的“饭局”，那是丰盛的、精细的，也是隆重非常的。但有一点，贾府的“饭局”更在“下半场”，或者说是上、下半场并重吧。

刘姥姥来贾府攀亲，受到热情款待，王熙凤主宴，贾母亲自到场上桌，这饭局够气派、够上档次了吧，这还不算，还安排了“下半场”，贾母还命人领刘姥姥到（大观）园里四处走走，府里主仆一众人随行，指指点点，谈笑风生，是谓“游园”。因而这位打乡下来的老妇人在尽享美味大餐之后，还闻得富家园林的花香，听得乡野里都闻所未闻的鸟叫，感受到大户人家公子小姐房卧居所的阔绰、光鲜和排场。

人饱食之后需要走动走动，尤其是上了年纪的老人。这一点，贾府做到了，招待刘姥姥宴席的这个“下半场”安排就周到、科学、合理。民谚云：“饭后百步走，活到九十九”，说的就是这个道理。至于刘姥姥当晚游园之后偶感风寒，吸入凉风，以致闹肚子，那是另外一回事。试想，如果刘姥姥晚宴过后就倒床蒙头大睡，满腹饭菜加上“海喝”了那么多的酒，沉淀和发酵起来，可不当玩的，那就不是“拉稀”那么简单了事了。

《红楼梦》里记述最精彩的饭局“下半场”当是第五十回《芦雪庵争联即景诗 暖香坞雅制春灯谜》，府里的一众女眷雪天雪地里在大观园边角处的芦雪庵里煮鹿肉吃后，还即兴联句。平生不识字，没文化，也不懂诗词歌赋的经济强人——贾府财经大管家王熙凤竟然为联句活动开了首句“一夜北风急”，以下的句子就顺当了，用“一气呵成”“一泻千里”“字字珠玑，异彩纷呈”来形容当晚所联的七十句二百八十个字其实并不为过，但是不是像某些红学家所说的“古往今来粉钗女子的诗词歌赋难出其右”，也不好说。但这下半场的活动安排却是值得掂量、品味和推崇的。

其一，它是“上半场”的延续，和上半场是个水乳交融的有机整体，这一点现在的人们都知道，因为光吃饭喝酒，显得单调，也不利于深入交流，加深感情。那就上卡拉OK吧，去尽情吼一嗓子，折腾到大半夜，甚至通宵不归也是常有的事。这样的安排好不好呢？答曰：不好，至少千篇一律，没多少创意。这就要说到第二点。

其二，就是雅和美。芦雪庵吟咏，参加联句者多至十二人，这种高雅的文艺雅集，能激发赴宴着的才情，展示他们的个性，表达他们的情怀。要知道，古人往往将吃饭酬酢看作一次雅集，不像现如今那么看重“吃”的成分。所以张罗“饭局”者需要制造新鲜感，以激发入席者的表现欲，让他们尽兴、开心。

其三，是活动的环境和场景有利于放松人的身心，陶冶人的性灵。试想，《红楼梦》的这场饭局是在雪天雪地里，鹿肉清香，红梅亮眼，庵堂霭宁，赴宴的人谁不神清气爽，心旷神怡？当然，最留得住人的还是“下半场”的联句活动。所谓“联句”，就是两人或多人共同来作一首诗，或者说共同来凑成一首诗。通常的做法是：由一人先作一句开头；第二个人对上这句，再起一句；下一个人再对这句，又起一句依次这样作下去，这在明清朝代，很是流行。你或许要说了，时下到歌厅去K歌不也很流行吗？没错，我只能说，全民“K歌”而丢了联句、（戏曲）清唱、猜谜、射覆、行酒令等中国流传久远的高雅酒席文化多少令人遗憾和感伤。不信我搬出《红楼梦》第四十回贾母行酒令的四句：头上有青天。六桥梅花香彻骨。一轮红日出云霄。这鬼抱住钟馗腿。你就不一定懂！

当然，《红楼梦》酒席的“下半场”里也有不那么高雅甚至是低俗的活动，诸如饭后搓麻将，酒后生事、胡言乱语，这方面薛蟠那浑小子干得最多，可后果咋样，相信看过《红楼梦》的人会自有结论。

食肆活动承载着人们的交际和情谊，它是经济生活，也是文化生活；是个体、团体的活动，也是广泛的社会活动。我们承认其具有特定的私密性，但也应当正视其公众性和社会性，只有正确处理好个体私密性和公众社会性的关系，做到经济交往和文化辅佐相结合，相得益彰，这样的“饭局”才是健康的、有益的，才是可持续的。

【清】孙温　绘

贾府饭局的“下半场”

《红楼梦》"饥饿疗法"的当下意义

在国计民生的经济问题上，供给侧和需求侧都需要适时调整和改革。有时候，当经济在过"火"、过"热"的情况下，来点"饥饿"和"饥饿疗法"，未尝不是一剂良方。

物质生活的富足，催生了当下的"养生经济"。这话其实是个悖论。养生，离不开物质生活，但物质过于丰富，又不加节制地享用，甚至挥霍，对人的身心反倒不利，甚至造成伤害。《红楼梦》里有许多养生的良方，尤其是贾府里的秘不外传、屡试不爽的"土办法"，其实蕴藏着传统中医的智慧，凝聚着东方华夏的养生文化和哲学，值得当下的我们加以吸收和借鉴。这些"土办法"中，首推"饥饿疗法"。

《红楼梦》第五十三回中，晴雯感冒后几近痊愈，又因冬夜里替宝玉补孔雀裘劳累了，病又加重，这时她便用了贾府中的风俗疗法——"饥饿疗法"，便渐渐好起来了。患者病后不吃得过饱或者是只吃清淡的东西，以防由于饮食问题导致复发，这是一种养生的好方法。饥饿治疗，常指不食用五谷和肉类，饮用清水或果蔬汁液，有助于清理肠道，排出毒素。《黄帝内经》中谈到上古之人，"尽终其天年，度百岁乃去"，其主要经验之一，就是食饮有节、起居有常，讲究饮食的节度与节制，要求吃饭有规律。适度净饿待食，同时吃饭要有节制，不要过饱，更不能暴饮暴食。因为“饮食自倍，肠胃乃伤”。在这方面，《红楼梦》中记述的贾母日常生活起居的一些细节可作为“饥饿养生”的最完备诠释。如她平日里的饮食总以清淡为主，偶尔吃点荤，也在烹调上有所讲究，如第四十三回就写贾母因身体违和，想吃过去曾吃过的野鸡崽，于是下人就将鸡肉切成小块用油煎炸，将这“咸浸浸的”嫩肉块配喝稀饭用。贾母十分注意节制饮食，每餐只吃七八分饱，从不贪吃，她爱吃甜烂之物，如莲子羹、糕汤之类，但每次吃得极少。量虽不大，但精致、易消化、富含营养，如书中记载一顿只吃半碗红米粥，两口鸡髓笋，一点儿椒油莼虀酱。

“这贾宅中的风俗秘法：无论上下，只一略有些伤风咳嗽，总以净饿为主，次则服药调养。”这是《红楼梦》中总结的一句话。当然了，对“饥饿”二字，当放大些看，不可拘泥、呆板地对应。

还有书中第四十二回，写宫里王太医来贾府给贾母看病，一番望、闻、问、切后说：“太夫人并无别症，偶感了些风寒，其实不用吃药，不过略清淡些……就好了。”正准备离开时，一位奶妈子抱着王熙凤的女儿巧姐儿也要太医瞧瞧，太医诊了一诊，又摸了一摸头，又叫伸出舌头来瞧瞧，笑道：“只是要清清净净的饿两顿就好了。”可见，贾府的“饥饿疗法”合乎宫中的规矩。从书中的许多情节来看，贾府的“饥饿疗法”有自己的独创，更是封建社会生活方式的总汇，是当时盛行的佛、道思潮在人们现实生活中的直接影响和反映。尤其是道家的“清静无为”“道法自然”思想，对贾母乃至整个贾府的影响，是潜移默化、浸肌彻骨的。

用“饥饿疗法”防病治病，中外古书上都早有记载。两千多年前古埃及的一张莎草纸上就写有这么一句话：“人吃得太多，只有四分之一是为自己吃，其余的四分之三养活了医生。”我国战国时期编写的《黄帝内经》一书，就把“饥饿”作为一种治病的方法列入。

此外，“饥饿疗法”还是一种心理理疗。中医认为，人在饥饿状态之下，全身的器官都处于重新调整状态，即人体“重新洗牌”，有利于激活免疫力。西医则认为，人在欲得而未得的状态下，最富于冥想，燃起内心的希望，从而分泌出巴多酚，利于人的精神亢奋、病体恢复。有野史记载，乾隆皇帝有一次下江南，吃到农家的“白板煮鹦哥”，回到宫里就叫人做。可宫里厨子不懂，弄了些浓盐赤酱的大荤过来，乾隆无法下咽，便一个人坐在那儿怀想巡游江南时吃过的“白板煮鹦哥”，硬是饿了一顿，殊不知连日里心中的郁积之病一下子便好了许多。这便是“饥饿”与“冥想”的双重功效。其实，那“白板煮鹦哥”就是白豆腐和菠菜的组合，清汤寡水的，对常年吃荤腻且久坐少动的人身体有利。

过犹不及，这不禁使人联想到经济。按照经济学家的理论，当经济已经深深陷入元气大伤、结构扭曲的困境之中，任何营养剂不但无济于事，反而会使毒素细胞更有活力，唯有采取“饥饿疗法”，才能排毒养颜、培育市场内在的元气。的确，匮乏固然使人哀愁，但滞胀也令人担心和忧虑。去库存、去产能绝非权宜之计。在国计民生的经济问题上，供给侧和需求侧都需要适时调整和改革。有时候，当经济在过“火”、过“热”的情况下，来点“饥饿”和“饥饿疗法”，未尝不是一剂良方。

《红楼梦》里的“饥饿疗法”给我们的启示还有很多，不独在养生、经济这些层面。

《红楼梦》中的“风水经济”

正是这种不良、无知的社会风尚，催生了风水经济，那些善于使巫术、看风水的人往往最容易生财、得利。

《红楼梦》里有不少有关“风水”的故事情节，这里姑且称之为“风水经济”。其中，马道婆和王一贴就是代表人物。

马道婆是宝玉的“干妈”，那时候大户人家的公子、小姐往往要结一门子穷亲戚，什么干妈、干伯、干姨、干婶的，不足为怪。但这个马道婆太贪财了，为了钱财，什么坏主意都能想出来，什么缺德事都敢做。马道婆因为贾政的偏房赵姨娘素来妒恨熙凤、宝玉等几个府上在贾母面前得势得宠的晚辈，便瞅准了时机，给赵姨娘出馊主意，要“作法”诅咒熙凤、宝玉他们俩。马道婆的“法”就是“魇魔法”，即扎纸人，刻上要诅咒之人的名号和生辰八字，偷偷放进他们的内房和偏僻看不见的地方，而后时不时地诅咒，有的还配以“针扎”“火烧”等法术，她说如此这般，就能起到叫受法的人不死即疯、不疯即病的功效。

听了马道婆的话，赵姨娘乐得一蹦三丈高，如法炮制，真的差点将熙凤、宝玉叔嫂俩的小命送了西天。但马道婆可不是白忙活的，她是要报酬的，而且要价还高得离谱，竟向赵姨娘索要 500 两银子。赵姨娘哪里有那么多，给了她一笔现银后便只好打了“官契”（即正规欠条）。

后来，这“邪魔外道”的马婆子因一个叫潘三保的人事牵扯而东窗事发，被官府捉到了。

清初社会，迷信成风。比如，一向以务实著称的雍正皇帝，便“因迷信道士，服用丹丸过度死于圆明园”；清代皇帝、皇子们的生辰八字是不对外公布的，就是为了防范马道婆这类人的“厌胜之术”。此外，皇家及大户人家建房筑屋、婚丧嫁娶等都特别讲究风水和时辰。正是这种不良、无知的社会风尚，催生了风水经济，那些善于使巫术、看风水的人往往最容易生财得利。从《红楼梦》中记载的这一情况看，马道婆干得还蛮有规模，客户也不在少数，而且多是大户人家和富贵门庭，因此可以断定，其敛财自然相当可观。《红楼梦》第八十回中，写宝玉有一回随贾母到天齐庙还愿，遇见一位常在贾府走动的叫“王一贴”的老道，他专弄一些江湖和民间偏方骗赚世人的钱财。王一贴的药纯属骗人，其所谓一贴“包治百病”，连他自己都不信，他亮着嗓子对宝玉说：“实话告诉你们说罢：连膏药也是假的，我要有真药，我还吃了作神仙呢。有真的，跑到这里来混？”这倒是大实话。

或许有人会说，那时是封建社会，迷信盛行，才有马道婆之流敛财的土壤。其实不然，当下南粤、港澳都有宅室、府邸种“公仔”之风，譬如那个著名的香港女首富“小甜甜”龚如心的“御用风水先生”陈振聪，就是凭借马道婆这类巫术，骗走了龚如心数亿钱财。而陈振聪也如马道婆一样贪心不足，居然伪造“小甜甜”的遗嘱，企图吞掉她的数百亿财产。所以，其下场亦如马道婆，因东窗事发而锒铛入狱。

就马道婆、陈振聪等巫婆神棍的这一手，也非古代和粤港及东南亚独有，即使在科学昌明的现代美国和西欧国家，扶乩占卜之风也仍然盛行，世人将这一类人称为“巫师”“算师”，经济学上将这一职业列为第三产业，美其名曰“风水经济”。

据报载，一个位于江西南部的小村庄三僚，正在努力吃着“风水”这碗饭。靠着祖祖辈辈传下来的看风水的本事，这个常住人口有6000多人的村子里，有将近400个风水师。由此，依托于风水文化的旅游经济也风生水起。然而，在当前的社会背景下，风水行业本身的地位非常尴尬。像马道婆、王一贴这样的三教九流人物的重新出现，还真是值得思考的一个社会现象。

《红楼梦》中“三农”问题的演绎

《红楼梦》对农民及其生活，包括农村、农业问题记述得都十分鲜活生动、真实详尽，虽不能当信史来读，但却可视为前清史料的有益补充。

古典文学名著《红楼梦》是曹雪芹以自己的家事、家世为蓝本，对康（熙）、雍（正）、乾（隆）三朝的世风、世相、世情作的浓缩式的艺术描写和概括。作者曹雪芹家世显赫，位列公侯，其所对应的社会阶级基础——农民及其生活，包括农村、农业问题书中记述得都十分鲜活生动、真实详尽，虽不能当信史来读，但却可视为前清史料的有益补充。只不过曹雪芹掀开的是触目惊心的伤疤而已，没给“康乾盛世”留多少面子。

书中贾府一门的始祖是随清始祖立有军功之人，虽未封王，也是“侯卿”门第。正应得“宰相之家也有几门子穷亲”的古话，贾府的亲戚（连宗）、门人（佃户、佣人）大都在农村，刘姥姥就是其中之一。书中透过刘姥姥之口叙说她的家境和生活窘迫状况，就足见前清时候农民的生活是多么不易，并非当朝及后世的一些史学家们所鼓吹的什么“天朝上邦”。贾府家庙周围的农民、京城北面庄田佃户们的生活也大致和刘姥姥的生活相差无几，也是穷歪歪、紧巴巴的。你瞧铁槛寺附近的那个村庄 ，某一天当贾府因秦可卿出殡来了些人，就叫全村的“婆娘们无处回避”，原来“农人家无多房舍”；贾府在京城北面1300里的地方有大片的庄田，书中记述有一年腊月庄头乌进孝给贾府送来春节礼物（抵租子），一大堆、上百样珍禽异物、山珍河鲜，也就折合3000两银子，那几乎是他们一年忙到头的所有啊。为什么农副产品如此贱价？《红楼梦》第一回有一段文字讲得再明白不过了：“偏值近年水旱不收，贼盗蜂起，官兵剿捕，田庄上又难以安身……”此外，前清实行闭关锁国的政策，农产品自给自足，没有对外贸易和交换，所以农产品无法变成钱，农民生活无法得以改善。农民赤贫，农村荒凉、农业歉收，这大抵是康、雍、乾三朝的总基调。

满人入关，废明立清，虽然几任皇帝都在“强农固本”上采取了一些积极的政策措施，但总体而言收效不大。康熙帝“大力提倡和奖励垦荒，兴修水利”，但土地兼并问题一直是社会痼疾；雍正“摊丁入亩，火耗归公”，农民赋税是减轻了些，但生产力水平依旧低下；乾隆朝只徒有“华丽”的外表，民生问题其实十分突出。当时的英国特使马噶尔就在其出使日记里写道：前清的150多年，社会生产力和人们的生活“没有改善，没有前进，或者更确切地说反而倒退了”。至于倒退的原因，马噶尔丝毫没给大清脸面：“当我们每天都在艺术和科学领域前进时，他们实际上正在变成半野蛮人。”真是一语中的，正是前清这种夜郎自大的心态、不重视和应用科学技术、实行闭关锁国的国策，致使偌大的帝国成为“华丽而又停滞的王朝”。

明清史学家常建华在其《清史十二讲》一书中披露：清朝初期从定鼎中原到乾隆初年这上百年间……粮价呈现出明显增长的趋势。江南苏、松、常、镇四府的米价，受水、旱、虫灾的影响，涨落幅度很大。康熙年间每升只有七文，乾隆五十年（1785年）后，每升米卖二十七八文至三十四五文为常价。因此，像贾府这样的“鼎食之家”，也每每为“一粥一饭”的生计吵嚷不已。

由于社会上人口迅速增加和土地兼并严重，很多人没有土地、家宅，于是就成了没有固定职业的人，靠临时性工作为生，这些人成了“游民”。他们靠打零工等谋生，衣不裹身，食不果腹，生计难以维持，于是一些身强力壮的人便聚啸山林，劫掳为生。清朝雍乾年间，啯噜成为四川最大的黑社会组织。当时社会上普遍存在着“羡富”“仇富”的心理，在这两种心理的驱使下，“吃大户”乃至所谓“杀富济贫”，不但不受社会谴责，往往还被视为“壮士”行为。

《红楼梦》中写贾琏到平安州办事路上遇到强盗、贾母刚一去世府上就遭江洋大盗抢劫等情节，正说明了前清突出的“三农”问题已引发了严重的社会矛盾，并且在很大程度上影响了社会稳定。

马克思十分强调农业在国民经济中的地位和作用，他在《资本论》中说“超过劳动者个人需要的农业劳动生产率，是一切社会的基础”，他还进一步从经济发展史的角度指出：“农业的一定发展阶段，不管是本国的还是外国的，是资本发展的基础。”明末清初的中国封建社会，正孕育着资本主义萌芽，那些失去土地的、因贫穷而离乡背井的、因贱民身份而不得不依附于都市里类似于贾府这样大户人家的，像周瑞家的这些女佣、包勇这些家奴、刘姥姥家的女婿这些剩余劳动力，本来是资本主义发展兴起的“人口红利”，但却由于西方鸦片贸易的侵入和本国“三农”问题所导致的资本薄弱而成了社会的累赘和包袱。《红楼梦》中“三农”问题的演绎，为我们提供了生动的注脚。

贾府“潮银”与清代货币怪圈

国家的货币政策，关乎经济的兴衰，关乎民生福祉；而一国的货币是坚挺，是疲软，除了与本国的经济实力、财政政策等因素有关外，更与世界经济贸易汇率、顺差逆差、结算方式等大有关联。

《红楼梦》第一百零五回记录了贾府被锦衣军抄家时的一份清单：共抄得“赤金首饰共一百二十三件，珠宝俱全……潮银五千二百两，赤金五十两，钱七千吊。”

从这份清单上可清楚地看出，贾府的库存银子很少，只不足六千两，要知道，贾府是京城的殷实大户，位列公卿阶层，每年仅地租收入一项就不下十几万两银子。可这样的府邸常年只库存几千两银子，而且还是成色不足、质量很次的银子（潮银）。这一细节不经意地泄露了清代货币政策的密码，打开了清代货币流通的“怪圈”。

清代以“银子”和“铜钱”为流通和结算货币。一般情况下，国家财政收入、官员俸禄、兵饷、商人大笔交易多使用白银，而民间零星交易则使用铜钱。但银子和铜钱又并非朝廷统一铸造，各地可私造。由于中国银矿藏量很少，政府无法铸造统一的银币，所以白银只能作为称量货币流通。其成色、重量，各地都不尽相同，政府基本上没有统一标准进行管理，完全由商人自由掌握。朝廷对民间私铸、私销、囤积、贩卖银子等各种非法经营活动禁而不止，货币流通异常混乱，经济秩序乱象丛生。同时，白银数量的变化、流向，又直接受到国际和国内市场的影响，而清政府又缺乏调控白银货币的能力和手段。

贾府抄家清单上的"潮银"，并不是市面上正宗流通的银子。倘若贾政那会儿拿到江西粮道任上使用，会使不通的，至少要打折扣或兑换才能使用。而贾府平日里对外交往送人情的那些银子想必不会是那种杂色的银子吧？譬如拿去给宫里太监戴权用于给贾蓉捐"龙禁尉"官职的一千五百两银子、给秦可卿安葬置买那么昂贵的棺木的银子则一定是成色上等的"官银"了。清代的"官银"，最上乘的叫"雪花银"。"雪花银"产自云南丽江和大理一带。次而下之的，产于苗族地区的就叫苗银，藏族地区的就叫做藏银。贾府的"潮银"，是否产于广东潮州或特定的潮州府潮安地区的，也未可知。与胡雪岩同时代的晚清商人王炽，外号"财神"。据史料记载，1900 年英国《泰晤士报》曾对一百年来全世界最富有的人进行统计，排在第四位的便是中国云南的王炽。试问，他无量的财富究竟从何而来？诚然，王炽辛苦打拼，经年累月利用茶马古道贩卖纳西族打造的银器到中亚、西亚赚取了大量财富，尤其是将印度、尼泊尔那边的银矿石拉回来加工作为成色好的官银出售给朝廷也极易生利，但利用生产和囤积雪花银赚取差价恐怕是最主要的、最根本的致富手段吧。据史料载：在中法战争之后，朝廷因为军费十分紧张，是王炽垫付了六十万两银子来支援军队；在川东道库要向四川财政缴纳钱财时，因为没有那么多资金，又是王炽伸出援手借给一笔巨额白银；八国联军侵入北京城，慈禧太后逃往西安，因为走得匆忙，除带上很少的粮食外，金子和银子都未带，王炽知道这个消息后，主动派人快马送去银子救驾。王炽的举动堪称大方慷慨。可你细想过没有，他借出去的是什么成色的银子，收回的又是什么银子？史册上没有确切记载，但想象得出这位云南"雪花银"故里的大财阀会使什么招！

这使我们不禁想起了贾府的财经大管家王熙凤，她长年累月经手一府银两的进出，拿铜锡家伙典当，拿官银放高利贷，恐怕都是采用了王炽同样的手段吧。清代在雍正年间就启动“内库之银，交付王大臣转用滋息”政策，直至乾隆时期才告结束。这一政策从货币流通的角度看，即是把放置在国库中的货币，投放到市场中，以此生利生息。这是国家行为，久而久之遂成社会风尚，难怪像贾府这样的豪门大户家中不存银子了。熟悉《红楼梦》的读者都清楚，贾府不存“雪花银”，但却刻意存金子。同样在抄家阶段，得益于王熙凤是宁、荣国府两房财经总管的身份（朝廷是明着去查抄宁国府的），才使得藏在她自己屋内（王熙凤夫妇常年居住在荣国府这边）的“七八万金”逃过一劫，得以保全。王熙凤苦苦运作多年的贾府资本，最终不是存银而是储备黄金，由此可见清初货币政策的怪诞。从学者钱江搜集、整理的16～18世纪中外金银比价变动情况统计表得知，中国到清中叶大概在乾隆时期金银比价达到1∶15的水平，基本上与欧洲拉平，甚或时有过之。所以，存银不如存金的观念在清代深入人心，但凡理财的人无不心知肚明，纷纷明屯暗积，全民无不患上了“金子”崇拜症。

这在清代早期的社会经济生活中有鲜明的体现，《红楼梦》里不经意披露的这一经济细节就是明证。

王熙凤嘴里的前清海关贸易真相

确定合理的关税，与各国进行正常的贸易往来，实现与贸易国互利共赢，这是非常重要的国策，关涉经济和国际政治。《红楼梦》里的这些文字记载，尽管语焉不详，但对我们梳理清初的国家开放和对外贸易历史，从而积极应对当下的诸多世贸问题，仍有一定的借鉴意义。

《红楼梦》第十六回里，写王熙凤与丈夫贾琏的奶妈赵嬷嬷闲聊，扯到贾府的始祖为康熙南巡接驾和王熙凤的祖上掌管海关事务和主管对外贸易的事，切中了前清海关关防和对外贸易的基本史实。书中这样写道：

凤姐笑道："说起当年太祖皇帝仿舜巡的故事，比一部书还热闹，我偏没造化赶上。"赵嬷嬷道："唉哟哟，那可是千载希逢的！那时候我才记事儿，咱们贾府正在姑苏扬州一带监造海舫，修理海塘，只预备接驾一次，把银子都花的淌海水似的……"凤姐忙接道："我们王府也预备过一次。那时我爷爷单管各国进贡朝贺的事，凡有外国人来，都是我们家养活。粤，闽，滇，浙所有的洋船货物都是我们家的。"

史学界最新研究成果表明，从1644年清朝入关至乾隆二十二年（1757年）一百多年间，清初的对外贸易先后经历了"顺其自然""政策锁国”和“全面开放”三个阶段。王熙凤所说的事当发生在第三阶段。康熙二十二年（1683年），清朝以统一台湾为契机，对外贸易政策作了重大调整。先是康熙二十三年，沿海各省开海禁紧接着设立粤海关（驻广州）、闽海关（驻厦门）、浙海关（驻宁波）、江海关（驻云台山）四处海关。海关的负责者称海关监督，朝廷将“各关征税税则，给发监督，酌量增减定例”。海关监督的权力很大，从中得利也很多。王熙凤的祖上是朝廷委派的海关命官，且专门负责附属国“进贡”事宜，所以“凡有的外国人来，都是我们家养活”；加之又负责操办对外贸易的“洋务”，所以“粤，闽，滇，浙所有的洋船货物都是我们家的”。由此可见“东海缺少白玉床，龙王请来金陵王”这句“护官符”里的话并不夸张，“金陵王”——王熙凤的祖上正是靠把持海关和从事海外贸易而发家暴富。《红楼梦》记述的贾府，日常生活里大量使用洋货，如“粤海将军”（实际应是“粤海监督”）在贾母过生日时，送来西洋产的价格极其昂贵的玻璃炕瓶，王熙凤房里不时拿出外国进口的茶叶、烟丝、奢侈品，贾宝玉屋里的“西洋葡萄酒”等物品，无不生动地反映出清代初叶就已经实行了对外开放政策。只不过这种“开海”、开放，是封建特权阶层从中渔利和受益，整个国家经济和广大民众的生活并未因此而得到多少改善。

《红楼梦》里“王熙凤和赵嬷嬷的对话”情节是有充足的史实根据的：康熙统治时期，对外贸易有声有色。康熙帝曾多次颁布圣谕，令各关口减免外国商船的关税，以刺激进口贸易。当时的中国沿海对外贸易分东洋、南洋、西洋三个区域。如南洋贸易，就是与南洋各国交易大米及土特产。其中，清朝为满足特权阶层的需要，从南洋进口香料占了很大比重。

关税是指一国海关根据该国法律规定，对通过其关境的进出口货物课征的一种税收。政府对进出口商品征收关税，以进口关税最为重要。如康熙朝规定：海关税率及计税则例划一，外国船只只需在任何一关交税，其他三关不得重复征税。一段时期，鉴于外国商船日渐减少的实际情况，康熙帝就曾多次颁布圣谕，令各关口减免外国商船的关税。康熙二十三年（1684 年）就规定，洋船原税“抽三分”；二十四年（1685 年）又“于原减之外，再减二分”。康熙朝本着“怀柔远人”之意，不仅对海外商人实行减免货税的待遇；在船钞方面，对海外商人所征收的船钞的标准也远远低于本国商人的标准。西方商船所负担的船钞税占贸易额的 0.75%，而本国商船所负担的船钞则占贸易额的 0.85%。这些关税政策的实施，对促进进口贸易、增加与各国的贸易往来、标榜大清的“天朝”地位和影响力都起到了积极作用。

收取关税是一国政府增加其财政收入的方式之一，其作用在于通过收税抬高进口商品的价格，降低其市场竞争力，减少在市场上对本国产品的不良影响。但在经济全球化的今天，其不利影响也在逐步显现。为减少不必要的摩擦和纠纷，在今年四月份的博鳌亚洲论坛上，中国政府就宣布大幅度降低汽车进口关税。

确定合理的关税，与各国进行正常的贸易往来，实现与贸易国互利共赢，这是非常重要的国策，关涉经济和国际政治。《红楼梦》里的这些文字记载，尽管语焉不详，但对我们梳理清初的国家开放和对外贸易历史，从而积极应对当下的诸多世贸问题，仍有一定的借鉴意义。

04

经济分析

六亲同运

“六亲同运”，语出贾母。《红楼梦》第一百零八回里，贾母道：“真真是‘六亲同运’……”

“六亲同运”深刻地揭示了贾、史、王、薛四大家族同声同气同命运的经济、政治关系，这里作《经济分析》辑中之总篇名。

《红楼梦》“六亲同运”的经济分析

贾府的经济危机酿成绝非一朝一夕，而是多年累积所致；贾府经济的矛盾和危机与亲上结亲、亲上加亲的王家、史家、薛家都有因果、都有关联、多有叠加。

“六亲同运”，语出贾母。她用“六亲同运”这四个字将贾、史、王、薛四大家族连同江南甄家和与贾府沾亲带故的门人清客、佃农租户、使女仆佣等在一场突如其来巨大的经济危机来袭时，猝不及防、轰然坍塌、连三接二、次第连锁的影响和表现描摹得入木三分。“六亲同运”，是经济危机的必然结果，也是贾府与官府权贵、亲戚连理、同族下人、村夫野老等经济相互交往、相互依存、相互作用、相互影响的真实写照。之所以说《红楼梦》是一部经济大书，正因为它不仅生动再现了清初封建经济成长及崩盘的史实画图，还深刻揭示出经济发展运行的客观规律和经济危机的一般普遍原理。

贾府的经济危机爆发以锦衣军上门抄家为标志，贾府库存的银两、所有值钱的家当连同历年放债的所得悉数被抄没，导致贾府一门破产。马克思在《资本论》“剩余价值理论”中深刻地揭示了资本主义经济危机的成因，并作出科学分析，他认为在社会生产力低下条件下的直接产品交换，是不具有供给和需求严重脱节的可能性的，但随着产品交换发展到以货币为媒介的商品交换，此时商品内在的使用价值和价值的矛盾外化为商品和货币的矛盾；货币的流通手段职能使商品的买卖在时空上发生了分离与对立；货币的支付手段职能形成了蕴含货币危机的债务链条。这在明末清初资本主义萌芽下的清朝、在官绅经济的典型代表——贾府身上得到了鲜明的印证。贾府的日常经济运行中商品与货币的矛盾十分突出，货币在商品的买卖上时空分离与对立倾向十分明显，货币危机中的债务链条清晰有据。这在《红楼梦》中所描写的贾府自行抄检大观园，王熙凤“违例”放债、典当物品、银子借入和借出、勾结官府从事资本运作等诸多情节中都有充分的反映。

尤其需要指出的是，贾府的经济危机酿成绝非一朝一夕，而是多年累积所致；贾府经济的矛盾和危机与亲上结亲、亲上加亲的王家、史家、薛家都有因果、都有关联、多有叠加。王熙凤被贾府上上下下看成是“扒娘家”的老手，尽管王熙凤自己吹嘘“把我们王家的地缝扫一扫，就够你们（指贾府）过一辈子的了”，但这掩盖不了她输送大把银子为其兄长王子腾买官晋爵铺路的事实。她是宁、荣二府揽财的功臣，也是败家的元凶。史家，是一府至尊史老太君——贾母的娘家，应该在贾母入贾门若干年后就式微萧条，这从书中史湘云的寒碜和众人对她家道的叙述、表现出的同情可见一斑。贾母周济史家、王熙凤衔命与史家相与交换利益都是明摆着的事实。贾府与薛家的交往更是既破财又破了官声：不成器、劣迹斑斑的“皇商”富二代薛蟠到处惹祸，以致多次闹出人命官司，大都由其在朝廷供职的亲姨父贾政为其“花钱消灾”，单是薛蟠行凶打死酒店酒保的官司，贾府前前后后送礼、打通关节花去的银子就不下万两之巨。而且为此还败坏了贾府的名望，牵涉到其他权贵的利益。最是那建造大观园一事，更是给处于经济危机边缘的贾府送上“临门一脚”。起先存放于江南甄府的一笔银子，想必是作为“备用金”和生利所用，可正是因为“使用价值和价值的矛盾”，致使贾府不惜调动四处的积累，动用备用金和其他储备货币，透支一府的财力，去建一处耗资巨大的园林，其结果可想而知。有经济学家说“是大观园拖垮了贾府”，实不为过。

恩格斯在评论巴尔扎克《人间喜剧》的巨大认识作用时指出：“巴尔扎克汇集了法国社会的全部历史。我从这里，甚至在经济细节方面所学到的东西，也要比从当时所有职业的历史学家、经济学家和统计学家那里学到的全部东西还要多。”曹雪芹的《红楼梦》也是一样。尽管我们不能称曹雪芹为伟大的经济学家，但他用写实的笔法，痛切地以自己显赫的“织造世家”为原型写出贾府的经济由盛而衰的全过程，忠实地记录了清初社会的经济发展和演变，清晰地勾勒出一个在深厚封建土壤里孕育资本主义萌芽的痛苦、挣扎的影像，血肉丰满、细节真实，具有很强的历史认知价值。

除了贾府经济危机的种种表现、危机的成因及后果外，书中对经济危机的连锁反应也描写得淋漓尽致。薛家的倒运连累了贾府，薛家自己也一败涂地，连未过门的儿媳妇都要靠到典当行当东西过活；贾府的破产叫王熙凤的娘家人的“腾达”之梦瞬间破灭——王子腾不明就里地死去，王子胜后来跑到贾府奚落哭穷，讨要钱财；史家后人隐寂沉沉，落魄不堪；与贾府攀亲的贾雨村官宦无路；门人家佣，四处逃散；贾府周围的佃农庄户、家庙里的僧尼、花钱供养的一班戏子优伶……都断绝了财源生路，风流云散。“六亲同运”，贾母的这句话透彻地道出了经济危机的铁律。

《红楼梦》还间接、曲折地写出了清初经济危机下的次生灾害和世界经济循环下的应对和反映。诸如饥民沦为盗贼，贾探春不得不到藩属国和亲，因极端冰雪天气和洪涝灾害而导致收成下降、贸易受阻等，都似乎是对当下世界经济做出的一个预警，为我们后世读者提供了巨大的认知和思索空间。

《红楼梦》财富榜的警示意义

极度的繁华必将伴随着极度的悲凉，建立在不义之沙土上的不义之财，终究是沙器。此中深刻的教训，值得当下的人们深思和借鉴。

现在的诸如“胡润财富榜”之类的东西大家都耳熟能详，殊不知《红楼梦》里也有一个财富榜单，那就是“护官符”里提到的贾、史、王、薛四大家族的财富排名：“贾不假，白玉为堂金作马。阿房宫，三百里，住不下金陵一个史。东海缺少白玉床，龙王来请金陵王。丰年好大雪，珍珠如土金如铁。”只不过这个排序既非官方钦定，也非专业理财机构发布，而是民间流传，是一种民意的认定。

贾府自不必说，排在首位，富可敌国。其财富来源主要是地租收入。贾府是满人入关初期土地兼并的既得利益者，其土地占有量相当大，且分布较为广泛。除府邸周围的庄田（是为私田）之外，在其他地方还有不少庄田（是为外田），这些外田，有的是祖上沿袭，有的是兼并和收购所得。贾府的庄田由庄头承包后统一租给贫困无田的农户耕种，租种庄田的人，其人身依附关系随田地流转，是为庄奴和佃户。《红楼梦》第五十三回记述的黑山庄头乌进孝年终来宁国府交租进账一节，就足以说明问题。

乌进孝的“进账单”从“大鹿三十只”至“西洋鸭两对”，所列动物、植物，菜蔬，山珍海味，总计物品折合白银近3000两，但乌进孝只是宁国府“一共只剩了八九个庄子”的其中之一，而荣国府“八处庄子，比爷这边还多着几倍”（乌进孝语）。因此，两府庄田的实物收入是个吓人的数字。

史家，即贾母的娘家。史家是靠什么发家的呢？书里一直没有确切的文字交代。贾母除了一次游园时提及家中的园林（有类似于大观园的楼台亭阁），再没有关于史家的任何话语。曹雪芹写史家，用了曲笔和隐笔，有红学家认为史家即影射曹雪芹的外祖父李煦家，李煦曾任苏州织造达30年之久。由此可见，史家是负责皇家制造的大官商。

王家，是王熙凤的娘家，书中多处文字里流露出王家的富有，如第七十二回王熙凤与丈夫贾琏拌嘴时就奚落道：“把我王家地缝子扫一扫，就够你们一辈子过的了。……把太太和我的嫁妆细看，比一比，我们那一样是配不上你们的？”可见，王家的财富与贾府难分伯仲，只是政治地位不及罢了。王家祖辈在那个时代掌管着全国物品的进出口管理权，是靠参与和瓜分朝廷的海外贸易起家的。有一次王熙凤和几个嬷嬷拉呱儿时就说：“……那时我爷爷单管各国进贡朝贺的事，凡有外国人来，都是我们家养活。粤、闽、滇、浙所有的洋船货物都是我们家的……”至于到王熙凤的兄长王子腾这辈，做上了九省都检点这个与生意不相干的显赫官职，那都是因为钱财通了权路。为官就为官呗，却一心想着“寻租”权力去大把地营私、干预地方政务，变着法子捞钱，结果落得个家破人亡的下场。

花银子如同下鹅毛大雪的薛家，是负责为皇室内宫采购买办的，是为皇商，至少到薛宝钗的哥哥薛蟠这辈还是。历代皇商都是油水肥厚，藏掖多多，极易发家致富。书中记载薛姨妈寄居贾府时，就拿出十二枝“宫花”讨好贾府的女眷。“宫花”用料考究、制作工艺繁杂，且只有皇帝身边的女子才能用得上的，尊贵得很。可对于薛家而言，竟如同草芥，随意取之。

但不管这四家是如何“富”且“贵”，最终的结局都是“家亡人散各奔腾”，落得个“白茫茫一片真干净”。《红楼梦》中的这个财富榜单似乎是有意给后世的财宦商家写的，它给人们的警示意义非常鲜明。

其一，土地的囤积不是财富，只有土地上的物产和耕作物产的人们才是财富。在靠掠夺和豪取致使少数人致富的清初封建社会生产关系之下，生产力水平十分落后，而在落后的生产力水平之下，无穷尽地靠榨取劳动力的血汗谋取财富无异于“杀鸡取卵”，必不长久。《红楼梦》中关于贾府地租收入逐年减少以及佃农始终在贫困线上挣扎的诸多情节就充分说明了这一道理。

其二，垄断的经营，只为少数权贵和特权阶层的商业，只能依托、依附、依赖于权贵，一旦权力丧失，就如危卵坠地。史家、薛家的皇家买办身份可以炫耀一时，却不可持续。其建立的财富大厦，成也容易，垮塌也就朝夕之间的事。

其三，经商和从政绝对不可裹挟在一起，官商不分，亦官亦商，官商勾结，沆瀣一气，以此捞取的财富和名誉地位，必然是短命的，而且备受世人唾骂。王家的发迹和崩盘就是最好的例证。

《红楼梦》借俗谚口碑发布的这则财富排行榜，表面上极言四大家族的富有，实则形象地替为富不仁，不守商道、政道者唱了一曲“好了歌”。极度的繁华必将伴随着极度的悲凉，建立在不义之沙土上的不义之财，终究是沙器。此中深刻的教训，值得当下的人们深思和借鉴。

《红楼梦》古玩收藏的启示

人类文明发展到今天，艺术创作发展到今天，也许都成“古董”，已无原创可言了，但艺术创作上的创新思维是永远不会过时的。

古典名著《红楼梦》描写的奇珍异宝、古玩清供，令人赏心悦目，目不暇接。不论是宝物的珍贵性、丰富性，也无论大宗物件、玲珑绝品，贾府都应有尽有，一样不缺。贾府的陈设收藏，是曹雪芹为我们后人洞开的艺术品收藏的不二世界。只可惜，我们倒腾古玩、搞艺术品收藏的人至今尚未能尽览其中盛景，解得其中真味。

首先，贾府里的那么多好东西，是实指还是虚构，这一问题伴随着《红楼梦》这部巨著问世以来就争论不断，近些年来愈演愈烈。譬如贾赦贪石呆子的20把古扇，这扇子的来历和传承关系究竟怎样，一些考据派的“红学家”们是铆足了劲儿一定要搞个水落石出的，于是就弄出许多牵强附会的文章来。同样，清客冯紫英来贾府推销要价达两万两银子的那四件洋货，也必须要查出个子丑寅卯来，即是哪个国家的物件、几时传入、经手何人等。由此，便有人查出刘姥姥随贾母、宝玉、黛玉他们一干人到栊翠庵做茶客所使用过的那只成窑五彩小盖钟茶杯的确是明朝货，而且是某位有名有姓大师制作的，那可是价值连城啊！可收藏家马未都却说，成窑没有小盖钟这种东西。所以，他认为这应该是清代的仿冒货，而且出自大内监制的官窑。

又如，《红楼梦》第七十二回写贾琏向贾母的贴身丫鬟鸳鸯索取一个外路和尚孝敬的蜡油冻佛手。刘心武先生认为文中的“蜡油冻”其实是“腊油冻”之误。但他又认为“腊油冻”是珍贵石料，“蜡油冻”就不能成为珍贵石料，这就是外行话了。其实，冻石，国际名称为 Pyrophyllite，是一种可制作印章及酒杯、石鼎等工艺品的石料，俗称蜡石。其质地细密滑润，透明如冻，故称冻石。奇石中如“紫檀冻”“金玉冻”、蜡梅、红酥手、萤石等，都与“蜡油冻”这一名词特点一致，只不过从文中的语义看，“腊油冻”似乎更确切一些罢了。

由此我们不难理解，《红楼梦》所描写的古玩藏品，是曹雪芹综合了前清及以往各朝代官书上的记载、民间流传演绎的故事进行的艺术创作，不可不信，也不可全信。曹雪芹尽写古珍古玩，是为了表现富可敌国的贾府的奢华、尊贵，贾府主人的摆阔、装样。同时，这些情节描写，还极力渲染了《红楼梦》“成则公侯败则贼”“你方唱罢我登场”的主题。的确，人事有代谢，往来成古今。你的最爱，如今却成了我案头的爱物；他的秘藏，不知几时起已在你的手头把玩。就如同贾府为迎接贾妃而用无数银子垒起的大观园一样，随着江山社稷的命运、人物命运的沉浮而导致所有权流转，持有者易人。

书中记述古董商人程日兴的诸多行事，无时无刻不在打府内珍藏物件主意的贾琏夫妇的种种“小聪明”，都是为了揭示大千世界里“人”和“物”的矛盾和冲突：再昂贵的物品也养不肥人的内心，极品之物（如古董、珍玩）不但容易使人的心灵被物化，而且容易导致人命运的波折和起伏。这对当下的古玩市场、交易各方、发烧友们都应当有所警示。

曹雪芹不愧为拿捏着古玩艺术魂魄的大家，他在《红楼梦》中还努力释放出他的“古玩艺术观”——任何艺术品的价值都体现在创新、创意和传导一种生活理想境界。“艺术”，是要创造不曾有过的美，是“艺”在前，“术”在后。书中第五回写贾宝玉看到了秦可卿房中摆着的我们从未见过的艺术品：

……案上设着武则天当日镜室中设的宝镜，一边摆着飞燕立着舞过的金盘，盘内盛着安禄山掷过伤了太真乳的木瓜。上面设着寿昌公主于含章殿下卧的榻，悬的是同昌公主制的联珠帐。宝玉含笑连说：“这里好！”秦氏笑道：“我这屋子，大约神仙也可以住得了。”说着，亲自展开了西子浣过的纱衾，移了红娘抱过的鸳枕，于是众奶母服侍宝玉卧好……

这段文字之所以精妙，就在于所罗列的诸如武则天曾使用过的“宝镜”、赵飞燕曾经在那上面跳过舞的“金盘”、安禄山曾用来掷伤过太真乳房的“木瓜”……这些我们闻所未闻、见所未见的艺术品，不能理解为曹雪芹在刻意编“故事”，而是他在传导他的一种艺术境界和艺术主张。如果世间真有安禄山曾用来掷伤过太真乳房的“木瓜”这件东西，那该是多么好的创意、多么好的制作啊！曹雪芹这里只是抛出了他一连串的艺术想象，而想象是大于或等于“创意”的。

人类文明发展到今天，艺术创作发展到今天，也许都成“古董”，已无原创可言了，但艺术创作上的创新思维是永远不会过时的。故事越精彩越上价，故事越离奇越诱人。曹雪芹将秦可卿房间里的陈设物品“吹”得神乎其神，除了暗示秦可卿的不凡身世、不凡的艺术眼光和修养外，就是向后人传导关于艺术品鉴赏和收藏的真谛：艺术品的生命力在于具备不曾有过的美，创新性才是灵魂。

从贾府的日用器物看清代当铺市场

《红楼梦》中记述的贾府的典当和赎当情节只是当时社会经济生活的一个缩影，但却真实地记录下清初扑朔迷离的社会经济运行轨迹。

有限的固有资本已经难以支撑贾府庞大的日常开销。但在王熙凤这个精明的管家及其经营团队的运作之下，虽然贾府不时有高高低低的坎儿，但最终总能过了“火焰山”，其秘诀就在于清代的典当业和奢侈品市场。

清代的典当业如日中天，与人们的日常生活息息相关。贾府和薛姨妈家就经营有当铺，而且薛家的当铺至少有五处之多，在京城的“恒舒典”属于官当。贾府的当铺有多少、在哪里、是官当还是民当，书中并未点明。但从贾薛二门的皇亲、官家买办身份和贾琏及其子侄们用度方面的大胆，熙凤及其女性经营团队的精明练达，还有贾府在社会经济方面的交往状况来考量，贾府当铺的资本一定不算少数，所经营的当铺规模、数量也一定非同寻常。

当者，典物当钱，非独穷人典当，富人也有典当的时候。只不过所当之钱用途不同，所典之物迥异。《红楼梦》第七十二回有一段贾琏向贾母贴身丫鬟鸳鸯借当的情节描写，颇能说明问题。贾琏向鸳鸯道：“这两日因老太太的千秋，所有的几千两银子都使了。几处房租地税通在九月才得，这会子竟接不上。明儿又要送南安府里的礼，又要预备娘娘的重阳节礼，还有几家红白大礼，至少还得三二千两银子用，一时难去支借。……姐姐担个不是，暂且把老太太查不着的金银家伙偷着搬运出一箱子来，暂押千数两银子支腾过去。不上半年的光景，银子来了，我就赎了交还，断不能叫姐姐落不是。”从中看出，贾府也有用度吃紧“接不上”的时候。贾琏要周转的资金还不是一个小数目，竟要千数两银子，他找的一定是一家有实力的当铺，应该是官当无疑。按清代官方典当利息每月不得超过三分（实际上往往大大超过）计算，当物一般须大于当金及利息的数倍乃至十多倍之多，那么贾琏从贾母那里运出的一箱子当物其价值当在几千两银子乃至万两银子以上，而且这还是贾母她老人家平时不在意的，“查不着的”，可见贾府的家业之巨。同时也可清楚地看出，为何贾琏他们平日里敢于花钱如流水，大手大脚，有恃无恐地“高消费”，其原因就在于身边有数不清的典当行，典当业十分发达。清初的典当业的确为资金周转和经济变通开启了方便之门，于国于民都是一件上等好事。

从这一情节中，我们还可以进一步作出分析：其一，贾府只有急用钱的时候，才会典当一些闲置的珍贵器物，筹措资金应急，并不是缺钱少钱的府邸，是“大有大的难处”而已。“破船还有三箩钉”，这是《红楼梦》书上现成的一句话，只要有三箩“钉子”在，这在典当、抵押兴盛的清代初期，像贾府这样的人家是很容易渡过危机和困境的，即便偶有跌倒或蛰伏，也会很快东山再起的。因为，那些散落、遗存的“钉子”，很容易就复活成银根，变成支撑贾府富裕生活的白花花的银两。

那么，这些能变成银根的“钉子”是什么呢？就是贾府中的不胜枚举、蔚为大观的奢侈品和寻常人家闻所未闻的那些宝物。此其二。贾府日常使用的洋货奢侈品也不在少数。书中第五十二回写到，晴雯伤风头疼鼻塞，宝玉马上命麝月去二奶奶王熙凤那里要西洋贴头痛的膏子药，叫作

“依佛那”。麝月取来了一个金镶双扣金星玻璃的扁盒，盒里有西洋珐琅的黄金赤身女子，两肋又有肉翅……里面盛着些真正的上等洋烟……即便根据这零星文字的描绘，我们也可以判断出，这玻璃扁盒是来自西方国家的物品，里面的洋烟应该是鼻烟。你说这是不是当时难得的一件奇物？还有，晴雯有一次给宝玉补一件雀金裘，是俄罗斯国拿孔雀毛拈了线织的大氅，其巨大的价值真的不好估计。那么，有人不禁要问，这些奢侈品好当吗？答案是肯定的。清代初期，特别是康熙一朝，国弱而臣富，钱财多藏于民间（当然是指官绅阶层）。一方面是国库空虚，一方面王公大臣、地方大员和一些富商却富可敌国。这些人斗鸡遛狗，玩宝藏珍，囤积居奇，送礼馈赠往往非金即银，更有上等奢侈物件频频易手换主。这些东西流转于上流阶层，陈载于典当行的柜库之内，成为财富的象征和融资承兑的硬通货，有着广阔的市场。

正因为穷人和富人都时时会有资金需求，所以才催发了清代繁荣的典当业，也润滑舒展了清代社会的经济链条，引领着当时社会的世风和时尚。

《红楼梦》中记述的贾府的典当和赎当情节只是当时社会经济生活的一个缩影，但却真实地记录下清初扑朔迷离的社会经济运行轨迹。

从贾府的洋货看清初经济贸易

世界的经济交融往往有许多人为的隔阻，多是由于制度和意识形态的差异所致。清代尽管有闭关锁国的诸多限制，但洋货仍从磐石和恶浪中撕开一个个缺口悄然流入。

曹雪芹笔下的贾府，是古色古香的基调，又闪烁着时尚的亮色。府中的陈设和物用，既有传统的国粹精品又有不少新潮的洋货，忠实地反映出当时贵族阶层的家庭物用现状与崇洋猎奇的消费追求。

走进荣国府的刘姥姥，被不期而来的铿锵的自鸣钟声吓软了双腿，而贾府的丫鬟使女们却习以为常地按照钟声的节点有条不紊地忙碌着。她们早就告别了观夜漏、守灶香的计时方式，不再是“日出而作，日落而息”了，她们的时间概念得以和现代文明接轨。刘姥姥第二次进贾府，因席间喝了太多的酒，以致懵懵懂懂竟鬼使神差地进了怡红院，在宝二爷满是玻璃镜的卧房现了原形，惊怵万状。

清史记载，自康熙三十四年（1695 年）始，内务府设立玻璃作坊，由传教士指导技术，仿西洋之法制造玻璃。但这个大内作坊技术很不过关，做出来的玻璃质量太差，导致作坊很快就破产了。宫中真正使用的玻璃，并且在京城富贵人家流行用玻璃制作的精致围屏，是粤海关监督祖秉圭

（此人是满洲上三旗包衣奴才）一手推动，使用的乃是广州进口的西洋玻璃，这当在在雍正七年至十年（1729—1732 年）之际。

贾府就是大量使用进口玻璃的贵族之一。贾母有一件玻璃炕屏，正是"粤海将军"呈送给贾母的生日礼物。难怪贾母对堆积如山的礼物连看都懒得看一眼，却对这件玻璃炕屏特别惦记，嘱熙凤"好生搁着，我要送人的"。

奢侈品市场历来钟情于豪门大宅，人们追逐新潮，追捧稀奇，自然就有奔走来往的掮客。冯子英到贾府推销四件洋货，价值两万两银子，货源竟来自广西的一个同知。可见，当时即便在清廷苛严政策之下，洋货地下交易仍十分活跃，官家、商人为追逐利益，走私贩私，沆瀣一气。

在《红楼梦》中，曹雪芹不但提到福朗思牙（法国）、波斯（伊朗）、哦罗斯（俄罗斯）等外国的国名，还有衣、食、用三大类、30 余种洋货的详尽描写，为后人留下了清代康、雍、乾时期西方物品进入中国上层家庭和中外经济交流的第一手资料。

《红楼梦》记述的喜欢洋货的人，大多是府里比较开明、思想新锐的人物，如贾母、熙凤、宝玉、黛玉等人。宝玉屋里的洋货很多，除了玻璃制品、自鸣钟，还有不少日用品和洋玩意儿。晴雯为他补的那件"雀衣披风"，是俄罗斯的货，是用上等的孔雀毛拈了线织成的。名伶蒋玉菡送给宝玉的一条贴身用的大红汗巾子，竟是茜香国女王所贡之物。此巾"夏天系着，肌肤生香，不生汗渍"，原是北静王水溶赠给蒋玉菡的"奇物"。而当时的官员、演员、道士等，为解决酷暑着装备受的煎熬之苦，能穿上一种"竹衣马甲"（俗称"隔汗衣"）就很不错了。这种竹衣马甲可防止衣服被汗水浸湿后粘在皮肤上，对比较贵重的衣服如官服、戏剧演出服、道士法衣等，具有一定的保护作用。但与宝玉拥有的这条"大红汗巾子"相比，那简直就是小巫见大巫了。

林黛玉也爱洋货，王熙凤送给她两瓶暹罗国的茶叶，别人都喝不习惯，她却很对胃口。熙凤本人怕是追捧洋货最甚的女子吧，她送给黛玉的那种茶叶，据她自己说家中还有很多。她送给宝玉的生日礼物也特别奇巧，一个金寿星，外加一样波斯国的玩器。熙凤还是瘾君子，书中第一百零一回记述她到新婚不久的宝钗屋里时，袭人递茶过来，宝钗连忙给她递上一袋烟，她抽的是否是从南洋某国进口的上等雪茄烟丝也未可知。

世界的经济交融往往有许多人为的隔阻，是由于制度和意识形态的差异所致。清代尽管有闭关锁国的诸多限制，但洋货仍从磐石和恶浪中撕开一个个缺口悄然流入。上自皇帝，下至王公大臣，他们是遏制和封锁洋货的政策制定者，但却又抵挡不住这些差异化的物品的诱惑，成了洋货的追捧者和享用者。打开国门，首先需要打开自己的思想头颅。经济发展的脚步，很多时候是被潮流推动的。漫长的康、雍、乾三朝的遮遮掩掩、零零星星的开放步履和涉外心态，在贾府的日常用度里得以观照和存真。

从贾瑞被“讹”看贾府经济的灰暗面

贾府这个豪门大院里的讹诈，其实正是清初封建经济领域讹诈成风的缩影。这就是《红楼梦》的经济批判意义，也是贾瑞被讹案值得放大的经济学价值所在。

《红楼梦》用第十一回、第十二回两个回目写王熙凤毒设“相思局”害死了自己的堂小叔子贾瑞，而且致使其破财百两。可见，当时朝政的颓废，世道的险恶，欺强凌弱的世风已深深地腐蚀着类似于贾府这样的豪门大宅。贾府里的人们，以算计、盘剥和讹诈为寻常之事，以至于常常将之实施于自己本家同族的亲戚身上。遍观《红楼梦》，贾府的亲戚朋友之间所发生的大事小情，一般都是以钱财来衡量，以银子来了结的。

贾瑞是个 20 来岁的年轻书生，与贾琏、宝玉同一个辈分。他父母早亡，由祖父贾代儒教养长大。平日祖父对他管束甚严，他也很少有在外面吃酒、赌钱、嫖妓之事，而且他的功课抓得也很紧。怕是因正值青春旺盛之期，加上又一直暗恋着自己的堂嫂王熙凤，正好在贾敬寿辰那一天，他于园中巧遇自己朝思暮想的女人——凤姐，于是便向她做了赤诚的表白。但富于心机的王熙凤明明深知其意，却故意引而不发，反而嘱其等待机会，于是便有贾瑞第一次按约定苦等一夜无果，第二次被骗入黑乎乎的院房，陷进既不见王熙凤的身影又无路逃脱的黑“局”里。这一夜，贾瑞深遭惊吓和羞辱不说，还被泼了一头的粪尿，这还不算致命的，最致命的是，他在贾蓉、贾蔷反复威逼之下，无奈之际写下了两张各50两银子的欠契（即欠条），才得以脱身。

巧妙布置安排设此毒“局”的是王熙凤，她是总策划。但将贾瑞捉住，泼他一头粪尿还讹他100两纹银的行为却不一定是王熙凤的意思。实施这种恶行的执行者是贾蓉、贾蔷，这两人都是贾瑞的侄子辈，他们一旦得手，便借题发挥，顺手牵羊，恶狠狠地敲诈了贾瑞一笔钱财。

要知道，贾瑞尚未自立，100两银子对他来说绝非小事，他既无法张口问祖父要，也无人相借，该是多么为难和焦虑啊！在自己相思之苦未解，更兼与王熙凤“约会”两次扑空受辱，遭到巨大的惊吓和严重的冷冻，再加上讹诈自己100两银子的贾蓉、贾蔷两人不时上门催“债”，于是贾瑞身心俱废，终于一命呜呼。

你或许要问，贾蓉、贾蔷之流那讹钱的花招是跟谁学的，难道他们是无师自通？可细看全书，府中几位长辈平日里不就是这么干的嘛：贾赦嫁女儿迎春，不就勒索了姑爷孙绍祖5000两纹银嘛；贾琏、王熙凤更是这方面的高手；与贾蓉、贾蔷平辈或晚辈中的人还不知做了多少这样的事哩。就是族中门人，讹诈的手段，其高明和残忍更令贾蓉、贾蔷等少年郎望尘莫及。不信请看贾雨村，为了取悦主子贾赦，四处搜罗古玩宝贝，偏偏有一个叫石呆子的人，家里穷得吃了上顿无下顿，却藏有20把珍贵的古旧扇子。这东西是石呆子家祖传的？还是有其他什么不凡的来历我们不得而知，但想必这古扇一定有值得贾赦这样的世家大爷瞄上一眼，眼珠子便拔不出来的“妙处”吧。贾雨村不择手段，讹诈石呆子“拖欠官银，须变卖家产赔偿”，硬是把那20把古扇查抄了来，以低价买下送给了贾赦。贾雨村得古扇的方式，不能说是巧取，而是豪夺。

贾府的主子们讹外人如此，自己族里的人被兄弟子侄等讹诈也再平常不过。

贾宝玉无意中丢掉了通灵宝玉，举府大惊失措，众人惶惶不可终日。贾母即命向府外人寻赏，赏格为：拾到归还者赏银 1 万两，得信来报的赏 5000 两。结果你看看，满世界的人都来贾府“讹”钱了。

有一则史料可供一并参鉴：

清乾隆年间，太仆寺卿陈兆仑因居父母之丧，回到家乡杭州暂居。当陈兆仑乘坐的船只行至丹阳的时候，在河上与数艘押解犯人的囚船相遇。囚船是从镇江出发的，要把上一年秋天审理判决的重犯押送到苏州的监狱关押。由于河道狭窄，船只交错时，陈兆仑乘坐的船与其中一艘囚船轻轻地触碰了一下，没承想，囚船上的差役顿时率领一整船的犯人跳到陈兆仑乘坐的船上，口中嚷着囚船被撞坏了，必须赔偿。

一大群凶神恶煞的犯人也纷纷动手，大肆地抢夺陈兆仑所乘之船上的值钱物品，不一会儿，就把陈兆仑乘坐的那艘船抢劫一空。

清朝年间，押解犯人、护送饷银、催护粮船的差务兵，都是由各地的绿营兵卒担任的，属于各省经制管辖的地方部队。由于绿营兵卒担负的差务冗杂繁重，饷银又很微薄，在物价高涨的当时，兵卒仅靠饷银很难养家糊口。而在日渐月染之下，绿营兵卒也渐渐沾染上了地方衙门的油滑风气，不少人在当兵之余，都想尽了办法捞钱获利。于是，一些押解犯人的差务兵就想出了以“碰瓷”进行讹诈并抢劫的点子。

百辩经济学对“讹诈”的定义是：敲诈者们窃得人们内心深处不可示人的秘密，并威胁要公开它。不但要榨干受害者的钱财，还往往迫使他们走上自杀之路。敲诈者是放弃“信息传播”的权利而获取金钱补偿，这在当下的社会经济生活中也并不少见。这严重地污染和败坏了社会风气，扰乱了人们的生活和经济的运行秩序。

贾府这个豪门大院里的讹诈，其实正是清初封建经济领域讹诈成风的缩影。这就是《红楼梦》的经济批判意义，也是贾瑞被讹案值得放大的经济学价值所在。

从薛姨妈蛰居贾府看前清房地产及典当业

前清对商用房买卖少有限制，且价格虽然贵些，却价值稳定，风险小，增值快。

《红楼梦》开笔不久，就有薛姨妈领一双儿女来京城探望自己的亲姊妹——贾府的二房媳妇王夫人的情节。书中写薛姨妈的姐夫贾政将自己爷爷传下的一处单门独院的宅子——梨香院腾给他们母子仨居住，理由是“大家亲密些”。这当然是实情，但又不仅仅那么简单，这其中牵涉到京城的房地产业的租赁现状，大有经济考量。

《红楼梦》“护官符”里的“丰年好大雪，珍珠如土金如铁”说的就是薛家，但要比起“白玉为堂金作马”的贾府来，还是要逊色不少。薛姨妈丈夫的父亲是“皇商”，即负责宫中物品采购的，是官身也是商人，按现在的话来说，挺厉害的。但一家三口（此时薛姨妈丈夫已辞世）到京城来，却不下手拿银子出来置业，这是有原因的。清代初叶的京城，房价并不高，按现在一线城市的房价来比，那简直就是白菜价。资料显示，清朝前期的房价要比明代便宜很多。康熙十一年（1672 年），北京的旗人李某买房 32 间半（清代限制旗人卖房，但并不限制旗人买房），价银只有 220 两；康熙三十二年（1693 年），正黄旗常某卖房两间给同旗的何某（清代不许旗人卖房给民间，但是允许房子在旗人内部流转），仅得银 30 两。而《红楼梦》里贾琏偷娶尤二姐，在“宁荣街后二里远近小花枝巷内”买房 20 间，大概也用不了 300 两银子，要知道，当时一斛老白米还值一两银子呢。

从中不难看出，薛姨妈一家是买得起房子的。但她为何不急于置业安家？其一，不是他们不想买，而是政策不允许。薛家是汉军旗人，而在清朝鼎盛时期，旗人的房产交易是受政策限制的。比如说，清初曾规定：“旗地旗房概不准民人典买，如有设法借名私行典买者，业主售主俱照违制律治罪，地亩房间价银一并撤追入官。”雍正元年（1723 年）颁布的《八旗田宅税契令》规定：“查定例内，不许旗下人等与民间互相典卖房地者。”到乾隆时期，政策虽然有所放松，仍然禁止旗人把超过五亩的住宅对外出售——薛家是名门望族，估计哪一处房子都不会少于五亩。有这些政策管着，薛家当然不敢卖房了。

而清代商用房的买卖就少有限制，且价格虽然贵些，却价值稳定，风险小，增值快。清代初叶的京城，当铺、金铺、首饰铺、酒店、饭铺、烟铺、布铺、杂货铺、裁缝铺、剃头铺等，满大街都是，还有煤厂、木厂、作坊什么的，数都数不过来。这种房子的价格高于普通平民住房，低于达官显贵住房。有学者专门统计过清代北京城区房契资料，发现 200 多年内门面房价格基本是稳定的，几乎没有大的波动（至清代后期价格的下跌则和银价的上涨有关）。而且清代门面房的价格是昂贵的，康、雍、乾三朝的百余年间，平均每间铺面价在四五十两银子左右。

四五十两银子按当时的物价和消费水平算合普通百姓五口之家一年的生活费。薛姨妈不愧是皇商的内人，她正是看中商铺易于保值增值的特点，才把银子投到这样的商品上来。读者在《红楼梦》中多次读到的恒舒典当行，就是薛姨妈家的铺面。而且这铺面不在小处，规模蛮大，雇员也不少。

清代的典当业如日中天，有皇当、官当、民当三类，呈三足鼎立之势。据福建学者罗炳锦统计，康熙二十四年（1685 年）全国当铺有 7695 家，雍正二年（1724 年）增至 9904 家，至乾隆九年（1744 年）仅北京城的当铺就多达 600 ~ 700 家。

从《红楼梦》直接描写当铺的文字来看，贾府和薛姨妈家都经营有当铺。而且薛家的当铺至少有五处之多，在京城的“恒舒典”属于官当。从贾薛二门的皇亲、官家买办身份和贾琏及其子侄们、薛蟠用度方面的大胆，熙凤及其女性经营团队的精明练达，还有贾府、薛家在社会经济方面的交往状况来考量，他们当铺的资本一定不算少数，所经营的当铺规模、数量也一定非同寻常。掌柜经营者是宝钗的哥哥薛蟠，而且薛蟠还经营着为皇家采买某方面货品的生意，只有如此经济实力而且拥有巨额资本的人方可开设当铺，想必薛家的当铺大多不是小门小户的小生意。检索清代早期的典当业史料可知，那时的典当业多是独资经营，资本一般自数千两至数万两不等。封建官府和贵族官僚把它看作营运资本的有利处所。内务府曾在北京开设官当十几处，地方当局也有由官自行设典生息。国库和地方各库官款经常拨出一部分发交典商当商生息，称“生息银”，利率七、八厘至一分不等。大官僚、大商人投资开设典当牟利的，亦屡见不鲜。比如：康熙朝刑部尚书徐乾学曾将本银十万两交给布商陈天石经营典当；乾隆朝大学士和珅拥有当铺 75 座。典当业集中体现了官僚、地主、商人三位一体的高利贷资本活动。官款存放生息曾是这种高利贷活动的有力支柱。一般，当铺还可自己签发银票、钱票，作为信用工具，因而其贷出金额（俗称“架本”）远远超过自有资本。由此可见，薛姨妈是何其精明！把钱用于买铺面比买一处宅子，的确要生利得多。银子不能沉淀，死钱要变成活钱，这不只是薛府一门的“生意经”。

【清】孙温　绘

从薛姨妈蛰居贾府看前清房地产与典当业

从贾府用“香”谈香料时代的经济应对

到了清代，尽管实行闭关锁国的政策，但还是允许臣属国把随朝贡队伍带来的货物与民间进行贸易的。这其中香料占了很大的比重。

《红楼梦》中写贾府主人用“香”的情节比比皆是，比如：薛宝钗服用的冷香丸有一股令人陶醉的香气；贾母每次出行必备个香瓶；王夫人等每每聚集时，都要焚松柏香、百合草，使满屋充满香气，因为这两种植物均有浓郁的辛香味，可使人兴奋，并有避秽化浊作用。但用香最奢华、昂贵和雅致的当属秦可卿。书中第五回写到秦可卿屋里的“香”：“说着大家来至秦氏房中。刚至房门，便有一股细细的甜香袭人而来。宝玉觉得眼饧骨软，连说‘好香!’”这“细细的甜香”究竟是何香，有说是“引梦香”，文中亦无细述，我们无法认定。但从它的功效看，具有催情、助眠的作用，当属高档的香无疑。

古人特别钟情于“香”，早在汉代开始，熏香就成为上层社会的一种风气，甚至成为日常生活的必需。15 世纪郑和下西洋，从南洋到非洲便一路采买香料，以至国库中香料太多而用香料给官员折算工资或赏赐。到了清代，尽管实行闭关锁国的政策，但还是允许臣属国把随朝贡队伍带来的货物与民间进行贸易的。这其中香料占了很大的比重。近阅一则史料：顺治年间，安南国（越南的古称）每六年朝贡一次，香料总是占了贡品的大头，其中有一次就有沉香960两，速香2368两，降真香、白木香、中黑线香若干；暹罗国（泰国的古称）每三年朝贡一次，也基本上是香料为主，其中最珍贵的是龙涎香，这种香是专供后宫所用。秦可卿屋里所用熏香，大概属于龙涎香之类的极品吧。当时，宫廷中娶亲嫁女、皇族成员的寿辰、各种祭祀都离不开香料。

好的香熏可以产生非常清新优雅的香气，能让人心情愉悦、舒畅，熏香还能达到消除疲劳、排解抑郁、养身祛病的功效。如《红楼梦》中写宝玉旧病复发，神志不清，屋内便忙地点起安息香来。安息香气味芳香，有开窍安神定志、醒神定魂之效。《红楼梦》第十九回中，袭人“向荷包里取出两个梅花香饼来，又将自己的手炉掀开焚上仍盖好，放与宝玉怀内”。这样，既可使全身充满香气，又可取暖健体。现代的香熏除了美容及嗅觉功用外，似乎更加看重治疗心疾、强身健体的功效。由于香熏还能起到净化空气的作用，在深圳、广州等一些南方都市，熏香几成一种新的消费时尚，且有愈演愈烈之势。但就总体而言，目前我国的香料种植和香料、香精生产与我们这样的人口大国、香历史文化久远的国度还很不相称。

资料显示，我国现有香料、香精企业近600家，其中90%以上是小型企业；存在香料、香精产业结构不合理、生产企业规模小、产品结构不合理、品种单一、企业分散，缺乏统一管理、生产装备水平低，工艺较落后，深加工能力不足等诸多问题。存在以上这些问题的原因有多方面，但有一点恐怕不必讳言，那就是文化的障碍。在大多数人看来，香水、香料这些东西，应该是可有可无的，因为它不能饱肚子。很多人至今仍把饱不饱肚子作为衡量一个物品价值的第一要素，实际上这是物质短缺时代留下的认识误区。此外，认为用香水、香料是奢侈的事，与历来倡导的“简朴”相违背触。这都需要加以引导。其实，在国外香水早已进入人们生活的各个方面，从儿童的教育用品到各种生活用品都有曼妙香水的气息。如法国，香水甚至和衣食住行一样不可缺少。而在我国，即便使用香水的人们，也大多用一些低端产品，而高端产品用者很少、用量也小。

当经济发展到一定水平之后，高档消费品、奢侈品的生产和消费就要占到一定的比重，这是经济学的一个基本常识。目前，我国经济仍保持着中、高速增长，国民收入持续增长，城镇化进程加快，同时人们提升生活品质和质量的呼声强烈，培育高端消费品市场的条件业已具备，譬如刺激香料、香水的生产和消费便切实可行。解决目前存在问题的办法和举措有很多，首先要打破消费文化的障碍，即香水是一种技术产品，更是一种文化产品。在这方面文化产业当大有可为。同时，要打破主力购买人群的障碍，要更新消费观念，努力扩大消费群体，精心培育香料、香水市场，尤其是在产业结构调整中，给予香料的种植加工以激励和扶持，在经营、销售、出口贸易等方面给予更多的优惠政策。

抄检大观园是清初短缺经济写真

由于短缺经济的影响，加上贾府经济治理的种种弊端，一府的经济大树其实早就根枯叶烂了，“抄检”只能是头痛医头，脚痛医脚，治得了标，却治不了本。

《红楼梦》里贾府有两次“抄检”，读者往往把第七十四回的“抄检”大观园一案和后文的锦衣军查抄贾府相混淆。前者抄检大观园，是贾府内主子和下人们之间长期以来鸡毛蒜皮、蝇营狗苟之事糅杂纠结在一起、剪不断理还乱的总爆发。

导致这桩公案的直接原因，是王夫人屋里接二连三地“短”了东西，更有几位给惜春、迎春、探春等喂过奶的奶妈聚赌又偷当物，加上这之前还发生过几桩“茯苓霜案”“蔷薇硝案”“累丝金凤案”等，终于到了非“抄检”不可的地步。

曹雪芹为了写抄检大观园案，前前后后用了五六个章回做伏笔，表现王熙凤、探春等治家理财的不容易，凸显贾母、王夫人、王熙凤等女主人平日里内心深处对府上日后恐“后手不接”的深深忧虑和恐惧，极力演绎贾府“大有大的难处”的经济主题。

经年累月发生在大观园里的大大小小的经济案件，是主奴之间、奴婢之间为衣食、日用等生计的争斗。放大起来看，我们便能从中看清贾府日常用度的经济面目、贾府衰落的渐进过程，进而看出清初社会的经济生态，从而读懂前清世相和“家国”二字。

清代是中国历史上人口最多的朝代，研究清史的学者认定，到了清代中后期，当时的人口已达到4亿多。人口的增加引起耕地严重不足。康熙《清圣祖实录》记载：“地亩见有定数，而户口渐增，偶遇岁歉，艰食可虞。”

乾隆《清高宗实录》记载：“生之（指土地）者寡，食之（指人口）者众，于闾阎生计，诚有关系”；“日食不继，益形拮据，朕甚忧之”。据南开大学中国社会史研究中心主任、著名明清史学家常建华的《清史十二讲》披露，清朝初期从定鼎中原到乾隆初年这上百年间，粮价呈现出明显上涨的趋势。江南苏、松、常、镇四府的米价，受水、旱、虫灾的影响，涨落幅度很大，康熙年间每升只有7文，乾隆五十年（1785年）后，每升米卖二十七八文至三十四五文为常价。因此，像贾府这样的“鼎食之家”，也每每为“一粥一饭”的生计吵嚷不已。

此外，清代康熙、雍正和乾隆年间曾自然灾害频发，仅水灾就有多次，如康熙五十四年（1715年）“苏州府三月淫雨二十余日，四、五月连雨，六月大水，城水深五六尺，庐舍田地冲没殆尽”。乾隆二年（1737年）自六月“京城大雨连绵，多日不见停止，连阴如注，数座城门封闭，以抵御大水入城。房山、昌平、密云、通州官员纷纷告急，以求赈灾。”这些自然灾害也给自给自足的清代“农耕经济”带来了伤害，给贾府这样的官宦之家的生活带来了影响。

第六十一回《投鼠忌器宝玉瞒赃　判冤决狱平儿行权》，有迎春房里小丫头莲花到伙房要一碗“炖得嫩嫩的”鸡蛋未果，反遭伙房主管——柳家奚落一通的情节描写，原来柳家管饭堂的规矩是：临时加菜可以，但须先拿钱来。像莲花这样不先拿钱，却要厨房里给炖一碗鸡蛋，柳家自然是不会答应的。于是便又引出下面这一大堆刻薄、挖苦的话来了，读来令人揪心：

“就从旧年一立厨房以来，凡各房里偶然间不论姑娘姐儿们要添一样半样，谁不是先拿了钱来，另买另添。有的没的，名声好听，说我单管姑娘厨房省事，又有剩头儿，算起账来，惹人恶心：连姑娘带姐儿们四五十人，一日也只管要两只鸡，两只鸭子，十来斤肉，一吊钱的菜蔬。你们算算，够作什么的？连本项两顿饭还撑持不住，还搁的住这个点这样，那个点那样……”“口口你们深宅大院，水来伸手，饭来张口，只知鸡蛋是平常物件，那里知道外头买卖的行市呢。别说这个，有一年连草根子还没了的日子还有呢。”

可见，连贾府这样的富贵之家，主子和丫鬟之间也免不了为口腹之生计吵闹、计较，确实是“日食不继，益形拮据”啊。从计较衣食上的大事到计较胭脂水粉之类的小事，嫌隙和矛盾日积月累，于是积怨到因一两个恶婆子的挑唆是非，终于弄出了抄检大观园的一场大风波。《红楼梦》抄检大观园一案，是清初短缺经济的缩影，为日后锦衣军查抄贾府早早埋下了伏笔。

由于短缺经济的影响，加上贾府的经济治理的种种弊端，一府的经济大树其实早就根枯叶烂了，“抄检”只能是头痛医头，脚痛医脚，治得了标，却治不了本。即使这样的“抄检”来多少次，也难治贾府的经济短缺和人们心头无尽的物质欲望和没完没了的纷争。

贾府如此，清代的国家治理也同样如此。

贾府的文化消费及其作用

文化消费除了保证劳动力再生产的延续，还能提升人的价值观、荣誉感，培养人们的情感与意志力。

《红楼梦》中贾府的文化消费异彩纷呈，具有鲜明的时代性，凸显出相当的经济意义。如为了修行、修道方便，就建有自己的家庙，书中确切记载的铁槛寺和水月庵就是（贾宝玉的曾祖辈）荣国公、宁国公所建。对家庙（寺庙、庵堂）里的僧尼（主要为道人），贾府每月都给他们发例银。这还不算，府里还养着一个戏班子，共有 12 个少年女子。

那时候艺人的地位低，这些女孩来自江南姑苏一带，薪水不高，贾府的丫鬟使女们大致每月一两，而她们只有其一半——每人每月 500 钱。一年下来，府上支付她们的薪资不超过百两银子。当然，她们的演出任务也不多，就是每每有“大日子”——如贾母做寿、元妃省亲什么的，她们是必须要演出、唱大戏的，此外如逢年过节，那也是必须要开场表演的。

从书中很多情节描写来看，这些优伶们演艺水平很高、演技功夫了得。如第五十三回、第五十四回，写贾府过元宵节时唱戏，一个才 9 岁的小孩子还能临时在台上“望风挂牌”、触景生情地编词，很受贾母的赏识和喜欢，叫人赏了她一些银子；她们演的剧目也很多，如《西楼会》《八义》《寻梦》等，有几十种吧，也够得上专业的了。想想偌大的贾府，除夕之夜如果光有祭祀的肃穆森严、刻板程式，年夜饭的丰盛，而少了午夜零时起那场昆曲的雅音，以及元宵节满戏台、满地的“叮当、豁啷啷”的撒钱声，那还有什么“年味”可言？

贾府在文化消费中，丰富了精神生活。如主人们吃饭雅集不但讲究环境、时令，更注重放松心情。宁府那边请贾母吃个饭还特意安排到园中，且“正值梅花盛开时节”；一帮女主人冰雪天里要露天煮鹿肉吃，而且还要采来大束红梅花来点缀……在经年累月的文化消费体验下，贾府能出“文妙真人”贾宝玉、文艺宿将贾母、婉约诗人林黛玉、工笔画家兼图绘师惜春等人物，便不足为奇了。需要指出的是，贾府的文化消费有着深刻的内涵，即对孟子所倡导的“居移气，养移体”的养生理念的理解深刻，且践行得法。

贾府的文化消费不仅体现在戏曲欣赏和餐桌上，也不仅仅满足于自己家庙里的日常祭祀和修道，而是表现在以社稷苍生为念、祈求天下太平的大局观和朴素的信仰。当然，这种信仰和众生观明显带有封建士大夫的思想局限。如在端午节这天，贾母要领着家中的女眷们到清虚观打平安醮。贾府打平安醮，不只是拘守民俗，而是去撒银子的，用现在的话来说是去捐款、赈济。贾母一行给清虚观带去的不只是元妃赏赐的专款120两银子，还有许多行善的举动，如第二十九回就写贾母命贾珍带一个“可怜见的”穷人家的小孩离开，特嘱咐“给他些钱买果子吃”；又命宝玉撒些钱给清虚观外面看热闹的穷苦人，等等。平安醮是一种古老的传统祭祀习俗，是一种保平安的仪式。由于“平安醮”以清宁地方、消灾祈祥为目的，因而它很有影响力和民意基础，况且贾府是京城颇有影响的豪门大户，贾母的做派自然对提升府邸的声望起到积极作用，同时对安抚底层、教化市井小民产生文化示范作用。

德国社会学家、哲学家齐美尔指出：“现代生活最深层的问题来自于个人在面对压倒性的社会力量时，要求保有自身存在的自主性与个体性。”贾府正是运用特殊的文化消费模式来维持展现家族个性的，他们行为的意义不在于其内容，而在于与众不同的形式惊世骇俗，引人注目。他们的消费并非仅仅为了生存所需和展示财力，更在于通过文化消费界定了社会关系，从而制造并维系了社会关系。

众所周知，文化消费是劳动力再生产的必要条件，是文化生产力的表现形式。在一定意义上，只有消费文化产品，才能满足和保证人的要素的本质要求。文化消费除了保证劳动力再生产的延续，还能提升人的价值观、荣誉感，培养人们的情感与意志力。

清代社会，类似于贾府这样的官宦人家禁杂书却不禁戏，甚至养戏班子，不少世家子弟还特别寄情于此，创作曲剧，这对戏曲的发展和保护起到了重要的推动作用。

清初，满族统治者为了缓和阶级矛盾，加强与各少数民族的融合尤其是与汉人的交流与融合，汉文化被抬到空前的地位。贾府是满汉结合的活样板，其行为方式也是清初经济文化繁荣的有力见证。贾府对文化消费的重视和依赖，是明末清初资本主义萌芽状态下封建士大夫阶层行为方式的生动体现，对催生经济和社会生产力发展有积极的推动作用。

贾府兴学的经济考量

清代的私塾一般实行公尝租金、学生交费双结合的办学模式，而贾府办私塾采取的是经费由贾府兜底，“凡族中为官者皆有帮助银两”的机制。

一百二十回《红楼梦》用了一回半的篇幅及夹杂在其他章回里的零星文字描写贾府的家堂私塾教育，绝非闲笔。一来表现出私塾教育的内容与现实生活的严重脱节，只为科举考试服务（贾宝玉最痛恨的“禄蠹”，即脱胎于此）；二来其教育形式刻板教条，让人昏昏欲睡，提不起精神，因而课堂上打斗成风，乱成一锅粥。这为后来书中主人公贾宝玉即便考中举人也不愿入仕埋下伏笔。这些姑且不说，倒是封建士大夫家族的办学模式和经费投入方面有值得研究和借鉴的地方。

首先，一族子弟有共同的一所学校——私塾学堂，有一位先生执教，而且学子们的学费由府里统一承担。书中记述得很清楚，这所私塾在离贾府不远的地方，由贾宝玉爷爷辈的一位叫贾代儒的老者担任私塾先生，而且贾环、贾兰他们的学费每学期在府上的公账里报销，每人每月二两银子，由其监护人按月领取（后来贾探春代理王熙凤理事几个月期间，见他们在学堂里又领取每年八两银子的伙食补贴，便将这笔报销款废止了）。

贾环、贾兰是贾府的嫡系自不必说，那族里的其他旁系和未出五服的同性子弟呢，也同样如此。《红楼梦》第九回《恋风流情友入家塾　起嫌疑顽童闹学堂》，写私塾课堂上那场“全武行”打斗之后，金荣的姑妈就上王熙凤的门子，想说叨说叨此事，一来欲为侄儿金荣掰掰理，二来也想乘机通过熙凤压压宝玉及其书童茗烟这帮人的势头。金荣只是姓贾，与贾府其实远着呢。试想，如果学费不是公出，金荣的姑妈犯不着到贾府的大管家那里去撇清。从书上的记载看，一个课堂坐得满满的，怕不少于二三十人，而且有男有女，以每人每年 18 两银子计，再加上其他费用，则贾府每年要花费五六百两左右的银子。清代的私塾一般实行公尝租金、学生交费双结合的模式办学，而贾府办私塾采取的是经费由贾府兜底，“凡族中为官者皆有帮助银两”的机制。这倒是前清时期不少豪门大户比较流行的做法。

其次，对学子重视关怀并予以资助，是长辈们的日常行为，且成为时尚。《红楼梦》里记载，作为贾府的最高权力人——贾母对年幼的读书人是关怀体贴的：因为秦可卿的胞弟秦钟是自己宝贝孙子宝玉的同窗，老人家初次见面就拿银子表礼，还特意“给了一个荷包和一个金魁星，取‘文星和合’之意”。后来这小子不上进、玩邪门以致一命呜呼，老人家又“帮了几十两银子”作为丧葬费。但是书中没有写贾母对其他门下后生有这种慷慨。贾赦虽是一个极其抠门、像他儿子贾琏一样“油锅里抓钱的人”，但有一次在陪贾母过中秋节时，连夸贾兰诗作得好，便吩咐下人将自己平时收藏的许多玩物拿来来赏赐于他。要知道，贾赦平生视玩物为自己的生命，刻薄贪财就是为了收购藏品，这个大方的举动实在难得。即便族人贾瑞（与贾琏同辈）因对其堂嫂子王熙凤起淫欲歹念，最终患单相思离世，但对这位“名节不好”的读书人，贾府自上而下对他的抚恤也是相当到位的，单贾瑞叔伯辈的竟每人 20 两丧仪银，加上宗族内的每人一二两，加起来竟有百余两，比当时一个位列四品的官职人员的年例还要多。

有清一代，家族对读书人的奖掖例子不胜枚举。据史料，清乾隆年间浙江上村曹氏一位倪姓继母在养大了丈夫前妻留下的三个孩子后，将自己的口粮田五亩六分三厘定为家族奖励子侄后辈读书进学用，被旌表为“培秀户”，意“户而曰培秀者，培培养心田也”。同村的盐商们纷纷仿“培秀户”捐钱捐物，兴办塾学。更有清末武训其人，以“吃得好，不算好，修个义学才算好”，“食菜根，不求人，省下饭，修个义学院”的宏愿，省吃俭用捐助义学，影响深远。

最后，贾府义学的投入产出比较低。计算教育的产出，就是要衡量它出了多少人才，这和现今考核大中专学生的就业率还不完全一样。那么，贾府的塾堂里出了些什么样的人呢？泯然者众；出类拔萃者只宝玉、贾兰两人，他俩考中了举人；像贾瑞、秦钟这些人，只能算是私塾教育的“次品”。贾府兴学几代，调教家丁族童无数，成器者少，顽劣者多，平庸者众，而历年投进去的银子却不知有几何。贾政在锦衣军抄家时，面对杯盘狼藉、一地鸡毛，发出“我贾家何至一败如此”的感叹，怕不仅仅指的是钱财吧？当然包括“人”的堕落、教育的失败这些因素。

【清】孙温　绘

探春远嫁的经济分析

探春远嫁的经济分析

贾探春的婚姻悲剧与大清王朝在全球经济循环中的经济利益、经济布局有关，一个弱小女子的命运联通着一个府邸乃至一个朝廷的前程和追求。

如果仅仅把《红楼梦》看成宝黛之恋的爱情大书，或者只看到贾府男儿如贾宝玉等在婚姻爱情上的遭遇，其实是片面的。《红楼梦》的爱情悲剧不独发生在贾府的男丁们身上，在女儿们身上表现得也十分悲切，这其中又以探春远嫁最为典型。“探春远嫁”作为《红楼梦》里一个重要情节历来为读者掬泪而读，贾探春连同贾元春、贾迎春、贾惜春四姐妹的不幸婚姻折射出时代宽广的经济生活面，极大地烘托了曹雪芹刻意营造的“原应叹息”的分主题。

“一帆风雨路三千，把骨肉家园齐来抛闪”，这是《红楼梦》第五回《游幻境指迷十二钗　饮仙醪曲演红楼梦》中叹贾探春远嫁的曲子《分骨肉》里的句子，其中有满腔的哀怨，满满的悲凉。探春为什么要远嫁，为何要“抛闪”骨肉家园？这里面的苦衷和谜团须从经济角度好好考量。

探春的父亲贾政在江西粮道任上突然接到同僚周琼的一封信，信中提出了两家结成“儿女亲家”的邀约。周琼是贾政的同乡，曾与贾政同为京官，后来贾政外放江西，周琼调至海疆。贾政是出了名的大孝子，但此次见信后竟连自己的老母亲——贾母都未曾禀告一声，就匆匆做出了三女儿探春远嫁海疆的决定。这又是为何？

固然，在清代仍然奉行“父母之命，媒妁之言”的信条，儿女们的婚事自己是做不得主的，得由父母和家长说了算。但就是嫁人，嫁官宦嫁富商，也不一定非要嫁到几千里之外呀？关于探春远嫁的情节事实，红学界有两种解读：一种说法是嫁给了海关官员的儿子，在广东、广西海防，“路三千”是京城到海边距离的大概数；一种说法是探春嫁到现今印度尼西亚一带的爪哇国了，此地离京师当在三千里以外。在此之前，探春因“选秀”而为皇帝瞩目，被认作了“干女儿”。故以“皇亲”身份远嫁蛮夷属国做王妃，是为了“和亲”，类似于汉代为了笼络匈奴而派王昭君远嫁。这两种意见都各有证据，都能自圆其说，这里不过多阐释。但有一点却是无疑的，即贾探春的婚姻悲剧与大清王朝在全球经济循环中的经济利益、经济布局有关，一个弱小女子的命运联通着一个府邸乃至一个朝廷的前程和追求。

从书中诸多情节里我们可以看出，贾府是崇尚、追捧、使用洋货的，而且使用的品种多样、规格高端、用量也相当大，这其实是清初京城豪门大户和上流社会消费风尚的缩影，也是大清立国初期国家经济政策和实际执行状况的缩影。一方面，实行闭关锁国的国策，限制贸易，紧闭国门；另一方面，因为抵挡不住域外新奇的东西、差异化的商品的诱惑（如玻璃、烟丝、其他精细生活日用品等），又偷偷引进，偷偷放入。这种遮遮掩掩、自相矛盾的行为和心态，在书中都有详细的记述和披露，比如贾母的库房里囤积了许多俄国的皮草和编织物件；王熙凤喜欢收藏南洋一带的茶叶、红酒、香水等；大观园里尽种奇花异草，有一种叫“女儿棠”的就来自“女儿国”。而这些洋货是怎么进的国门，又怎么进的京城，进了像贾府这样有钱有势的大户人家？我们不妨来回味一下书中的两个情节，自然会心知肚明。一个是贾府有那么多玻璃摆件，大的、值钱的如玻璃炕屏，是从什么渠道得来的呢？书里交代得清楚，是负责海关事务的官员粤海将军送的。一个是和贾政套近乎、走得很近、相处特腻歪的冯紫英有一回上门推销价值达两万两银子的四件洋货，竟是“广西的同知进来引见”的东西。同知是朝廷钦命的地方知府的副职，正五品，其中有一项职责正是负责海疆事务；粤海将军，大约相当于正副省级之间的海关监督等，有职有权，冠冕堂皇。朝廷要他们看守国门，闭关禁海，可他们却禁私贩私，监守自盗，靠守关而自肥，凭监海而牟财渔利。在这样的时势氛围下，谁家能找到一位类似于粤海将军这样的官家做儿女亲家，那是多么光耀门庭的事。找到这样的人家，那才叫吃不愁穿不愁，金子银子使不完哩。贾政是朝廷命官，他岂能不懂？所以，他和贾府一门才上演了“千里为官、数千里嫁女”这一出。

那么，试问这一出是悲剧抑或喜剧？答案当然因人而异了。每一个朝代有每一个朝代的崇尚和追求，表现在婚姻的缔结和择偶标准的确立上，也鲜明地体现出时代的风尚，打上深深的经济烙印。过于沉湎于“宝黛之恋”的人们，真应该好好读读鲁迅先生“人必生活着，爱才有所附丽”这句话；过分责怪曹雪芹不该安排贾府三小姐探春远嫁的读者，或许该重温一下清初治国安邦的历史。那是一个国内阶级矛盾频发，邑有饿殍，流寇四起的年代；那是一个异域眼红心妒，觊觎之心大发的年代。可就是在这样的内外部环境下，清朝还夜郎自大，自我感觉良好。可一旦像爪哇国这些小国、臣属国真的频频在边界、海疆挑事、犯事时，又一脸惊悚、万分后怕，怕从今往后断了货物贸易之路，毕竟上亿人口的吃饭生计问题非同小可！送几个像贾探春这样的女子去和亲、去安抚异邦，那又算得了什么呢？这里面，包含着曹雪芹多少辛酸和无奈啊！

《红楼梦》贾府的经济伦理

贾府的主仆关系或曰“生产资料占有者与生产力创造者的关系”，堪称现代企业“出资人与职业经理人关系”的温床和母胎，只可惜后来由于外敌入侵，大清沦为半殖民地半封建社会，资本主义萌芽的迅速凋谢使得这种生产关系不得发育和巩固完善，经济伦理和秩序迟迟难以确立。

《红楼梦》的写实成分很重，书中记述的贾、史、王、薛四大家族尤以贾府为代表的封建府邸生活，其经济伦理层次清晰、脉络分明，严格而细致。

首先，贾府是女人掌管经济的府邸，书中清楚地写明，荣国府这边是贾母和其两房儿媳王夫人（贾政之妻）、邢氏（贾赦之妻），宁府那边的贾珍之妻尤氏等几个当家，类似于一个公司的董事会；其执行层也是女眷为主，像贾府的晚辈王熙凤、贾探春，丫鬟鸳鸯、袭人及众嬷嬷。贾府的经济支撑是地租和放债收入，而府里的男丁们因为有官职身份，如贾政在工部上班，拿朝廷的俸禄，是不管家务事的；另一房贾赦和其子贾琏也因为拥有世袭或捐的官衔，也是不问“俗务”的，所以家中一应大小事务都是女眷们打理。这成为清代上流社会一道独特的风景线。笔者近来查阅南京

（旧称金陵）和距南京不远的徽州地方史料，清时这一带的官宦人家十有八九都取贾府这样的“家族治理”模式，即男主外女主内。中国盛行几千年的男尊女卑格局，在清代初叶即被打破。这其实是两种思潮合流的产物——即女人不能当官入仕，不能担任社会公职；同时男人的正经事应在官场仕途，家庭治理和府邸经济事务非男人所为。这有一个意外的结果就是，女人由历来处于从属地位，变为不可或缺的“另一半”，成为“协理”甚至“依赖”的角色了，至少在上层社会的大户人家是如此。这种社会风尚和封建经济伦理，羽化和催生出了像王熙凤、贾探春这样的女性经营人才来。

其二，就是府里实行“一大二公”的分配机制。贾府的主人和奴仆下人一律实行“月例”制，即每月根据其尊卑地位发放薪水。书中明白无误地交代了贾府每个人的工资额，如王熙凤是贾府（宁、荣二府）的财经总管，其每月领到的银子在十两以下，不足十两；贾宝玉、林黛玉他们则要少些，只三五两吧；丫鬟们就更少了，一两二两的，有很多人只几吊钱。但逢年过节，府上是要另发“例是银”的，即年终奖。当然也仍然是按尊卑地位来发放的，分年货就是明证。书第五十三回，写族长贾珍主持分配宁、荣二府年货，将庄头乌进孝送来充租子的值几千银子的年货，除了祭祀等公用外，余下的“派出等例来，一份一份地堆在月台下，命人将族中的子侄唤来与他们”。两府的人再加上宗族所有人的收益所得，不是以劳动量、贡献大小、创造的劳动价值高低来决定，这种以封建伦理关系决定分配额度，导致了“府邸经济”的式微并最终走向没落。而差不多同时代的16～18世纪的欧洲，由于第一次工业革命的爆发，整个社会向资本主义社会转型，封建庄园主有目的地从事对外产品输出，对各层级庄主采取“目标激励”，对雇工们已经采用类似于今天的“绩效考核”的方式了。

其三，贾府经济上的“雇佣关系”总体是和谐的，其“职业经理人”还备受礼遇和尊重。如赖大，是宁国府那边的“管家”，职责大略是负责一府之治安内保和仆佣们的后勤之类的事，但他在府里就受到上上下下的尊重，小辈主子们都称其为“赖爷”。贾府的规矩，就是大日子里，摆宴席落座，有身份的主子往往都站着，而有年岁的嬷嬷们是要给“看座”的。之所以如此善待“职业经理人”是有原因的。一是尊老，像赖大这些“管家”，是世代为奴，又年岁已高；同时更重要的一点就是，贾府的公子、小姐们大都“四体不勤，五谷不分”，过惯了衣来伸手、饭来张口的生活，须臾离不开这些人。不要说生活起居方面的事了，就是管账看库存、收租盘点这些经济事务，贾府哪能少了他们？贾母一刻也离不开鸳鸯（她是丫鬟，却相当于董事会秘书这一角色）；王熙凤尽管“有一万个心眼”，是当家理财的“强人”，但她毕竟不是三头六臂，所以总慨叹自己少了一个可以搭手的“臂膀”，一当她偶然发现老佣人林之孝家的那个年方十四的女儿“小红”伶牙俐齿 、脑瓜机灵，就求宝玉让给自己听用。贾府的主仆关系或曰“生产资料占有者与生产力创造者的关系”堪称现代企业“出资人与职业经理人关系”的温床和母胎，只可惜后来由于外敌入侵，大清沦为半殖民地半封建社会，资本主义萌芽的迅速凋谢使得这种生产关系不得发育和巩固完善，经济伦理和秩序迟迟难以确立。

05

经济评判

石头有梦

《红楼梦》原名《石头记》，“石头”寓有用世、济世之意。贾宝玉所佩之“玉”乃女娲所炼之三万六千五百零一块石头中所弃的一块。此石寓贾宝玉没有“补天”“济世”之才。然贾宝玉乃贾府之人望，殊可痛惜。

《红楼梦》里的工匠精神

> 工匠精神就是追求卓越的创造精神、精益求精的品质精神、用户至上的服务精神。

《红楼梦》以极高的艺术成就和百科全书式的现实主义描写，为我们认识清代初期的社会经济生活提供了一把钥匙。尤其是散落在书页中的清代工匠生活和他们的手工制作艺术，十分引人注目，弥足珍贵。

作为贾府的最高权力人，贾母喜爱的是那些闪耀着传统艺术光芒的手工艺术品——璎珞、玻璃炕屏就是其中的代表。虽然当时京城里的豪门大户并不缺少洋货，但国货尤其是手工制作仍因其质量和品质以及原汁原味的中国元素、中国味道而受到追捧。

璎珞是苏绣的一种，与湘绣、粤绣、蜀绣并称为中国四大名绣，有着2000多年的历史。《红楼梦》第五十三回写道：

> 这边贾母花厅之上共摆了十来席。每一席旁边设一几，几上设炉瓶三事，焚着御赐百合宫香。又有八寸来长四五寸宽二三寸高的点着山石布满青苔的小盆景，俱是新鲜花卉。又有小洋漆茶盘，内放着旧窑茶杯并十锦小茶吊，里面泡着上等名茶。一色皆是紫檀透雕，嵌着大红纱透绣花卉并草字诗词的璎珞。

书中的“草字诗词的璎珞”，是姑苏一带一位名唤慧娘的女子所绘制，纯手工制作，非市卖之物，仅接受权贵阶层定制。该璎珞所绣之花卉，仿的是唐、宋、元、明各名家的折枝花卉，格调隽雅；且每一枝花侧皆用古人题此花之旧句，或诗词歌赋不一，皆用黑绒绣出草字来，且字迹勾踢、转折、轻重，连断皆与笔草无异，堪称绝美工艺，被世人称为“慧绣”。当时若拥有一件真“慧纹”之物，则价值无限。

清代是苏绣的全盛时期，真可谓流派繁衍，名手竞秀。皇室和贵族享用的大量刺绣用品，几乎全出于苏绣艺人之手。民间的绣品工艺也不赖，多用于服饰、被面、靠垫、鞋面、香包、扇袋等。这些苏绣生活用品不仅针法多样、绣工精细、配色秀雅，而且图案花纹含有喜庆、长寿、吉祥之意，深受时人喜爱。有一种“画绣”，被称之为“闺阁绣”，便属于高档品。《红楼梦》中记述的慧娘的苏绣璎珞便属于上品“画绣”。

贾母八十大寿时，上自皇家下至大小文武官员都送来礼物，堆积成山。但贾母只对几样东西感兴趣，炕屏算是其中之一。

清代的房子是架构的，得靠一些临时性的隔断如屏风、屏挡来隔断空间，以保持一定的私密性。后来屏风逐渐演化成装饰品，如放在桌子上的插屏，竖向的叫桌屏，横着的便叫炕屏。

当时市面上比较多见的还是木质或丝绸面料的屏风。如清雍正年间就有一件黑漆泥金贴鸡翅木玻璃炕屏传世。该围屏边框木制，共五扇。屏心正面嵌绢画花卉，绘茶花、梅花、桂花、木兰、兰花、菊花、紫藤等。裙板朱漆地描金嵌玻璃开光，绘缠枝花卉纹，画风吸收西洋技法。背面黑漆地描金彩漆亭台楼阁图。屏上及侧边贴鸡翅木雕缠枝牡丹纹。雍正皇帝偏爱漆做家具，上面所提的本屏风就是例证。到了乾隆朝，家具上凡镶有玻璃的，均取下换成紫檀木板。至此，中国元素、中国做派的手工制作再度盛行于华夏大地。

中华文明久远而厚重，凝聚着一代又一代工匠的辛酸和血泪、聪明与智慧，传承着亘古不变的伟大“工匠精神”。长期以来，工匠们对自己的产品精雕细琢，精益求精，形成了追求卓越、追求完美的精神理念。工匠们喜欢不断雕琢自己的产品，不断改善自己的工艺，享受着产品在双手中升华的过程。

工匠精神的目标是打造本行业最优质的产品、其他同行无法匹敌的卓越产品。概括起来，工匠精神就是追求卓越的创造精神、精益求精的品质精神、用户至上的服务精神。这种精神，不光在《红楼梦》贾府的物用器物上得以观照，也在贾府主人以及其生活的社会流通大环境里得以体现。如贾府修建大观园的设计、用材和匠心，贾府私房菜肴的用料、烹调制作、出品流程的掌控，盛载器皿的选择，等等，无不是“精细、雅致”的生动诠释。

当下，有些工匠人由于受利益驱使，追求“短、平、快”（投资少、周期短、见效快）带来的即时利益，从而忽略了产品的品质灵魂，因而饱受用户和消费者的诟病。当下国家正大力推行供给侧改革，目的就是在全面建成小康社会的进程中提升人们的生活品质、提高人们的生活质量。这其中，振兴制造业，重塑“工匠心”，弘扬“工匠精神”当是题中应有之义。一部《红楼梦》，在这方面可以给我们很多借鉴和启示。

《红楼梦》里的中医药养生学

中医文化博大精深，这里面有易学、玄学、天文学、物候学等知识体系，集中体现了中国医学的精髓——天人感应。

近年来，《红楼梦》研究者对该书的经济文化价值予以充分肯定，有的学者提出《红楼梦》是一部文化大书，有的则认为《红楼梦》是难得的经济奇书。但不管怎样，经济中有文化，文化中有经济，却是大家的共识。

《红楼梦》文化中经济色彩很重，经济文化又以经世济用为显著特征，这在中医药养生方面体现得尤为详尽。

严格意义上说，西医是晚清鸦片战争之后才传到我国的（明末清初传入的只是浅显的解剖生理知识，故对人们的生活影响不大）。《红楼梦》记述的清代初叶的封建士大夫阶层的日常求医问药及养生保健都是中国传统药物、传统药理知识、传统的医治及保养办法，一句话，是地地道道的中国方案——“中医”。林黛玉寄居到贾府的第一天，她的外祖母——贾母就问她平时吃什么药，并说：“正好，我这里正配丸药呢，叫他们多配一料就是了。”（见第三回）可见，那时候的大户人家、富贵门第的人们，吃药是一种习惯且大多为通用处方，也并不是身体病了、病得不轻才用药。

中医用药，讲求“有病治病、无病强身”，旧时候类似于林黛玉、贾母这些人她们平日里不离口的药物，大都以保健的功用为主，即现在人们熟知的“治未病”吧。果不其然，林黛玉从小就吃的中药名叫“人参养荣丸”。从字面上就看得出，里面有人参等滋补药材，有提振元气、固本养颜、美容养生的功效。黛玉姑娘自小身子弱，加上有肺虚、哮喘等“不足之症”，你叫她天天吊头孢菌素，吃大把大把的阿莫西林、阿奇霉素片，那不是要早早地送她的小命归西？林黛玉及她们那一代人信的是中医，但也的确是中医、中药管用。

中国文化，有中国人独特的发现、独特的心思，融入了中国人的世界观、价值观，有中国人秉持的生存观念和生活态度。譬如阴与阳、盈与亏，仓颉造字，女娲造人，子丑寅卯，平平仄仄……十足的中国元素，中国风骨。很难想象，身患糖尿病的贾母，叫她在听昆曲做席令的时候，拿一把二甲双胍药片递过去；也同样，宝二爷喝多了酒过后就一定要来一瓶氨基酸药剂做静脉注射。所以贾府的妇人们，诸如王熙凤、秦可卿，她们妇科上的一点毛病，也犯不着就去用阿普洛韦软膏和氯雷他定来治疗，将这些西洋药拖进古色古香的贾府、天上人间的大观园，还是“益气养荣补脾和肝汤”比较对症和适宜些。这就牵涉到一个文化的命题，即文化具有鲜明的地域性、历史传承性以及对信奉该文化人群的生活匹配统领性。明白了这一点，我们就不难理解书中记载的林黛玉所抓一服中药的药引子一定要古墓里死人头戴过的首饰了，这便是中国文化对医学的影响，中医形成和发展的文化作用。

这里不得不提薛宝钗常服用的那服“冷香丸”中药。这药丸炮制极其繁杂，用料极其刁钻、讲究，除了吸附着美轮美奂、博大精深的中华文化，其医药原理、药用价值同样不可小觑。在《送宫花贾琏戏熙凤　宴宁府宝玉会秦钟》这一回里，薛宝钗亲口对王夫人的陪房周瑞家的说：“不问这方儿还好，若问这方儿，真把人琐碎死了！东西药料一概都有限，最难得是‘可巧’二字：要春天开的白牡丹花蕊十二两，夏天开的白荷花蕊十二两，秋天的白芙蓉花蕊十二两，冬天的白梅花蕊十二两。将这四样花蕊于次年春分这一天晒干，和在末药一处，一齐研好；又要雨水这日的雨水十二钱……还要白露这日的露水十二钱，霜降这日的霜十二钱，小雪这日的雪十二钱。把这四样水调匀了，丸了龙眼大的丸子，盛在旧瓷坛里，埋在花根底下。若发了病的时候儿，拿出来吃一丸，用一钱二分黄柏煎汤送下。”

中国中医文化博大精深，这里面有易学、玄学、天文学、物候学等知识体系，集中体现了中国医学的精髓——天人感应；天、地、人一体，互为作用，互为因果；人的身心与大自然相互联系、相互影响，是一个不可分割的有机整体。就像薛宝钗所服用的冷香丸，其医疗及药理是十分科学的。中国最早的医学典籍、传统医学四大经典著作之一的《黄帝内经》就提出：中医的治则之一是“热者寒之”，冷香丸的最大特点恰恰就是“冷”，是针对宝钗所患肺热症状所采用寒凉、滋阴的组合药方。从《红楼梦》的记述及后世医家按此方如法炮制的应用情况来看，其功效的确不同凡响。

当前，国家对继承和发扬我国传统中医文化极为重视，提出要大力发展中医中药事业，先后出台了许多政策措施。我们应自觉地从包括《红楼梦》在内的国学典籍中汲取营养、获取方法借鉴，古为今用，这应是弘扬中医文化、振兴中医的题中应有之义。

“红楼宴”的经济社会价值

《红楼梦》菜谱是中华美食文化的瑰宝，其丰富性、相对完整性、美学及艺术感染力都是空前的。

民间早就有人将《红楼梦》贾府的食谱挖掘、整理，端出“红楼宴”上餐桌了，但坦率地说，大部分成品菜肴只是徒有其名，热热闹闹走走过场而已。因为贾府的菜肴分不同食客、不同场合、不同时序和心境，里面有很多讲究、很多寓意，一句话，内中有深厚的文化内涵，不仔细推敲、不悉心揣摩、不认真体会和研究，光看菜名，一翻到用料和食材的文字，就烈火烹油、刀劈手撕，是压根儿做不出贾府秘制私房菜的，最多是自个儿的拿手菜贴上贾府的标签罢了。就是曾是曹（雪芹）家、贾（宝玉）家的根据地——金陵地界延至沪上一两家大酒楼所做的风靡一时的所谓“红楼宴”，也是地地道道的淮扬菜，而研制者和那些大厨们，恰恰忽略了一点：贾府后来举家北移京师，那菜里融入很多北方菜系的品质和口味，无论是食材、配料、烹调方法和味道，都不单是淮扬菜一家所能囊括的。

况且，作者曹雪芹是玩惯了“障眼法”的，其所记述的贾府食谱，许多是搂草打兔子、敲山震虎、草蛇灰线的，说此言彼，言他物而故意说不相干的噱头，也难怪令众多美食家、烹饪家和食客云山雾罩，一头雾水。

考据《红楼梦》的菜谱，一点不比考据《红楼梦》的作者及其版本等容易。从这个意义上说，在当下如果推出“红楼宴”，首先得过“考据”这一关。这里姑且不论“红楼宴”的菜名及烹调制作本身，其释放的经济价值实在不容小觑。

《红楼梦》菜谱是中华美食文化的瑰宝，其丰富性、相对完整性、美学及艺术感染力都是空前的。这在中国乃至世界文学名著里都是绝无仅有的。在人们生活水平越来越高、追求小康生活的当下，有心的人翻出《红楼梦》菜谱，并试图将其端上普通人的饭桌，让精细、雅致的贵族菜肴走入寻常百姓家，这绝非偶然，而是有着深刻的时代背景和文化因素。我们恰逢中华崛起的崭新时代，需要精细雅致的生活，即人们不仅仅满足于简单的温饱，而是在日常饮食中，追求科学营养，讲究健康养生，达到口腹目染、审美舒心的功效，而在《红楼梦》的美食文字中汲取烹饪知识和养分，不失为一种捷径，适得其所。现如今推行供给侧改革，就是让人们的日常供应有质量、有品质、有价值，其中饮食是重要的一环。所以，从《红楼梦》这部中国最具世界影响力的古典名著中汲取烹饪之“范”、饮食之“理”，传承中华饮食文化里的“食不厌精，脍不厌细”理念，对推进农业、畜牧业、种植业和第三产业的健康发展大有裨益。

《红楼梦》描写的是明末清初封建府邸的生活，那个时期正是资本主义孕育萌芽阶段，经济迅猛发展，国力上升，社会阶层尤其是封建士大夫阶层对物质文化生活有了新的需求。像贾府这样的上流社会人家，在饮食上便十分讲究健康和养生以及精神享受。虽然那时候尚未进入老龄化社会，但不论是老年人还是年轻后生对养生都普遍重视，在日常饮食起居上更是近乎刻板地讲究。

《红楼梦》是中国饮食文化的集大成者，那些有名符、有确切称谓的菜名、食谱，有确切时令、场景的聚餐活动令人赏心悦目；而那些笼统的、含糊的，有意语焉不详的佳肴和雅集同样令人追根求源，遐想万千。

此外，尽管贾府是位列王公侯门的富裕门第，但书中的人们，不论主子和下人对“食物”都非常吝惜，绝非暴殄天物。这种“惜食文化”，难能可贵，在今天仍值得弘扬。

“红楼宴”的“饮食文化”，真正是“饮食”和“文化”的统一。那么多芳香四溢的佳肴美味，却很少独食，通常都以群宴、众享、众乐为主。重视群膳和分享，重视餐叙和沟通，这是中国儒家文化在饮食起居里的渗透和反映，为增进人际交往、建立和谐社会提供了典型样板。

《红楼梦》养生观的六字箴言

“居移体，养移气”，语出《孟子》，是说人所处的环境和地位可以改变人的气质，供养可以改变人的体质。

《红楼梦》是中华传统文化的宝藏，其中养生文化十分厚重。宁、荣二府的人们都注重养生，他们从几千年来的中国养生文化里汲取营养，又加以传承和发扬，形成了独特的府邸养生文化。这方面，首推贾府的贾母。贾府养生文化的核心就是“居移体，养移气”这六字箴言。

“居移体，养移气”，语出《孟子》，是说人所处的环境和地位可以改变人的气质，供养可以改变人的体质。通俗地说，就是住所、居住的环境要有利于人的活动需要，使人觉得舒服、自由，感到方便、活泛，不觉得窘迫、拘束。这在《红楼梦》贾府人们日常起居的情节描写里都有翔实的记载。第五回写道：“因东边宁府中花园内梅花盛开，贾珍之妻尤氏乃治酒，请贾母、邢夫人、王夫人等赏花。是日先携了贾蓉之妻，二人来面请。贾母等于早饭后过来，就在会芳园游玩，先茶后酒，不过皆是宁荣二府女眷家宴小集……”真乃春和景明，梅花怒放，天人共赖，何其美哉！这只是贾府人们日常起居“居移体”的一个普普通通的“亮点”。

试想，同样是这帮女流，若是躲在一间油乎乎、黑洞洞的所谓包厢里吃喝，无论是什么样的好酒好菜，能吃出味道来？能吃出好心绪来？一桌坐十三人，你推我拽，人局促难挨，如坐牢笼，那还有什么舒服、享受可言，也绝对称不上“居移体”。贾府里的一次雅集尚且如此，更不要说贾府主人对居住的讲究了。这方面不必多说，不妨到书中看看贾母住所的陈设布置、进出空间、格局的大小规格就一清二楚了。要不然，还可以到怡红院、稻香村、宝玉曾祖父居住过的梨香院去打探一番。“居移体”，不是像当今那些注重养生的人每每拉一根线，插上录音机放带子，在居民区的某一隅扭腰摆手，一直扭到半夜方散。那里环境吵嚷，汽车尾气太稠，况且运动过量，那叫“移体过度”，是不能叫养生的。

“养移气”，就是将“居移体”进一步升华，且渗透于日常饮食起居的每一个环节，讲求的是自然得体，注重的是气候时令、气氛氛围，秉持正道正气，养成浩然正气。贾府的人们芒种要饯花神，上元要闹元宵，八月十五要到有山有水的地方露天吃月饼、赏月亮、听吹箫；那么除夕呢，则要祭宗祠、上贡、排大戏等，都是“养移气”的生动具体表现。典型的例子，就是寒冬结束，府上人要办消寒会；雪寒天，他们会在雪地里煮鹿肉吃，折红梅花来欣赏。这正是“养移气”的大做派、大气场、大境界。

“居移体，养移气”的最高境界是时刻保持人的内心的和谐。已故国学泰斗季羡林先生就曾对何为“和谐”、如何建设“和谐社会”说过这样的话：“有个问题我考虑很久，我们讲和谐，不仅要人与人和谐，人与自然和谐，还要人内心和谐。”贾母是个十分讲究人的内心和谐的人：当贾府被锦衣军抄家而一败涂地，史、王、薛家也衰败破落，“六亲同运”之时，她特别注意自己儿孙们及族人们的内心和谐，让他们“精神”不垮。如在贾府被抄家之际，经济已十分拮据，可这时贾母仍自掏腰包拿出100两银子给宝钗办酒过生日；在自己寿命将终之际，亲手将自己压在箱底几十年的一块玉玦送给孙媳妇宝钗……都是为了给下人们“重拾信心”“撑腰打气”的生动例证，也是“养移气”的诠释。此时，贾府时乖运蹇，命运波沉，“养移气”三个字具有特别重要的现实意义。

卫生部首席健康教育专家洪昭光先生有一本《天天健康方案》的畅销书，启发了不少人，尤其是书中实用的健康养生方案让不少人从中受益。诸如“适量运动”“健康心理”等七大方案都言之成理，且通俗易懂、简便易行，也处处体现了“居移体，养移气”的精神内涵。在努力建设小康社会的今天，人们普遍重视养生，但在“移体”和“移气”方面还做得不够，对物质和精神方面的和谐统一还缺少辩证思维，对“内心和谐”的本质属性还认识得不深，这些都可以在《红楼梦》中贾府的养生实践里得以观照和借鉴。

《红楼梦》诠释的“乡愁经济”

乡愁，从大的方面讲是一种文化，从小的方面讲是一种生活记忆。而“乡愁经济”是靠乡愁的文化元素和生活记忆元素支撑的，乡土文化、乡土特色、乡土优势是“乡愁经济”的资源本底。

大多数时候，乡愁是和经济联系在一起的。西楚霸王项羽说过，“富贵不还乡，如锦衣夜行”。可见，还乡的前提条件就是富贵。《红楼梦》里贾府的“根”是在江南的金陵一带，而后来由于家道败落，贾母死后灵柩送回金陵，却缺少盘缠和安厝的银子，贾政不得已向府里佣家赖大的儿子赖尚荣借钱，未果，脸面失尽，差点叫老太太终身难圆“乡愁梦”。

贾府的乡愁弥漫在《红楼梦》书中许多章节，一个坐落皇城根下钟鸣鼎食之家的日常生活里几乎每时每节都在上演“乡愁”主题的大戏。

贾母是爱听戏的，于是花钱从姑苏一带买来 12 个年幼的“戏子”在府里演练，逢年过节或大日子里都要开场唱戏。所唱的曲子大都是昆曲，演的戏也是烟柳繁华之地的南方流行的传统剧目，如《鲁智深醉闹五台山》《西游记》（昆曲）之类的。贾母是一府的至尊，她的所喜所好，自然带动和影响着府里的晚辈下人，以至府里的“戏迷”大有人在。“戏票儿”成了府上一笔固定的生活开销。

林黛玉，是贾母的外孙女，打年幼起就从扬州老家寄居贾府，她本身就体弱多病，多愁善感，而流落京城到了外婆家，尽管锦衣玉食，有年龄相仿的表兄弟姐妹们陪玩，但却时时流不尽“思乡”的泪。可以说，林姑娘的早逝有相当一部分原因是思乡病，她有限的经济开销里面，打发乡愁、寻找家园温暖占了很大的比重。《红楼梦》第六十七回写薛蟠从江南办货（大多是些“笔、墨、纸、砚、各色笺纸、香袋、香珠、扇子、扇坠、花粉、胭脂等物”）回来，分送给贾府里的一帮亲眷们，自然林姑娘也有一份。可她的反应却最强烈，既惊喜又珍惜，爱不释手而“泪如涌泉”“唏嘘抖颤”。何哉？只因为“物离乡贵”。

“物离乡贵”这句话，是林黛玉发明的，却道出了一个普遍的经济规律：即物产（尤其是土特产品）总是和地域、乡情、历史人文等因素紧密相连，是做经济供给时万不可忽略的因素；同样，我们也不能见物不见人，要考量使用和消费这些物品的主导因素——人（消费者）。这不禁让我们想起现如今的消费趋势和消费风尚，众多的电商、微商在推介物品时，都十分注重打地域牌、乡情牌、人文牌，即所谓“文化消费”。同时，还十分注重叠加“名人效应”，即谁用过、谁什么时候用过、他（她）们为什么要用，等等。所以，名人代言、名角站台就屡见不鲜，且成效显著。由此，笔者油然想到：江苏常州一带的昆曲班子不妨多打打《红楼梦》牌，昆曲研究卓有影响的台湾作家白先勇先生要是让“贾母”（许多位影视作品中的人物扮演者）为自己的书做代言，其影响力和品牌、票房价值都将上一个大台阶。

乡愁从大的方面讲是一种文化，从小的方面讲是一种生活记忆。乡愁是以“乡愁元素”（即资源）为载体，营造出一种带有美学意境的思乡氛围。而“乡愁经济”是靠乡愁的文化元素和生活记忆元素支撑的，乡土文化、乡土特色、乡土优势是“乡愁经济”的资源本底，体现出融合性、文化性、原生态、休闲体验和时尚性等特点。

还回到《红楼梦》，其实贾府的人也是颇懂得打“乡愁经济”这张牌的：薛姨妈刚搬来贾府寄住那会儿，就特意给府上的几位有身份的女眷——王熙凤、探春、惜春、黛玉她们每人一枝两枝“宫花”作为见面礼。“宫花”，倒不是薛姨妈家里所出，也并非其夫门家乡所产，只因为其丈夫及自己儿子薛蟠干的是为皇宫采办物品的差事（即“皇商”），才能得到“宫花”这类新奇而珍贵的物品，因而拿来送人不但自己有脸面，受赠者也觉得有面子。薛姨妈的做派是将“乡愁”放大，不是吗？皇亲国戚，宫廷物件，那可是国人缠绕终身、无法斩断的普遍的“乡愁”！

书中记述的刘姥姥，堪称出色的乡村外交家，她上贾府攀亲，带来了些农村地里种的瓜果菜蔬，这对了贾母的胃口，尤其是她的乡土本色、俚腔俗语，勾起了贾母浓浓的乡愁情结，因而受到热情接待。贾母还亲自领刘姥姥和府里的一帮女眷到大观园的荇叶渚划船开心取乐，人还未到，“那姑苏选来的几个驾娘早把两只棠木舫撑来”。你瞧瞧，府上的撑船人都是花钱从姑苏老家请来的，贾府为解思乡之苦真是不计成本啊！

地球是圆的，世界越来越像个村落。“乡愁经济”也越来越为各种肤色的人们所重视，已融入党政、机构、各民族人民的日常联系交往之中。到纽约的中国人，总要去唐人街；身处南洋的客家人接待从中国广东来的乡亲，总要费尽心思去搜罗当地地道的客家美食和传统工艺品招待或送礼。在国家级的外交和商务接待礼仪中，也有依据来宾所在国、所在地的风俗习惯，在衣食住行等诸多方面将对方的惯用、惯享的物件原样照搬照套，这里面也有“乡愁经济”因素。留得住“乡愁”，是当下绿色经济、轻资产的题中应有之义。

【清】孙温　绘

《红楼梦》揭示的清初商业环境

明末的资本主义萌芽到了清代初叶，仍处于“石压笋斜出”的孕育阶段，但由于“磐石”巨大、惯性太强、惰性太深，中国的资本主义萌芽最终胎死腹中。这其中一个重要因素就是整个国家层面实行“闭关锁国”的政策。

研究清代经济史的专家，总把《红楼梦》列为必读书目，曹雪芹笔下的贾、史、王、薛“四大家族”的经济串通、苟合和关联，连同清初政治纷争、外夷觊觎、自然灾害、风俗流弊等，绘成了一幅资本主义萌芽时期扭曲的中国经济生态画卷。尤其是对清初商业环境的细节展示，具有很大的认识价值。

明末的资本主义萌芽到了清代初叶，仍处于“石压笋斜出”的孕育阶段，但由于“磐石”巨大、惯性太强、惰性太深，中国的资本主义萌芽最终胎死腹中。这其中一个重要因素就是整个国家层面实行“闭关锁国”的政策，社会上封建主义势力过于强大，封闭的、落后的、保守的官绅集团从一己私利出发，把持和占有生产生活资料，控制一切生产要素和人们的生产和消费方式。

满清入关取得政权后，政局不稳，国内阶级矛盾和各种社会矛盾频发。如书中第六十六回，写贾琏“前日到了平安州界，遇一伙强盗，已将东西劫去”。再如薛蟠和府里管家张德辉出京城到江南一带做买卖，一路上处处不顺，盗抢的、拦路的应有尽有。那时候的经商环境仍然是明朝及过往朝代的因袭，如《水浒传》里描写的绿林好汉、江洋大盗仍时不时在生活中出没。《红楼梦》中确切记载：贾母去世的当天夜晚，竟有结伙歹人上门行窃；连“跳出三界外”的佛门，也有杀人越货的事情发生，书中那个妙玉姑娘就一夜之间惨遭劫难……

资本主义萌芽的发育需要土壤、养料、温度等适宜的条件，而清初社会在这方面却十分欠缺。首先，超出农耕劳动之外的手工劳动、智力劳动得不到尊重，挣不到银两。书中第二十七回记述，贾探春攒了十几吊钱，让哥哥贾宝玉帮她去外面买些新奇的小玩意儿，“或是好字画，书籍卷册，轻巧顽意儿”，或者“像你上回买的那柳枝儿编的小篮子，整竹子根抠的香盒儿，泥垛的风炉儿”。贾宝玉随口便说：“原来要这个。这不值什么，拿几吊钱出去给小子们，管拉两车来。”可见，那时候的手工制品是没市场、不值钱的。而同时期的欧美资本主义却方兴未艾。如意大利，早在9～10世纪就萌发资本主义萌芽，到了15、16世纪，资本主义商品经济已极为活跃。虽然国土面积只30多万平方公里，但城市就有几百个。集中在城市的人口大都从事手工制作和工场化生产，城市里商铺林立、商品众多。成规模、成建制的手工作坊、工匠艺人集中在城市里，因为产品有出路、有市场，制造业就比较发达，甚至形成了为这些工场服务的产业链条。如宝石、橄榄、毛纺品等物品竟常年通过批量生产、加工、包装，以船舶运输源源不断地从地中海流出。而此时的清朝，在锦绣遍地的苏杭地区，所产的丝绸锦缎、慧绣等却走不出国门，如同草芥；即便是在京城里，书画艺术品之类的雅物也派不上用场，所以像冷子兴、程日兴、冯紫英等一帮清流人士，生活清贫不说，上贾府这样的豪门大户推销也是受尽了嘲弄，“吃”够了风凉。在闭关锁国的封建自给自足经济政策的主导下，清初的重农抑商的氛围仍然是浓得化不开。

此外，频发的自然灾害和复杂的邻国关系也是相当不妙的外因。《红楼梦》第五十三回庄头乌进孝回宁国府主子的话说：“今年年成实在不好。从三月下雨，接连着直到八月，竟没有一连晴过五六日；九月一场碗大的雹子，方近二三百里的地方，连人带房，并牲口粮食，打伤了成千上万的。”书中第一回里，甄士隐居姑苏城中，遇火灾后欲与妻子到田庄上去住，“偏值近年水旱不收，贼盗蜂起，官兵剿捕，田庄上又难以安身”，南方亦是水旱不收。在第七十回中又写道，“可巧近海一带海啸，又遭塌了几处生民”；第八十九回写道，“部中来报，昨日总河奏到，河南一带决了河口，湮没了几府州县”。全国各地东南西北，均是天灾不断的景象。

据史料记载，清代历史268年间，共发生自然灾害5344次。水旱灾害合在一起，约占总灾数的69.4%，成为清代最主要的两种自然灾害。另外，还有618次雹灾，11次海啸，174次风灾。清代自然灾害发生的频率很高，平均为一年发生19.9次，这个频率比历史上任何一个朝代都高。也就是说，清代的水旱灾害，从时间上具有“无年不灾”的特点，而且很多时候水旱灾害连年发生，在空间上，则呈“无处不灾”的普遍化趋势。

虽然清初统治者以“天朝物产丰盈，无所不有，原不借外夷货物以通有无”之心，坚拒国门，但外夷特别是周边近海诸国还是时有觊觎。如书中第一百零四回就记述云南边境一带发生“私带神枪”案和连连“海疆有事”。清代初叶国家内外部环境都不稳定，加之封建主流经济思想占上风，资本主义萌芽注定不得绽放，指望其生根、勃发更是奢谈。

贾府经济糅杂和前清经济乱象

读者看《红楼梦》都有一个困惑：贾府的“一篮子货币”和清初的物价、货币及财政政策，怎么都是货不对板。

说贾府的经济有点乱，不仅仅是说它的账目乱、理财乱，还包括它的收支乱、汇兑乱，盘点难。细心的读者看《红楼梦》都有一个困惑：贾府的“一篮子货币”和清初的物价、货币及财政政策，怎么都是货不对板。

贾府的收入相当可观，却时时捉襟见肘，甚至寅吃卯粮。何故？除了食口众多和地租收入逐年递减等因素而外，其中一个重要原因就是贾府是高消费的大户，而且消费的多是舶来品、洋货，这东西特别耗银子。第九十二回写冯紫英引来一个广西同知上门推销四件洋货，总价竟达两万两银子。贾母阁楼的储藏室里诸如玻璃炕屏、花洋线鹤氅、蔷薇硝、杏仁露之类的洋货，不是别人送的就是自家采购的，为这些东西究竟花去多少银子，实在难以推算。而当时市面上的生活日用品却价格低得惊人：一斤螃蟹才五分，一篓七八十斤不过四两银子；第六十一回写市面上鸡蛋涨了价，但也“几个钱一个”；第二十七回写贾探春想要宝玉帮着买些小巧的柳编的、竹编的、胶泥巴做的那些手工艺品玩意儿，宝玉就说“原来要这个，这不值什么，拿五百钱出去给小的们，管拉一车来”。

清代初叶鸦片还没有涌入中国市场，造成白银外流的恰恰是清朝因进口本国缺少或不盛产的物品所致。据史料载，清初货币外流主要通过陆路，西北、西南、东北边一些国家出产的披巾、皮革、染料、珍珠、珊瑚、象牙、兽角等，经年累月换走中国的一批又一批白银，不计其数。应该说，类似于贾府这些富贵门第，上流社会的人们是消费主流，他们应对“白银外流”负主要责任。尽管自康熙朝便实行严厉的闭关锁国政策，但封建士大夫阶层的奢靡消费并没有因此受到多大影响。那时候，总体上贸易还处于顺差阶段，并未引起朝廷的警觉。

清代以银两为流通货币，银子本应由中央京师铸造、掌控，而各地又偷偷私铸；加上铜钱也作为流通货币，各地可自行铸造在本地流通。繁杂混乱的货币政策，自然叫我们对贾府的钱财账目一头雾水，剪不断理还乱。不是吗？宁国府被锦衣军抄家，就抄得7000两现银，而且还是成色不足、质量低劣的“潮银”。钱财哪儿去了呢？原来从“两府财政总管”那里又搜出七八万金，这是其长期放高利贷的不法收入，但也只是不起眼的小数目。

那还有“银票”没有？清初自顺治朝就有银票使用和汇兑，这东西好携带也易藏掖，而且是不记名的，就如同当下的股票、基金、国库券（尽管也强调采取实名制）什么的，很难查实统计。王熙凤及府中握有多少银票，书中虽没有确切记载，但也不难想象得出是一定会有的。此外，贾府年终唱大戏撒钱，用的是两个人抬的箩筐装铜钱，这铜钱是各省铸的抑或是贾府私铸的，均不得而知。还有贾府送给外人和府内小辈的纪念币——状元及第小金锞子、笔锭如意什么的，是官造的还是私造的，都说不清楚。清初货币政策混乱不堪下的贵族府邸账目，叫锦衣军也查不出个所以然来，想必雍正反腐和追缴国库亏空时，在查账和核对数目方面是伤透了脑筋的。

清初自康熙朝就实行“永不加赋”的政策，目的是让老百姓休养生息，达到“藏富于民”的目的。清史载，康熙朝终结时，国库仅存银800万两，这除了王公大臣们拖欠公款不还的因素外，也确实有钱回流到了民间。

那么，藏在民间的这些银子都干什么了呢？是投资实体经济抑或是投资科技？遗憾地告诉你，都不是。清初乃至大清各代都在经济上玩“泡沫”——无论是官是民都对房地产情有独钟。他们最是看好“宅子”这个不动产，因此有了钱就往那儿投。京城园子够多的了，什么达园 、澄怀园、永泽园、熙春园等，数不胜数，这都是官家的。平民百姓也重视建宅子、修宅子、买宅子，有钱后的第一件事便是办“宅子”的事，没钱的四处举债、砸锅卖铁，再哪怕“喝三年稀饭”也得置个宅子。贾府就是为造那个奢华无比的大观园，将老底子砸进去了，致使流动资金严重不足，造成资金沉淀，影响了一府满门的正常运转。可以毫不夸张地说，是房地产投资拖垮了贾府。那么，这大观园到底值多少银子？笔者回答不上来，锦衣军回答不上来，朝廷也回答不了，只一道旨意：交给朝廷（国家）。按照著名经济学家张五常的说法，那叫“毒资产”——这里面有国家的银子、自家的银子，还有比率很高的借贷和抵押……所以，毒性很大。

贾府的经济糅杂，是清朝初叶朝廷的货币政策、财经政策乱象的缩影。

观照《红楼梦》中的府邸经济

《红楼梦》所展现的清初经济发展所处的内外部环境，操纵和掌控府邸和国家经济的力量博弈，等等，都特别生动传神，堪称一部清代初叶资本主义经济萌芽的教科书。

中国古典名著《红楼梦》通过众多经济情节和丰富的细节描写，客观真实地反映了一个封建府邸经济由盛到衰的过程，折射出清初国家单一经济结构的弊端。书中所展现的清初经济发展所处的内外部环境，操纵和掌控府邸和国家经济的力量博弈，等等，都特别生动传神，堪称一部清代初叶资本主义经济萌芽的教科书。

首先，贾府的经济在中国封建官绅经济体系中具有相当的典型性。那就是农耕文明是经济生活的主流，商品经济萌芽自生自灭；自给自足的自然经济充斥着从国家到府邸再到平民生活的所有领域。《红楼梦》中的贾府，虽然祖上立有无量军功，跻身公侯之列，但他们主人的日常生活享受仍停留在农耕文明阶段，即对农业成果的获取和占有。而同处于18世纪的欧洲，已经不只有贾府那样的土地贵族，而是出现了中间阶级——以工资劳动者为主体的新的社会结构，诞生了新兴资产阶级。社会结构有了新的变化，经济结构得以调整，生产力水平大幅度提升。更有英国爆发了工业革命，科学技术促进了生产力的空前发展。如此，贵族生活的内容和质量都与前清不可同日而语。贾府虽有可观的地租收入，如乌进孝送来的过年的年礼（冲交地租），竟然价值达数千两白银，但都是山货、实物，属于易耗的生活消费品。对于贾府来说，不利于资本积累；对于地耕农群体而言，他们辛辛苦苦忙碌了一年，其收成十有八九都交与东家，很难积累财富，很难改善与提升自己的生活水平。

其次，清初的国家经济未能搭上世界经济循环的班车，这对一个国家来说会越来越走向封闭、越来越僵化和保守；对一个家族而言，就是越来越抱残守缺，甚至冥顽不灵。《红楼梦》中描写的农民和流落在京城豪门大户里的长工、短工，帮佣、仆人，虽然聪明伶俐，诚实劳作，但年复一年，度日艰难，只能勉强糊口。勤劳并不能致富，这就是几千年封建社会自然经济状态下的国运、民生。《红楼梦》里有关洋货和洋货走私的情节描写，形象地说明：即便在闭关锁国的政策之下，仍有玻璃、烟草、精细手工制品流入，差异化的商品撞开国门，涌入清朝的上流社会和有钱人家。欧洲及整个西方世界采取蚕食鲸吞的方法和渗透的手段慢慢地撬开了中国市场，致使清朝白银外流；而大清国内却依然是“一个鸡蛋三文钱”“一篓螃蟹一两银子”，满汉各族能工巧匠的手工制品，在京城“几串钱便能拉一车”。

书中记述的两个典型情节大有对比性：冯紫英上贾府推销的四件洋货，开价为两万两白银，而苏州一带的织锦、刺绣在贾母生日礼物里竟堆积如山，可就是走不出国门，换不来半两纹银和铜板。正是由于闭关锁国，前清时封建王朝的国君和官员，无一不是那种夜郎自大，一叶障目不见森林的货色，对一切异域的人和事物无不认为是来自没有开化蛮夷之地，骨子里充满着泱泱大国的优越感。此时，外国的科学技术突飞猛进，他们却还固守着落后的生产、生活方式。但可悲可叹的是，当他们一面贬损钟表、自鸣钟等物为“奇技淫巧”的时候，贾府、北静王府这些贵族府邸早就偷偷地拿出自己巧取豪夺的银子和洋人交易将之搬弄到家了。

最后，《红楼梦》作为诠释和见证清初国民经济的文学著作，不但在经济事物、事件上给后世读者深刻的认识价值，对社会生产力中最活跃、最革命、起决定作用的“人”的作用和影响力也给予了充分的挖掘，对他们推动社会经济变革、发展的事迹予以实录和讴歌，寄予满腔的热望和深深的同情。《红楼梦》浓墨重彩塑造的王熙凤、贾探春、鸳鸯等一众经济新女性的艺术形象，不仅丰富了中国文学艺术长廊，而且为清代初叶中国由封建社会自给自足的自然经济向资本主义商品经济过渡的“难产”历程留下了有理、有据、有力的人证物证。王熙凤接触洋货、偷偷摸摸参与国际商品交换和贸易，千难万难从事资本运作，可以称得上是清代早期金融业的探索者和实业贸易的砥砺实践者。王熙凤的经营事迹里既饱含着一个府邸当家理事者的“痛楚”，也披露出整个封建统治阶层的“难言之隐”；在国家和府邸内外交困、变革图强的历程中，王熙凤的所作所为尽显他们的追求和挣扎，泪水和欢欣，成就和败落。贾探春的经济治理行为则闪烁着朴素的民本经济思想，表现出那一代觉悟者对商品经济大潮的刻意逢迎和极力示好，他们是新兴资产阶级的胚胎雏形。

《红楼梦》以府邸经济折射一个封建王朝的败落，是形象化的，体现出作者曹雪芹的思想认识自觉，这种在早期资产阶级价值观启蒙下的艺术创作，无论对中国封建思想史还是经济史来说都具有实证意义，弥足珍贵。

摭谈贾府的“软预算”

凡事预则立，不预则废。贾府最终经济上崩盘，政治上失势，落得个呼啦啦大厦倾颓，原因是多方面的，但有一条是毋庸置疑的：那就是盲目开销，糊里糊涂过日子。

2017年11月在深圳举行的全国《红楼梦》学术研讨会会议间隙，著名红学家胡文彬先生向笔者谈起《红楼梦》里贾府的“软预算”问题，胡老说：“之所以用‘软预算’这个词，就是贾府在日常生活中根本没有计划性，其经济管理上毫无法度，了无预算，随心所欲，以致入不敷出，寅吃卯粮。关于这一点，希望从事红楼梦经济学研究的你多加注意。”

诚如胡先生所言，《红楼梦》里的贾府是一个“坐吃山空”的殷实大户，也是高消费大户。贾府的钱从何而来？一是祖上的余荫，即祖上世袭的公爵、俸禄；再就是地租收入，这一块是大头。贾府是清初封建权贵集团土地兼并的既得利益者，其庄田、私田遍布京城内外，每年光地租收入一项就可保一府之人衣食无忧。但贾府又是个纯消费之府邸，而且人丁兴旺，食口众多，加在一起超过千人。“喉咙深似海，吃断斗量金”，这话用于贾府是再贴切不过了。

这样的豪门大户，理应在日常开销上有比较清晰的预算，可贾府没有，是想怎么用就怎么用，该怎么花就怎么花。以致也时常“入不敷出”，甚至弄到“寅吃卯粮”的地步。贾母和王熙凤挂在嘴边的一句话就是“大有大的难处”，这其实是对疏于财务预算的一句托词。书中记述的许多情节都令人匪夷所思。贾母是贾府健在的最高长辈，也是最高领导人，她老人家过生日，这么大的事，应该是提前有预备、做好预算的。可临到过生日前几天，一府权威——贾母的二儿媳——贾政之妻王夫人竟拿不出像样的出手礼物，还得叫府上的财务大管家王熙凤偷偷拿贾母贮藏室的东西去外边的典当行当银子。这件事，本属例内之事，就是王熙凤未予预算，王夫人也要事先预备才是呀，可见贾府的财务词典里是没有“预算”这两个字的。

还有，一府之顶梁柱贾政外放做江西粮道的官，府里也未做外任用度方面的预算，以致贾政屡屡往府里要钱都不凑手（清代官员外任，其幕僚和随扈的薪俸，公账是不予列支的）。拿不到自己府里的钱，这位堂皇的四品官连手下的佣夫扈从都养不起，一个个抽身溜之大吉，贾政只好唱独角戏了，最后连独角戏都唱不下去。贾政是朝廷有意放出去“历练”的，这对贾政本人和整个家族而言都是大事，可贾府的主事者竟然都未做财务上的安排！俗话说：穷急生方。王熙凤等人难道是逼着贾政去“贪腐”，往火坑里跳不成？

预算是以货币或其他计量形式反映的，关乎一个企业、一个团体、一个家族未来某一特定时期的生产经营、投资决策、资本运作活动的行动计划与相应措施的数量说明。预算从某种意义上说就是预测，是事先对资金的使用做好财务安排。当然，贾府不是现代意义上的企业，但作为一个几代同堂、图谋生存发展的大家族，同样面临着成本控制、资金流向、盈利创收这类问题，有预算管理、预算意识都是十分必要的。

说到贾府的预算，做得最好的、最彻底的只有贾母。贾母临终之际拿出自己几十年积攒下来的大约两万两银子分给各房儿孙，连寄居在贾府的外孙女黛玉亡故后的安葬费，老太太都预先留了下来。这一案例堪称经典，完全可以编入中国府邸经济财务预算的教科书。可惜她的儿孙们没有一个长于预算的，就连她最欣赏的孙媳妇王熙凤也只是大而化之的所谓“财务专家”而已。有一个令人心酸的例子不得不提，就是贾母去世后，灵柩要送回南边（即回原籍金陵）去，可她的二儿子、一家之主贾政却拿不出一笔安葬费，竟开口向自己家奴的儿子赖尚荣借钱，可最终还是没借到。贾府没有起码的财务预算，要在平日也就算了，可在一府至尊贾母亡故之后还不为她的后事安排做预算，真是怎么也说不过去了。况且她老人家还为自己的后事留下了一笔银子，那我们不禁要问：这银子哪里去了呢？又拆了什么“东墙”补了哪个“西墙”去了？王熙凤、贾政这些不肖子孙又将这笔钱挪作何用了呢？

凡事预则立，不预则废。贾府最终经济上崩盘，政治上失势，落得个呼啦啦大厦倾颓，原因是多方面的，但有一条是毋庸置疑的：那就是盲目开销，糊里糊涂过日子。不算收入，也不计支出。不问进项多少，也不管何处有开销急用，整日里“跟着感觉走”，紧抓住“梦”的手，脚踩西瓜皮，滑到哪里算哪里！

大到国家、小到家庭，不重视预算，不居安思危，这样是危险的。

当下的人们，当从《红楼梦》贾府的遭际和结局中找到病根，做企业的、干经济这一行的人们，更应从贾府的“软预算”里吸取教训，认真反思。

【清】孙温　绘

两场丧礼 见证兴衰

《红楼梦》刻意描写的一个府邸的两场丧事，浓缩了贾府由盛到衰的过程，堪称大手笔的经济剖析书。

如果说曹雪芹对经济不敏感，对贾府的原型——曹家的兴衰不铭心刻骨、体味深切，是决然写不出秦可卿、贾母两场丧礼的情节的。秦可卿的丧礼在前，适值贾府烈火烹油、鲜花着锦之际；贾母死时，贾府已是油尽灯枯，呼啦啦大厦倾塌。两场丧礼，两个局面，一荣一枯，两番景象。《红楼梦》刻意描写的一个府邸的两场丧事，浓缩了贾府由盛到衰的过程，堪称大手笔的经济剖析书。

秦可卿的丧礼见第十三回，书中对秦氏的丧葬安排和花销情况，用了四个字作结："恣意奢华"。即不但场面宏大，邀请来的和主动上门吊唁的众多，而且还惊动了朝廷里的不少公侯伯爵，甚至一位叫"北静王"的王爷也前来吊丧，路边设祭。出殡的队伍连绵不绝，引得路人看大热闹。这除了说明贾府有地位、有势力、有声望外，还表明贾府舍得花钱，有的是银子。书中特意写了秦可卿死后享用的那副极其昂贵的寿材的情节，贾府的排场和讲究由此可见一斑：

（薛蟠）道："我们木店里有一副板，叫做什么樯木，出作潢海铁网山上，作了棺材，万年不坏。这还是当年先父带来，原系义忠亲王老千岁要的，因他坏了事，就不曾拿去。现今还封在店里，也没有人出价敢买。你若要，就抬来罢了。”贾珍听了，喜之不禁，即命人抬来。大家看时，只见帮底皆厚八寸，纹若槟榔，味若檀麝，以手扣之，玎珰如金玉。大家都奇异称赏。贾珍笑问：“价值几何?”薛蟠笑道：“拿一千两银子来，只怕也没处买去。”

据已故著名红学家周汝昌先生考证，义忠亲王老千岁是映射康熙太子胤礽的，铁网山正是指曹雪芹之祖居地辽宁铁岭，这副棺木不但按当时礼制为皇家所用，其价格也是绝对的惊人，费银两当在万两、数万两以上，绝不是愣头青薛蟠眼里的“一千两银子”这个概念。

秦可卿是贾府的孙子辈媳妇，和贾宝玉是同一辈人，并非府里要角的主子。然而其葬礼竟如此奢华，原因就是贾府那时候正在风头上，处于“要风得风、要雨得雨”顺遂之境。当时，不要说“人见人爱”的聪明、伶俐的女眷亡故，纵然是再普通不过的主子死了，贾府也一定会“风风光光”地办一场的。这是大户人家的做派，封建门阀的规矩，说到底还是“钱”的驱使和作祟。如果没了钱，少了钱做骨架，再华丽的彩纸和绸缎也扎不起个“纸人”。这不，在贾府的最高当家人、史老太君——贾母过世时，却连个像样的丧礼都办不成。不但许多礼仪和排场都一再简化，就连一些再正常不过、无法减省的开支都没着落。书中第一百一十回写了整个丧事的主管王熙凤的苦恼和尴尬：

凤姐道：“银子发出来了没有?”贾琏道：“谁见过银子！……现在外头棚杠上要支几百银子，这会子还没有发出来。我要去，他们都说有，先叫外头办了，回来再算。你想，这些奴才，有钱的早溜了。按着册子叫去，有说告病的，有说下庄子去了的。剩下几个走不动的，只有赚钱的能耐，还有赔钱的本事么?”凤姐听了，呆了半天，说道：“这还办什么！”

你瞧瞧，临到老太太办丧事的那一日，府里竟然拨不下一文银子来。那些干粗活、出力气的下人们，因为没有拿到预支的银两便脚底板抹油——溜之大吉了。

书中又记述了当天晚上发生的一幕

(王夫人) 叫了凤姐过来，说："咱们家虽说不济，外头的体面是要的。这两三天人来人往，我瞧着那些人都照应不到，想必你没有吩咐……"凤姐听了，呆了一会……也不敢辩，只好不言语。

历来办婚丧嫁娶之事，讲究的就是一个周到和礼数。可活了83岁、膝下已见重孙子的老太太贾母辞世前，贾府已遭锦衣军上门抄家，整个府上一贫如洗，没有一丁点儿余钱，所以老太太的丧事才如此拮据，弄到上门吊唁的亲戚吃饭都安排不周，叫一贯"精明""能干"的女强人王熙凤大失面子，威风扫地，里外不是人。

两次丧礼的主持人、当事人都是王熙凤。她应该对"钱财"体会最深、感受最真。前一次，尽管是"代"宁国府办事，而且还是为府里一个晚辈女眷治丧，可那时府里不差钱，有钱在手就能一呼百应，有条有理，既有里子又有面子。可为何临到为德高望重、举府至尊的贾母治丧却"力诎"技穷、大失人心？《红楼梦》第一百一十回的书题是《史太君寿终归地府　王凤姐力诎失人心》。王熙凤"力诎"，既有体力不支、身累的实指，更有巧妇难为、力不从心、捉襟见肘的苦痛和心烦，是"心累"。

中国文化里历来以"死者为大"。到了清代，丧葬礼制已十分成熟、规范，像贾母这样的贵妇人，其死后哀荣优待都有严格规定，丧葬时的复衣、饭含、铭旌、殓衣、棺椁、墓碑、仪仗、陵墓规格等都有严格的流程、定规，不可马虎了事。而《红楼梦》中关于贾母的丧礼比起秦可卿的不知简化了多少，是曹雪芹缺少这方面的生活体验吗？显然不是。贾母丧礼如此草草过场和收场，正是生动地为贾府的衰落留下注脚。

爱尔兰剧作家萧伯纳说："钱是世界上最重要的东西，它代表着健康、力量、荣誉、慷慨和美丽。"败落了的贾府，不但失去了上述的一切，连一府最高的尊者之死的礼仪都不能顾全，真乃悲剧！

《红楼梦》经济情节的几处“留白”及用意

《红楼梦》中“四大家族”政治上由盛而衰、经济上由勃兴而落败的轨迹，深刻揭示了封建社会生产关系与生产力的严重不适应和对立，新生的经济力量必将在经济上、政治上取而代之。

《红楼梦》其实也是一部经济大书，其描写的贾、史、王、薛“四大家族”政治上由盛而衰、经济上由勃兴而落败的轨迹，深刻揭示了封建社会生产关系与生产力的严重不适应和对立，新生的经济力量必将在经济上、政治上取而代之。细读《红楼梦》，我们不难发现曹雪芹其实在经济情节的布局安排上早早为我们埋下了“伏笔”，细数这些“留白”大致有以下几个方面。

一是完成“家道复兴”的使命的不是贾兰，而是贾桂（贾宝玉的遗腹子）。贾桂一房留下了以江南甄府荐过来的忠勇奴才——以包勇为代表的一帮仆佣下人，是他们在贾府被锦衣军抄家、贾母亡故、王熙凤魂归故里“哭向金陵”……之后，重新在贾府的废墟上聚拢起来，在朝廷暂时未没收去的大观园及铁槛寺周围的田地上大显身手，以农业和种养殖业安身立命。这些人中有在贾府被抄没后作鸟兽散的家奴和佣工、有宝玉的丫鬟花袭人的兄长及花家远在江南谋生的亲友们，还有曾效力于贾探春麾下在大观园里劳作、打理的老祝妈、田妈、叶妈等一帮女佣以及她们的家眷。

二是远嫁“三千里”之外的爪哇国（东南亚古国，其境主要在今印度尼西亚爪哇岛一带）的贾探春这一支。探春在那边嫁夫生子之后，利用贾府在朝廷旧有的关系和皇帝御命主婚的影响力，慢慢变通地做起了沉香、燕窝、海参、银器等物品进入大清海关的买卖而发家。

三是荣国府的管家赖大一门，在赖尚荣（赖大之子）取仕后，两府的一些人自动介入，赖家的园子本就花木扶疏，赖家以及一直与赖家有往来的仆佣之人纷纷聚拢后，抱团取暖，一时间赖府庄园一派兴旺，鸡鸣鸭叫，好不蒸腾。

四是江南甄府（其实是贾府的对应和替身）一族，几番变革、几番耕耘，在甄宝玉手里就开始转运兴旺了。促使甄府兴旺的直接原因就是贾府放在那儿的银子（贾府在修大观园时取走的五万两银子只是其中一部分）尚未被朝廷抄没，正是这笔银两作为“银根”，使得甄府很快完成了原始积累并惠及贾门。

五是一府至尊贾母遗留在库房里的大宗贵重物品、大管家王熙凤过去拿出去典当的值钱东西和放债的银子大部分回笼，等等，在新主妇薛宝钗，玲珑的下人袭人、小红等打理之下，重新交给冷子兴等古董商人变卖出去，很快畅通了府邸的财务血脉，使得一府的用度窘迫问题得以有效缓解。

当然，《红楼梦》中“草蛇灰线”“柳藏鹦鹉”式的经济情节伏笔还有很多，但从以上这些主要情节和大线索中，我们已不难洞悉曹雪芹倾心于一个府邸、一个家族的中兴向好、从落败和苦难中再度崛起的美好愿望，而这却不为一些红学研究者所理解（认为是高鹗的笔墨，非曹雪芹原意）。正因为他们忽视了《红楼梦》的经济情节和经济批判意义，所以才去主观地猜那么多笨“谜”。

那么，曹雪芹留在《红楼梦》中的这些经济情节的伏笔和线索有何意义呢?

其一，它揭示了一个颠扑不破的道理，即生产关系必须和生产力相适应。进步的思想，新兴的阶级力量，必然战胜落后的、阻碍历史进程的旧势力。当然，囿于曹雪芹的时代局限性和阶级局限性，当时还不可能提出这么鲜明的思想，也不可能呐喊出这样掷地有声的主张，但生活本身的固有定律，却叫忠实于生活的现实主义作家曹雪芹笔下自然而然地依附生活规律而描摹出贾府及其主人公性格命运的走向。曹雪芹不遗余力地批判迂腐、阀挞“禄蠹”，满腔热忱地讴歌贾探春的“兴利除弊”作为，并且通过众多故事情节和书中人物的嘴，褒扬以贾探春为代表的贾府里的新经济女性，正是这种朴素的思想的流露和体现。

其二，作者塑造贾宝玉这么一个追求自由、尊重女性、讲究平等（不摆主子架子）、接受新生事物的封建叛逆者形象，连同书中描写并寄予同情、悲悯和呵护的那些“被侮辱、被损害”的人们——诸如刘姥姥、包勇、柳湘莲、晴雯等，他们正是新兴的社会力量，虽然一直在封建的城池里挣扎、煎熬，付出勤劳、汗水和血泪，失去自由甚至生命，但他们身上体现出的精神，绽放出的生命之花，必将唤醒众人的良知，启悟世人的心智，催人觉醒。他们正是推动历史变革的重要力量，曹雪芹在书中时时不忘交代、不忘留墨，流露出资产阶级人本主义情怀。

其三，深刻地表达了曹雪芹“追求自由”的民主思想。贾探春远嫁和贾宝玉随“一僧一道”离家远遁，都是封建府邸里的一代新人追求自由、向往崇高，再谋发展的形象化表达和艺术化体现。

《红楼梦》贾府、甄府的经济勾连

《红楼梦》的主要情节是以作者曹雪芹“江陵织造”世家生活为原型蓝本的。贾府是虚化的府邸，暗指皇家和朝廷；而甄府，是有曹雪芹“江陵织造”世家曹府的影子的。贾府、甄府的塑造极具典型性，是几千年中国官绅经济的微雕和缩影。

《红楼梦》里塑造了一个贾府，同时与它相对应的还有一个甄府。这除了艺术的形象表达需要（即假里有真，真里有假；假作真时真亦假）外，也为贾府府邸经济的对外延展性，安了一条根据，提供了一个注脚。

《红楼梦》的主要情节是以作者曹雪芹“江陵织造”世家生活为原型蓝本的。贾府是虚化的府邸，暗指皇家和朝廷；而甄府，是有曹雪芹“江陵织造”世家曹府的影子的。因为曹家原来是在江陵地界，后迁入京都，许多老亲旧部、襟连里戚仍留在江陵一带，这便有书上的“甄府”一族。从书中零星的铺陈叙述来看，甄府是贾府的“应声”和影子。第十六回，写贾府为迎接贾元妃省亲，要修建一座园子（即后来命名为“大观园”），银子不凑手，就想起贾府在江南甄府还存有一笔银子，便先取回五万两。这一情节，至少说明两个问题：

一是贾府和甄府是生意上的“通帐”关系，即账房上是联通的，账簿上是有“流水”的。甄府缺钱，可在贾府的账上列支；贾府闲置的银子由甄府打理，或放账，或作其他买卖，获利后各有分成。所以，贾府和甄府是利益共同体。清代初期乃至整个清代，尚没有严格意义上的金融业，货币流通不畅，官银只用于官员俸禄、兵饷，多余的则被官员们拿出去放贷，而且这是国家政策允许的。试想，贾府在京城属豪门大户，权贵阶层，有很多自有的或能够调动的“官银”，而甄府所在的金陵、苏杭一带，商业发达，蚕商、丝绸商以及茶商们做买卖和扩大再生产，往往资金缺口很大，于是贾府正是利用甄府在当地的社会关系和影响力，将银子拿出去放债获利。这从贾府财经大管家王熙凤常年从事资本运作的诸多情节描写里，我们可以估摸到这一点。

明末清初的商业活动十分活跃，乡村市场上有叫卖的小贩，而非凡的大机构（类似于《红楼梦》中的贾府）基于白银作为价值标准的独立性从中渔利。商人服务于市场，掮客寻找着机会，中间人买进卖出，形成了资本运作完整的链条。清代有一个普遍的说法，叫“无徽不成市”。而徽商有自己联系紧密的人际网络，通常包括族人和乡亲。他们与出资出力的人合伙做生意。在较大的城市，他们还有自己的行会。除了投资食盐的贸易外，他们也开办当铺，不是单独开办，而是连锁经营。这很像《红楼梦》中的甄府。

中国封建社会，官商勾结由来已久，到清代尤甚。翻开明清的商业史，我们不难发现这种劣根性的商业模式根深蒂固。几曾横扫欧亚数百年的晋商如此，徽商以晚清的“红顶商人”胡雪岩为鼎盛。《红楼梦》里的贾府是皇家、官家和权力的化身，欲获取丰厚、长远的既得利益，必须把触角延伸到宽广的社会阶层，坐落于富庶江南的甄府自然是他们理想的代理人了。

其二，贾府和甄府的关系，互为因果，互通声气，互相勾连。贾府在金陵地界上的大事小事，毕竟千里迢迢，山川阻隔，只要甄府出面即可摆平，因而甄府是贾府的替身；而甄府因是地方势力派，想在京城办些事，走通门子，只要依附于贾府，就没有办不成的事。因此贾府是甄府的依仗和靠山。书中第五十六回记述“江南甄府里家眷昨日到京，今日进宫朝贺。此刻先遣人来送礼请安。”一大通文字，清楚地点明两府往来密切，且甄府得益于贾府获得了进宫“请安”的特殊待遇。请谁的安？请的是贾母的长孙女、贵为皇妃的贾元春的安；甄府为何这般殷勤呢，道理不言而喻了。这一回里，贾母对上门探望的甄府那边来的四个婆婆说的一番话，很是耐人寻味：贾母说“……原是世交，又是老亲……所以我们才走的亲密。”书中第九十三回，还有甄府掌门人甄应嘉给贾政修书让“甄家仆投奔贾家门”的情节，此时甄府已经先行一步被朝廷抄家问罪，甄府人丁四散，破产了。为何甄府家产被抄没不久贾府也遭受同样的命运，应得了贾母“六亲同运”那句话？盖原因就在于政治上、经济上的长期利用、交结、勾连，使得甄府和贾府休戚相关，“一损俱损，一荣俱荣”，好比一根线捆扎的两个蚂蚱。

《红楼梦》中贾府、甄府的塑造极具典型性，是几千年中国官绅经济的微雕和缩影。

石头上无法萌生商品经济

《红楼梦》原名《石头记》，是有着深刻的象征寓意的，其中国家和家族经济不举，乃是寓意之一。

《红楼梦》记录了封建社会青年男女的自由恋爱之花不得绽放，大家会普遍认同；而该书还同时演绎了“清代早期社会犹如一块巨大的顽石，那上面是无法萌生出商品经济”这一主题，却需要作一番阐释。

《红楼梦》原名《石头记》，是有着深刻的象征寓意的，其中国家和家族经济不举，乃是寓意之一。书中记叙的贾府以及封建官绅体系下的府邸经济由兴盛到衰败的过程，深刻地揭示出这样一个道理：在当时清代社会，资本主义虽有萌芽，商品经济最终未能发育，从国家到府邸再到民生，经济的困厄局面得不到扭转，贫穷和衰败仍然是去不了“根”的社会病。尽管作者曹雪芹当时的认识水平尚未达到这个高度，但这种朦胧的思想和见解都体现在书中众多的故事情节里，为我们研究明末清初资本主义萌芽呈现了生动、鲜活的材料，提供了典型的、无可替代的有力证据。

《红楼梦》所记录的时代是清代康熙、雍正、乾隆三朝，属于清代早期社会，那时候的中国，仍处于自给自足的封建自然经济占主导地位的农耕社会。但当时的西方世界尤其是欧洲，工业革命已引发了生产力水平的极大提高，催生了生产关系的巨大变革，以雇佣劳动为基础的工场手工业十分兴盛，资本主义开始进入大发展阶段。地处亚洲大陆的东方古国——中国，也开始出现资本主义萌芽，书中记述了城市手工作坊的兴起和商品交换的活跃；朝廷权贵阶层追捧西方的生活方式，像贾府这样的豪门大户热衷于使用玻璃、红葡萄酒、烟丝等“洋货”。本来东西方乃至全球的商品贸易车辙可以“同轨并道”，但清统治者却推行“闭关锁国”的国策，将这种贸易和交换的资本主义经济滋生发展方式扼杀于襁褓之中。

作为封建官绅经济的典型代表——贾府深受其害，书中特意用了几个章回文字来描述贾府的小姐和丫鬟使女们对得到“蔷薇硝”“玫瑰露”这些域外的差异化商品的欣喜雀跃之态，写这些东西“短缺”之后，她们去争夺甚至“偷窃”，以致府里大动干戈地“抄捡”“追赃”，闹得举府不宁。这种来自域外的化妆品、滋补品颇受尚未开化的清朝女人们的追捧，因而京城等大都市里的商家便开始研制和加工生产这类产品。《红楼梦》第五十六回《敏探春兴利除宿弊　贤宝钗小惠全大体》里，就写到了贾探春将大观园让下人们承包经营后，嬷嬷和佣人们将园里的花草采下来外卖换钱一事。书中写道：“如今香料铺并大市大庙卖的各处香料香草儿，都不是这些东西？算起来，比别的利息更大。……单只说春夏两季的玫瑰花，共下多少花朵儿？还有一带篱笆上的蔷薇、月季、金银花、藤花，这几色草花，干了卖到茶叶铺药铺去，也值好些钱。”这些花是卖给本国的生产商还是外国的生产商，书中没有写明，想必国内国外的都有；花是加工成“蔷薇硝”“玫瑰露”抑或其他化妆品、营养品，书中也未详述，想必各种用途的都有吧。总之，资本主义的生产方式和生活方式一经开启，就会极大地刺激生产、刺激消费，就会把物品变成商品，就会使“勤劳”和“致富”之间画上等号。这是自给自足自然经济条件下所无法实现的。书中第五十六回中还有一段写大观园里嬷嬷女佣们在园子里勤劳耕作后得以致富的文字：“如今这园里几十个老妈妈们……一年四百，二年八百两，取租的房子也能看得了几间，薄地也可添几亩。虽然还有敷馀的，但他们既辛苦了一年，也要叫他们剩些，粘补粘补自家。”

《红楼梦》不但记录下资本主义萌芽状态下人们的日用状况和当时社会的生产、生活情景，而且着力刻画、塑造了受到资本主义思想启蒙的一帮新人物，最典型的是封建叛逆儿贾宝玉。在贾宝玉的身上，充满着对封建伦理、礼教的憎恨、反抗和批判；他的处世态度是“自由、平等”，是“包容、博爱”。在经济思想上，封建土壤十分厚重的封建府邸——贾府里，诞生了具有商品经济意识的王熙凤和贾探春等几位“巾帼财人”。前者深谙钱财流通之理，借财生财，盘本固息，腾挪有方，尤其在贾府的固定资产投资、典当放债、资本运营上颇有建树，硬是在封建府邸的经济磐石上种出些具有现代经济色彩的嫩枝弱苗；后者有意褪去封建士大夫门第“大小姐”的身份，冲破了封建礼教的樊篱和束缚，励精图治，锐意革新，摒弃小农经济思想，将长期闲置的、只用于休闲享乐的封建庄园“承包”给经济拮据、生活困顿的社会最底层的无业人员进行耕种、打理和经营，使得劳动力转化成生产力，使一般生产劳动搭乘上社会财富流动的通行车……可惜，这种具有民本的思想敌不过封建正统思想，具有朴素的商品经济思想的经济变革举措和主张，在当时闭关自守、自给自足小农意识的中国封建社会，注定会碰壁和流产。

06

经济原理

谁解其中味

《红楼梦》开篇第一回就有“满纸荒唐言，一把辛酸泪！都云作者痴，谁解其中味？”这几句诗。本辑取名为“谁解其中味”，涵盖两层意思：一是谁能解得《红楼梦》中浓浓的经济味道？二是诸多经济情节和细节描写中蕴含的经济原理谁能解得？

大观园：贾府的不良资产

从经济学的角度论，大观园的建造无疑是贾府经济的一大败笔。大观园，最后成了贾府一处偌大的不良资产：无法变卖，无法变现，也无法转让。

《红楼梦》中的大观园，单从艺术价值来说，是无法估量的。它的布局设计、绿化美化、题款匾额等，都极具艺术创意，堪称中国园林的集大成者。它取法自然的建筑美学，天人合一的构造理念，以及充溢其间的人文气息，至今仍为人们津津乐道，后人从中汲取了丰富的养分。

因为曹雪芹著述中的文字留白，很多熟读《红楼梦》的读者甚至一些专门研究者都往往不能尽述大观园中的名号称谓，准确辨析其方位特征及坐标走向。书中记述贾母命孙女惜春绘制一幅大观园画卷，惜春久久难以完工，据说要用上一年时间，但终未见其完稿。

自明代后期以来，小说插图风行，如《红楼梦》插图，就有程伟元、王希廉、改琦、孙温等的画作。而且世间总不乏画师、丹青高手为“大观园”绘图，这可从行世的《大观园图》一书中窥见一斑。不独中国，比利时世界文化艺术交流中心执行主席、知名画家陆惟华教授因酷爱《红楼梦》，就画过许多幅大观园图，并把这些画捐赠给中国红楼文化艺术博物馆，但据说“总觉得抽象了些”，与曹雪芹的叙述还有不少差池。进入当代，中国古代建筑史研究权威杨乃济绘制的《大观园平面图》，算有些名气，被附在多种《红楼梦》版本的后头；更有人将“贾府大观园”全景制作成沙盘，尽管有声、光、电等现代科技手段，但却难尽“大观园”神韵风采之万一。这着实令人遗憾，这里就不多说了。

然而，从经济学的角度论，大观园的建造却无疑是贾府经济的一大败笔。大观园，最后成了贾府一处偌大的不良资产：无法变卖，无法套现，也无法转让，只一任其荒芜，尾大不掉。

修这个大观园，是为了迎接元妃省亲，盖一处“省亲别院”。贾府最高决策者贾母，还有贾赦、贾政等都一致同意，府中人都欢呼雀跃，没有谁提出过异议。贾赦、贾政责成贾琏负责“总管营造”之事。贾琏“合同老管事人等，并几位世交门下清客相公，审察两府地方，缮画省亲殿宇，一面察度办理人丁。自此后，各行匠役齐集，金银铜锡以及土木砖瓦之物，搬运移送不歇”（见第十六回《贾元春才选凤藻宫　秦鲸卿夭逝黄泉路》）。为体恤朝廷，也为了府上的虚荣脸面，贾府修建大观园没花朝廷一分钱，自己承担了全部费用。

大观园是将宁、荣二府两个闲置的旧园子连成一体而重新规划、设计、施工建成的。《红楼梦》第十六回说得很清楚：“老爷们已经议定了，从东边一带，接着东府里花园起，转至北边，一共丈量准了，三里半大，可以盖造省亲别院了。”占地“三里半大”，这面积不便给出一个确切的数据，整个园子依山就势，大概是一个不规则的形态。这三里半如果是大观园的周长的话，按保守估算，那么每一边长约为500米，即1华里，总占地面积约为25万平方米。一个标准足球场的面积为7140平方米，那么整个大观园就相当于35个足球场那么大。建此园用时近一年，动用工匠和劳役无数。很多建造物料都是从江南一带采运，沿大运河北上至京畿，代价昂贵，耗费惊人！35个足球场大的建筑里，有怡红院、蘅芜院等十几座院落，再加上公共景点如沁芳亭、沁芳桥、滴翠亭等，相当于当今一个大型别墅群和超豪华景观园林，堪比深圳“东部华侨城”和“世界之窗”等人造景观，最保守估计，耗资也在 20 亿元人民币左右。以现今白银价格 3.76 元/克计，折合白银在 170 万两出头。

这 170 多万两白银应该是包括了大观园的建造地价、建筑材料、工人工资饮食、装饰物品、花园景观等一应的支出。虽然文中写明：“如此两处又甚近，凑来一处，省得许多财力，纵亦不敷，所添亦有限。全亏一个老明公号山子野者，一一筹画起造。”其实，这是曹雪芹书中惯用的“障眼法”和“瞒天过海”笔法，读者万万别“钻”进了去。不信请看后文第五十三回《宁国府除夕祭宗祠　荣国府元宵开夜宴》，写到贾珍埋怨黑山村乌庄头充租子的银子少，说了一大通牢骚话，其中贾蓉等人的应和的话就涉及当年荣国府盖大观园时的资金问题：“头一年省亲连盖花园子，你算算那一注共花了多少，就知道了。”可见，荣国府为省亲盖园子花费大量银子是确有的事实，也绝不只是“存放在金陵甄府账上的那五万两”这一笔，这是贾府几位主子悉数知道的。

说大观园建造是一次失败的投资，理由如下：

其一，大观园的造价过高，使贾府巨额的流动资金处于闲置状态，绷紧了贾府的资金链条，致使流动资金不足。用于建造大观园的启动资金是放在甄府账面上的五万两银子，这对贾府来说也不是个小数目。尽管书中没有确切点明这笔资金是借给甄家的，还是委托甄府用于放贷，或有其他别的用途的，但无论是以熙凤、贾琏的一贯经营做派来看，还是以当时豪门大户的经济往来成例和当时社会经济通融积习来看，这笔款项都应该是“生利”的。虽然一时为闲钱，却并不闲置，总能挣回相应的利息，这对贾府的日常运转是大有帮助的。即便是贾府一时不动用这笔款项，任其存放于甄家，同时忽略生息的因素，也可备不虞之需。不是吗？修建大观园后，书中写了熙凤不能按时发放家人及丫鬟佣人们的月例银。那么，钱都用到哪里去了？自然是全部放贷出去了，不能按时回笼。而且，因为一时间四处都有开销，想不到的费用纷至沓来，资金运转于是就失灵了。有一次，贾琏不得不与贾母的贴身丫鬟鸳鸯说项，拿出贾母的一批金银家伙出去典当。这些个情节都足以说明，备用金是万万动不得的。

其二，建造大观园，有不少猫腻，也让不少家人和奴才从中发了一些横财，助长了他们不走正道的恶习。这项工程的总包工头是贾琏，他有发包权。大观园工程浩大，项目甚多，子项、分项、支项、例外项，贾琏都一一发包给了谁，书中是不可能全写明的，但贾蓉、贾蔷、贾芸等一干人都从这项工程中牟利却是毋庸置疑的事实。他们一听见造园子，就来走熙凤的门子（贾琏主管建造园子的工程，王熙凤是襄理兼幕后主使）。第二十四回《醉金刚轻财尚义侠　痴女儿遗帕惹相思》，写贾芸走王熙凤、贾琏夫妇的门子，给凤姐送上价值“十五两三钱四分二厘银子”（从倪二那儿赊欠的）的礼物，揽下了为大观园“监种花木”工程的活儿，随即便从府里账房一下子领得200两银子的工程款。此项工程开支最多只需50两银子即可拿下，贾芸从中获得了几倍的利润。不仅如此，凤姐还答应将明年正月的焰火灯烛那个大宗项目也派给贾芸做。贾芸拿到预付的200两银子工程款后，手头一时间阔了起来，花钱自然就很大方。书中写到贾芸吃酒花销，还私债，送人情，不一而足。由此可见，大观园的建筑工程管理过于粗放，由于各项工程发包后又没有审计，所以就损了府里公款，肥了私人腰包，这是不必说的了。而且，各项工程承包人的家人、下人、下人的门人，无人不知承揽建园工程的好处，他们不惜送厚礼求到王熙凤门上，明着要捞这个“油水”。因为谁揽下园里的活儿，谁就能发财嘛！

贾蔷是从贾琏那里求得负责从南边采购物料的肥差，自己兴奋得不得了。贾琏也暗示其中“大有藏掖”，他难道能不吃回扣？贾蔷难道能不给他？当然，贾蔷之流也不会做亏本生意的，自然是先自己捞够了再吐出一些给上头的。由此可知，工程发包种种利益圈、潜规则，不是如今的社会才有，而是自古皆然，至少大观园工程就有许多现成的案例。

的确，建造大观园“肥”了一批人，腐蚀了一批人，助长了贾府下人和主子的一股坑骗、巧取、贪婪之风。这和后来贾府接二连三出事，出现偷盗、欺主乃至闹出人命案有直接或间接关系。第八十八回《博庭欢宝玉赞孤儿　正家法贾珍鞭悍仆》中写贾政做了工部掌印后，“家人尽有发财的”。惯于钻营的贾芸想在主管的皇家陵园工程上承包个项目做，便又买了些时新绣货，再走凤姐的门路。但这次凤姐没有成全他，并退了他的礼物。在求凤姐的时候，恰值凤姐幼女巧姐被带过来，贾芸想取悦巧姐以让凤姐改变主意，但巧姐见了贾芸，连哭数次，贾芸只好红了脸退下。这一天被贾芸视为“晦气”之日。由此，贾芸对凤姐的恶气一天天膨胀，终于待到贾府被抄家时，贾芸和王仁、贾环等人便合谋要将巧姐卖与外藩做妾以换钱（见第一百一十八回《记微嫌舅兄欺弱女　惊谜语妻谏痴人》）。还有第九十三回《甄家仆投靠贾家门　水月庵掀翻风月案》就记载，有市面上人把“匿名揭帖”贴在贾府大门边上：“西贝草斤年纪轻，水月庵里管尼僧。一个男人多少女，窝娼聚赌是陶情。不肖子弟来办事，荣国府内出新闻。”此打油诗说的是“水月庵里的腌臜事”，干出这等丑事的正是一个与贾芸平辈的叫贾芹的浑小子。类似贾芸、贾芹这样贪婪逐利、见利忘义、品行不端的小辈，贾府里大有人在！

其三，大观园成了伊甸园、桃花岛，成了一方滋生骄奢淫逸的沃土。元妃省亲时过大观园，只从轿内一瞥就觉得“太奢华过费了”。但既已修好，也不好说什么。后来见大观园空在那里可惜，她又命府上将姑娘、公子哥们一齐搬进去住。宝玉、黛玉、宝钗、迎春、探春、惜春等小姐公子，一人一方天地，一人一处宅邸，因都是自立门户，便少不了丫鬟侍女都得一一配齐，不消说，多了一大笔人员开支。住进了如仙境般的大观园内，自然就得天天有酒，月月有宴，吟诗作对，如此眉来眼去，竟生出无数是非来。请来这帮“小仙”是一会儿工夫，送走列位神圣竟费了一两年时日。贾政、王夫人、王熙凤等主家理事的，为此伤透了脑筋，外界也多了许多流言蜚语。

其四，最要命的是，贾府被锦衣军抄家时，最缺的是现钱，满门存款也不足两万两（是贾母几十年来的私房积蓄），救急救难，疏通人情，都巴巴地急用钱，大观园却无法变卖、变现。真应了当下的一句话：钱变成钢筋混凝土容易，钢筋混凝土再变回钱来就难了！全书至尾声，贾门破落，鬼神都不上门了，只有一位清客程日兴和贾政谈心叙旧。程日兴说："那一座大的院子人家是不敢买的……"他这是弯弯绕的话，不便言明罢了。"不敢买"是实情，此园既然叫"省亲别院"，便和皇上、朝廷扯上了关系，涂抹上了皇家庄园的色彩，谁还敢染指呢？再者，也的确没人买得起。建起来都花了百余万两的成本，又是装修又是点缀，成了山高水低的一片葱茏锦绣，海市蜃楼一般，到哪里去找有如此财力的买主？即便是降价打折，也得要一笔不小的资金啊。还有，大观园逶逶迤迤，山水一片，挪不走，移不动，别人家购之何用？

贾母倒是极其聪明，她临终前嘱咐贾政将大观园交给朝廷，可是"朝廷不收"。其实，并非"朝廷不收"。

贾府撒钱的背后

大人小孩儿都爱钱财，但如果“气不顺”“心不爽”，也宁可不来，宁可不要那钱。可见，“钱”也不是万能的。

钱，历来讨人喜欢。

很多人都有各自亲近钱币的方式：有人喜欢数钱，叠银币，揣摩元宝；有人喜欢听钱哗哗撒落的声音；有人爱咬铜钱、硬币或金子，据说金子似乎有甜味，银子有涩味；等等。

贾府因为是十足的富贵门第，所以主子奴才都有一份优越感，遇到主子外出、遇到投奔来的穷亲戚和外面的穷人，往往都会撒钱。来府里打秋风的刘姥姥就收过贾府的赏钱；贾母到清虚观打平安醮时，见被王熙凤“掌掴”的小道士可怜，便命随行的贾珍“给他几百钱”；秦可卿丧殁那阵子，府上人为治丧下榻铁槛寺，也给守在那边的家奴和村子里的人撒钱。《红楼梦》中记述贾府自贾母而下，主仆们撒钱布施、遍撒经文、广结善缘等诸多情节，无不流露出豪门大户人家经济行为中的自信、公平、自我控制和朴素的利他主义成分。

书中第五十三回、第五十四回还记述了荣国府除夕祭宗祠时一边看戏一边大把撒钱的场面，那场景十分热闹，十分温馨，也十分有讽喻意味。

先是祭祀，然后便是下半场——异彩纷呈的戏，什么《八义》《寻梦》，还有《下书》《莲花闹》，真叫人耳痒眼馋。尤其府里花钱养的那12个小戏子轮番上场，唱戏的热闹接近尾声时，还要放冲天的焰火，点燃爆豆子般的鞭炮，云蒸霞蔚，氤氲不散，戏台上的人和台下的人全都笼罩在暖暖的烟霭之中。这时，一如仙间的观音老母一般的史老太君——贾母便命人撒钱了。那可是贾珍、贾琏等贾母的子孙们早早就预备下的满满一大簸箩的钱啊，只要听见贾母说“赏”，便能听见满台钱响。“叮咚，豁啷啷”，钱在滚动中撞击，人们争啊，抢啊，埋头捡拾，你推我搡，人人内心里充满了喜悦、感恩、祈福的情愫，一时间贾府满府上下弥漫着欢乐祥和的气息。第五十三回《宁国府除夕祭宗祠　荣国府元宵开夜宴》的结尾专门交代了两个细节：一个细节是荣国府元宵开夜宴，族中人来得不齐全。书中写道：“贾母也曾差人去请众族中男女，奈他们或有年迈懒于热闹的，或有家内没有人不便来的，或有疾病淹缠，欲来竟不能来的，或有一等妒富愧贫不来的，甚至于有一等憎畏凤姐之为人而赌气不来的，或有羞手羞脚，不惯见人，不敢来的：因此族众虽多，女客来者只不过贾菌之母娄氏带了贾菌来了，男子只有贾芹、贾芸、贾菖、贾菱四个现是在凤姐麾下办事的来了。”另一个细节是，府里养的12个优伶特别会插科打诨、望风挂牌，用现在的话来说，是特别会制造快乐。书中写道：“正唱《西楼·楼会》这出将终，于叔夜因赌气去了，那文豹便发科诨道：‘你赌气去了，恰好今日正月十五，荣国府中老祖宗家宴，待我骑了这马，赶进去讨些果子吃是要紧的。’说毕，引的贾母等都笑了。”这两个细节绝非闲笔，内中大有藏掖。先说其一，荣国府元宵节开夜宴、唱大戏、撒赏钱，每年一度，热闹非凡，想必族中之人无人不知。但即便贾母“差人去请”，人却难到齐。足见荣国府的声望已经在慢慢下跌，大管家王熙凤等叫人忌惮、畏惧，所以尽管“歌舞升平”，却难掩式微之态。其二呢，尽管戏班子里机灵的“鬼头孩子”们会戏外加戏，逢场作戏，但那也只是强作欢颜，底气不足。虽然族中大人小孩儿都爱钱财，但如果“气不顺”“心不爽”，也宁可不来，宁可不要那钱。可见，“钱”也不是万能的。贾府的主子们原以为大把撒钱就能够长长久久地黏合众人，凝聚一族，到头来让人大失所望。由此看来世上的事情绝非那么简单。

贾府撒钱的一幕，是喜乐、富足的象征，是府上经年累月、“长篇大套”的纯消费生活中一个不大不小的高潮。可是后来呢？锦衣军上门抄家时，翻箱倒柜，金银撒落满地的响声，同时还夹杂着女眷们的哭声和尖厉的叫声，一种响声铺排出来的两种氛围，两种声音的鲜明对比真令人寒心。

贾府文艺凋敝的经济成因

贾府文艺凋敝，除了与封建正统的思想意识相左相克有关，没有固定的活动经费恰是主因。

贾府，是有文化的大宅门。大观园里，住着一群文艺青年。

已故著名红学家周汝昌先生说，《红楼梦》是一部文化大书。但倘若没有诗人贾宝玉，缺了海棠诗社那些才貌双全的角儿，少了她们的题咏、联句，“红楼梦文化”将缺少启人灵性的文艺成分，也缺少了才情和逸致。

《红楼梦》到第八十回后，只有“林黛玉焚稿断痴情”的情节，众多俊男美女诗人风流云散，也不见了歌诗，更少了唱和。依笔者愚见，还是因为贾府一直以来没有专项的文艺基金，以致贾府的文艺花朵刚一绽放分外璀璨，可是很快地就枯萎、凋零。艺术的海棠需要金钱来浇灌，任何雅聚和文艺活动都离不开资金的支撑。《红楼梦》在这一方面又为我们提供了生动的注脚。

缔结海棠诗社的首倡者是探春，是她首次做东举办了第一次诗歌聚会。可临到第二次组织诗会时，问题就来了，费用谁来出呢？第三十七回《秋爽斋偶结海棠社　蘅芜苑夜似菊花题》里，史湘云争着要做东道，可薛宝钗体谅她的处境不让她花钱，恰好前几天自家典当行伙计从家田里拿来很多上好的肥螃蟹，便叫送几斤过来，又拿来了酒。有了酒和螃蟹，人也来得齐了，菊花诗会便开成了，这就是金钱对文化的作用力。

宝钗拉赞助办诗会，可一不可二。酒是诗之魂，雅聚必有宴。而酒宴是要花银子的，没有银两支撑的文艺社团，往往是难以持续的。大观园的这帮诗人们也聪明得很，他们很快想到了王熙凤这位贾府大管家，请她来加入诗社，而且美其名曰做监察。王熙凤起初总不答应，但最终架不住这帮天性烂漫的少男少女诗人们的好说歹说，同意出50两银子作为诗社每次聚会作诗的活动经费。

无疑，这是靠着卖萌、生拉硬拽求赞助呢。但是，一个文艺社团靠拉赞助、宰熟客来维持，终究不是长久之计。果不其然，待举办了咏海棠、咏菊两场诗会过后，后面海棠诗社诗的产量、质量都明显有所下降，而且召集诗会的活动也无定期，成三天打鱼两天晒网了。

譬如，书第四十九回《琉璃世界白雪红梅　脂粉香娃割腥啖膻》写到开冬雪诗会，应到13人，实到11人，李纨做东，因为诗社成员中增加了邢夫人的侄女邢岫烟，宝钗的堂妹薛宝琴，李纨的侄女李玖、李琦，贾母的侄孙女史湘云这些外来的亲戚，只好由宝玉、宝钗、黛玉、探春、惜春、王熙凤加上李纨等一起凑了五六两银子。六两银子办一场诗会，实在是捉襟见肘，但这的确是没办法的办法。

大观园的公子、小姐们每月的例银就只有二三两，像酷爱诗歌、现学现卖的发烧友香菱更是囊中羞涩。一个诗会弄到蜻蜓吃尾巴——自吃自的地步，迟早是要散伙的。

大观园中的海棠诗社成立有始，解散无终，始热烈而终无音讯。除了与正统的思想意识相左相克外，与没有固定的活动经费也有很大关系。

说到这里，便要说到贾母，说到贾母的戏班。贾母爱听曲看戏，爱听外面戏班唱戏，更爱自己府里花钱养的专业戏班。因为元妃省亲，贾府专门派人在金陵、苏杭一带买了12个优伶，却只供元妃看了一回戏，后来就养在府里，天天演练，贾母在盛大的节日和自己有兴致时便叫她们演上几折戏。

这批优伶，譬如文官、正旦芳官、小旦蕊官、小生藕官、大花面葵官等，都是有月例钱的，虽然不多，但也足以糊口。况且演出的活儿不多，不累人，演出场次也有限得很，于是乎无事生非便在所难免。如藕官和菂官在戏中常搭档演感情戏，以至在现实中也相互恩爱，缠绵不清，成了一对“同志”。贾蔷对龄官很好，常施小恩小惠于她，两人不时“入港”……这帮优伶到了贾府被抄家败落，贾母仙逝时，命运就惨了，被遣送的遣送，配人的配人，终于灰飞烟灭，一风吹过。

贾府戏班子灰飞烟灭，是体制的问题，更是经济的问题。优伶们没有经济地位，日常的演艺活动又没有充足的经费，致使她们不能在戏曲业务上精研探究，不务正业，邪念滋生，做出不合时宜和礼教的事，最终导致她们技艺的荒废、人格的沦丧和躯体的崩溃。

而作为市面上的评语往往是：宁养千军，不养优伶。可谁知，对他们负责的团体和法人，你们是真心“养”了他们，是真正为他们提供了经济支撑吗？贾府文艺的凋敝同时见证了贾府经济体制的落后和经济的衰落。

《红楼梦》中的行为经济学分析

曹雪芹描摹了一个时代的经济轮廓，写出了人们的经济交往、经济利益，也写出了贫富的由来和变迁，尤其是展露其中的人情世故和人们的经济态度、经济观念特别生动、传神。

我们说《红楼梦》是一部蕴含着经济学思想的书，是因为曹雪芹描摹了一个时代的经济轮廓，写出了人们的经济交往、经济利益，也写出了贫富的由来和变迁，尤其是展露其中的人情世故和人们的经济态度、经济观念特别生动、传神。所以，从某种意义上说，《红楼梦》又是一部世情风尚书，它强烈地折射出清代社会的政治制度、道德风尚和经济演变。

人情世故在经济学上叫行为经济。最具代表性的如损失厌恶、过度自信、公平、自我控制和利他主义等。这些心理现象，目前已经成为经济学中的成熟话题，并被写入了最新的教科书。亚当·斯密在其《国富论》和《道德情操论》中早就予以阐述，活生生的人拥有复杂的心理特征，而这些心理因素会通过行为来作用于经济系统，从而影响到经济系统的演变。

《红楼梦》里人们的行为，或深或浅地打上了行为经济学的烙印。第五十一回，写袭人因母亲病重需回家探视，王熙凤送她好几件衣裳，外加一件很值钱的“石青刻丝八团天马皮褂子”大衣，这除了有对袭人温顺、听话、行为得体的“奖赏”因素外，就充满其作为贾府主子“过度自信”的心理满足成分。第三十一回，晴雯跟宝玉吵架之后撕扇子发泄这一情节描写，正是普遍存在于人们日常行为中的“追求痛快”效用。针对此举，贾宝玉的一番话堪作亚当·斯密行为经济学的生动注脚：

你爱打就打，这些东西原不过是借人所用，你爱这样，我爱那样，各自性情不同。比如那扇子原是扇的，你要撕着玩也可以使得，只是不可生气时拿他出气。就如杯盘，原是盛东西的，你喜听那一声响，就故意的碎了也可以使得，只是别在生气时拿他出气。这就是爱物了。

《红楼梦》中记述贾府自贾母而下，主仆们遍撒经文、广结善缘，接济刘姥姥，打平安醮，进香还愿等诸多情节，无不流露出豪门大户人家经济行为中的自信、自我控制和利他主义成分。但亚当·斯密的行为经济理论与后来蜕变的“人类的行为完全以快乐和痛苦为动机”的边沁功利主义完全不同。贾府的经济治理既有“看不见的手”，即人情与世故的“潜规则”在时不时地起着作用，又不是“无政府主义”泛滥。其议事机制、决策机制始终健全，银库房、账册控制、对牌制等一整套流程、细则、规范也始终在起作用，掌管这部庞大机器的就是两府的财经大管家王熙凤。所以贾芸尽管会“来事”，时不时提点东西上琏二婶子（王熙凤）的门子来请托，却不能事事如愿；薛姨妈送出的“宫花”也不能长长久久地光鲜，尽管她的姑娘后来成了宝二爷的媳妇，但最后梨香院通往大观园的那道边门还是被封了；谙熟人情世故的老太太贾母，到头来也只能“散尽余资”与儿孙们永诀；王熙凤自个儿呢，也因为自信而膨胀，公平而失衡，由短暂的“得之欣然”而陷入持久的“损失厌恶”之中，泛泛的利他主义拯救不了她自己及贾府的极端功利主义。

《红楼梦》中艺术品交易的“玉石定律”

需要专家鉴证的物品，自私自利的行为会增加讯息传达的费用，但没有这种费用的增加，那些物品不会有贵重的用场。

《红楼梦》堪称中国封建社会经济文化的百科全书，书中描写的一帮清流雅士的文化交易行为，成为明末清初资本主义萌芽的鲜活记录，让我们得以大致窥见文化艺术品市场发育、演变的历史进程。

《红楼梦》中的清客有冯紫英、冷子兴、詹光、单聘人等，他们或“寻租”于贾府庞大的资本市场，或利用贾府的名望和深厚的人脉关系，或不断放大和缩减古玩和艺术品的交易信息，从中谋取经济利益，今天读来仍有讽喻和批判意义。如贾府仆人周瑞之妻（王夫人陪房）的女婿冷子兴是一个古董商，他收购古董是需要动用大把的银两的，就为这他多次走王熙凤的门子，缺钱的时候找她，因贩卖古董惹上官司也托其岳母周瑞家的找贾府的大管家王熙凤出面。从中可以清楚地看出，做古玩生意是需要雄厚资本的。清代初叶，还没有银行业，像贾府这样的有钱豪门大户很容易被古玩商盯上，两者相互利用、相互渔利，是正常不过的事。王熙凤是资本运作的大鳄，她资本运作的“黑匣子”里就记有“古玩交易”这一项。书画商人程日兴成堆的书画里有很多假冒品。书第十二回，就记述了薛蟠向贾宝玉吹牛，说在程日兴那儿看到许多落款“唐寅”（薛蟠读作“庚黄”二字）的画作，令贾宝玉将信将疑。薛蟠是什么货色，程日兴不是不知道。但他是薛门大公子，身边有的是官二代、富二代和“白富美”，而这些人就爱追逐字画，附庸风雅，又不差钱。至此，便不难理解薛公子为何要在宝玉面前吹嘘了。程日兴就是把薛蟠当成自己的“托儿”。《红楼梦》所处的时代，字画市场还没有全面铺开，只在京城等一些大城市和上流社会有些交易，也没有中介组织和机构，像薛蟠这样合适的人，还真不是那么好找的。艺术品市场的发育和形成，离不开中介、第三方，当然还少不了权威的人士，鉴定、评估机构和交易场所，但《红楼梦》时代还只是“风光乍露”。

《红楼梦》中还有一个典型的“捡漏”例子，就是冷子兴从刘姥姥的女婿王狗儿手上捡了个大便宜——他只用了少许银子就得到了一件价值万两银子的成窑五彩泥金小茶杯。王狗儿是地处荒郊野外的了无见识的泥腿子，冷子兴呢，竟是手眼通天的人，正是这种“交易信息”的巨大不对称，才有了这桩离奇、不公平的交易。著名经济学家张五常曾就翡翠玉石交易发出感叹：“我们要明白没有大量专家的存在，不会有今天大家见到的庞大翡翠玉石市场，不会有那么多的太太小姐盛装招摇过市，也没有那么多的君子看得那么开心。隐瞒讯息有利可图，是艺术品专家出现的一个主要原因。”

张五常由此揭示出“玉石定律”：需要专家鉴证的物品，自私自利的行为会增加讯息传达的费用，但没有这种费用的增加，那些物品不会有贵重的用场。这一定律再清楚不过地表明，玉石若想要想卖上好价钱，自然要有市场、玉石专家、商人三大要素。

清代初叶是一个封闭落后的自给自足的自然经济社会，农业文明、农耕文化占主流，民间哪里有什么古玩市场，更鲜有古玩买家，因上流社会的交易需要，便应运而生了冷子兴、程日兴这些“专家”。

从理论上讲，艺术品市场是靠商业中介联系生产者（持有者）和消费者的。商业中介也就是艺术商业经营者，其行为模式和运作状况是影响艺术市场的重要因素，它使得艺术品的所有权发生转移，完成艺术商品交易；通过经济方式的交换，实现艺术品本身的文化价值。

贾府风光“路演”的背后

《红楼梦》中记述贾府的几件风光事和不幸事，场面宏大、仪式排场又规矩多多，引得路人围观，如同当下的商务“路演”一般。

“路演”一词本译自英文“Roadshow”，是国际上广泛采用的证券发行推广方式，指证券发行商发行证券前针对机构投资者的推介活动，是在投融资双方充分交流的条件下促进股票成功发行的重要推介、宣传手段。随着网络技术的发展，这种传统的路演同时搬到了互联网上，出现了网上路演，即借助互联网的力量来推广。贾府的“路演”当然不是去发行证券，连典当行的商业推广都不是。《红楼梦》中记述贾府的几件风光事和不幸事，场面宏大、仪式排场又规矩多多，引得路人围观，如同当下的商务“路演”一般。就因为这，让宁、荣二府的豪门宅院始终处于舆论的风口，留下隐患、埋下祸根，教训不可谓不深刻。

府里的一个女眷死了，竟“恣意奢华”，大手花钱，摆出那么大排场。哭丧送祭的，鸣锣张伞的，纸人纸马、诵经唱佛作法事，不一而足，众多公卿贵族到场祭奠，甚至还惊动了王爷——北静王水溶都出现在路祭的队伍里。执幡悬孝，吹吹打打，人流浩浩荡荡，如同“压地银山”一般连绵不绝。这就是秦可卿丧礼的场面，出现在书中的第十五回，算得上贾府的第一场“路演”。秦可卿只是贾府的孙房媳妇，犯得着这么大举排场，张扬过度，叫她的公公贾珍不惜“尽我所有”来操办？内中的原因是多方面的：秦可卿死得蹊跷而她人又好，在府上颇有人望，此其一；再者，她死于英年，的确令人惋惜；此外，还有学者考据出她出身高贵，是皇族的血脉，匿名寄养在贾府，等等。但不管怎样，这种丧礼是僭越规矩、超越规格、劳民伤财的。果不其然，秦可卿的丧事花掉了贾珍、贾蓉父子的老底子，压得这一房好久都喘不过气来。但外界可不这么看，他们抱定一个看法：贾府有的是钱，钱财能堆成山。不是有“贾不假，白玉为堂金做马”的谣谚吗？

其实，按府上的最高权力人贾母的说法，贾府也就是“中等人家”。但一府中人的行为做派、行事风格、阔气排场，却怎么也得让人高看一等、仰视三分。不信你瞧贾政的长女、贾母的长孙女——贾元春回府省亲那阵势、那场景，简直就和皇帝巡游、贵妃伴驾的阵势没什么两样。这不但坐实了贾府的“富可敌国”，而且还暗示姓贾的有权有势，和朝廷有深厚的关系。市面上的人们看了这种“路演”，心中着实五味杂陈，羡慕嫉妒恨，什么情绪都来了。

如果说办丧事、迎皇妃需要“路演”，还多少能说得过去，那平日里府里的主子奴才们是不是要谦卑一点、低调一些才是呢？可看了书中的情节真叫人匪夷所思。平平常常的一个端午节，贾府老早就嚷嚷着要打平安醮（一种民俗，即赴寺庙道观里祈福还愿），而且还让皇宫里破费，赏了银子。届时，贾府几代人穿戴光鲜、抬轿备马，骅骝开道，引得百姓小民像赶庙会一样看热闹。在清虚观，贾府主仆一干人高调十足地打平安醮这一幕，算是贾府的第三场“路演”。纯粹是生造由头，摆阔显摆，实在说不上有多必要。

这几场“路演”，演尽了封建豪门大户的富贵风流，恣肆高调。但物极必反，祸福相间。后来，贾府果然迎来了儿孙被革职、财产被抄没的结局。按理说，这时候的贾府应该缩着脑袋才是。可一不小心的一则“广而告之”，又叫贾府雪上加霜。做广告的起因是贾母的宝贝孙子贾宝玉脖子上的“命根子”——那块“通灵宝玉”莫名其妙地丢失了。这还了得，得赶快去找。于是满府的人就像找魂似的穿街过巷地寻查。可不该竟在市面上贴出一纸“寻赏”的广告来，赏格高达一万两银子。于是乎，贾府并非落败而是虎威尚存的讯息四处扩散，家喻户晓。贾府在不恰当的时候高价“寻赏”，给了街坊和市面上人不当的心理暗示。书中第一百一十一回记述了盗贼们的一番对话：“他家抄了家，还有多少金银?”“你们还不知道呢……如今老太太死还留了好些金银”。这便是不法分子对当时贾府财产库存的研判和结论，以致最后贾府被洗劫一空。

现代经济管理，既注重“路演”和造势，同时又十分讲究危机公关；既在“路演”中烟花旗鼓，缤纷五彩，又时不时打悲情牌，甚至偃旗息鼓，闷声发大财。遗憾的是，贾府的人们并不懂得这些。

“树大招风”，就是不要过度曝光，也可以说不要过度“上镜”“包装”。“低调，低调，再低调”，说的是在经济和财富数字上宁可模糊一些，遮掩一些，含蓄一些。这些道理，说起来似乎人人都懂，但实际运用起来往往大打折扣，尤其是处在危机和灾难的关口，厄运降临于自身的时候。我们理应从贾府的几次不当“路演”中吸取些教训。

贾府经济里的“野蛮人”

野蛮资本的进入，往往能把一桩好端端的项目弄坏，使好端端的资本变味、变质，良好的经济体系崩盘甚至破产。

“野蛮人”，是资本市场的一个经济概念。近年来，国内资本市场异常活跃，个别机构在资本市场上的激进投资引起广泛关注。相关事件引发的资本与实体经济如何实现良性互动的话题连篇累牍。经济学家指出，资本若不对实体报以敬意，一味充当“野蛮人”，采取短线炒作甚至影响企业正常运转，将损害公司基本盈利能力，也不利于资本增值。这使笔者想起《红楼梦》里的贾府，想到王熙凤从事资本运作过程中不时有“野蛮人”出现，以致贾府资本总是在关键时候掉链子，运作不畅，最终以抄家崩盘收场。

进入王熙凤资本圈的首推那位“认识不到十年，惹出了多少事”（平儿的话）的贾雨村。这些“坏事”究竟是些什么？联系书中前后文看便知，贾雨村是参与贾府放账的，甚至充当王熙凤的经济掮客和托儿，这自然就有经济利益方面的纠葛。就算他没有直接参与贾府的放债业务，但作为闯进贾府资本领域内的“野蛮人”是不容置疑的。贾府被抄家前皇上叫府尹“查明实迹再办”，可贾雨村为自保便在朝上狠狠“放水”，不难想象他泄露了多少贾府资本运营的内幕。

王熙凤的资本运作有一根利益链条，其资本金里有朝廷权贵参与，其放债的对象多是富家大户和官商，小民、散户只是微小的一部分。

贾府结交的王公贵族究竟有哪些人？我们看了书中第十四回所列出的一份名单后便可知。秦可卿死后，以官客身份送殡的就有与宁、荣二府一同所称为“八公”的六家。还有第七十一回贾母八旬大庆时，宁府那边接待的有北静王、南安郡王、永昌驸马、乐善郡王并几个世交公侯应袭，荣府中有南安王太妃、北静王妃并几位世交公侯诰命。这些上流人物都是贾府的世交和相好，与贾府有经济往来、交易的差事必找贾府的财经大管家王熙凤。虽然书中没有直接描写贾府与王公大臣们经济交易的情节，但通过王熙凤与官宦们的权钱交易，不难还原相关事实真相。

贾府与权贵们的权钱交易，既有放债的利钱进来，也有借用于放债的本金送还的钱来钱往（此为明线），还有送礼收钱的礼尚往来中的“暗线”……王熙凤把贾府资本运营的网络织得很大、很密，网络中的出资人也有明有暗。但有一点是肯定的，即一些权贵正是贾府资本里的“野蛮人”。

当然，贾府资本绝非王熙凤执掌的现金流这一块，其固定资产投资过程中也不时有“野蛮人”涉入。修建大观园，贾府的资金是不够的，那会儿虽没什么“招商引资”之类的，但吸收了不少权贵资本进入却是确凿无误的，如江南甄府的、平安州那边的，甚至有学者考据出还有林黛玉从家里带过来的遗产，等等。这些倒没什么要紧，关键是不该让那些“野蛮人”的资本随便进入，这后来给贾府带来了无穷无尽的麻烦不说，最终葬送了一府经济。那么，有哪些热钱进入了大观园的建设呢？作者曹雪芹是谙熟“柳藏鹦鹉”手法的，从书中前后情节和贾府厄运连连及人物命运情节安排等要素来考量，至少皇宫中的太监如夏公公们是参与的，忠亲王府那儿也有出资。忠亲王的女儿也选在皇帝身边，是贾妃的劲敌。这个人的钱怎么能吸入进来？贾府真是犯糊涂了！据有些红学专家考证，正是因为贾政女儿贾元春在宫廷里争风吃醋闹地位，才引起朋党之争，导致朝廷震荡，朝廷终于从贾府的大观园投资下手的。刘心武在其《刘心武续红楼梦》一书中就采用了这一说，不过他演绎出一个和贾妃命运相似的“吴贵妃”，她父亲也为她修建了一处“省亲别院”，最终这园子是拱手送给了宫中最有权势的“六宫都太监夏守忠”。而《红楼梦》明确记载的是，让一向与贾府有隙的忠顺王给占了去。忠顺王也罢、吴贵妃之父也罢，他们都是“野蛮人”。野蛮资本的进入，往往能把一桩好端端的项目弄坏，使好端端的资本变味、变质，使良好的经济体系崩盘甚至破产。古往今来，管得住钱的人不多，管得住有钱的人很难，管得住既有钱又有脸的人更是难上加难。

送礼的成本及贾府经济的呆坏账

贾府的经济交往和经济活动中的交易，从“收支总账”上来衡量，是不算成功的，是无效的甚至是“负效益”。但贾府的当事人是无知的，或者说头脑里还缺少这方面的概念。这从府邸的呆坏账中得以说明。

自从有了经济交往和经济活动，就有“成本”的概念。《红楼梦》里的府邸经济里，成本控制是相当严格的。王熙凤在主持秦可卿治丧期间，货物用品的进出是要“对牌”的，即办理领用的人，经手的物品必须与领得的“牌子”上的数目相对应，多余的要交还，出不了账的要自掏腰包而且要受罚。贾府还有“仓房”和“银库房”的机构，建有来往账目，进出物品须办理出入库手续。这种严细的管理，其目的就是控制损耗、杜绝浪费，体现出贾府的管理者有着很强的“成本意识”。但是“上有政策，下有对策”，府里钻空子的人却大有人在，贾琏就是其中一位。书中第四十四回，写贾琏与鲍二家的偷情，后因事情败露，鲍二家的上吊死亡，贾琏花了200两银子将事情摆平。但这笔钱是在府里的公账里报了，而且还走的是“流年账”，即一年压一年的账。可以说，这是一笔糊涂账、窝囊账，剪不断理还乱。而且从书中的记述来看，这样的事贾琏和其他主子是经常干的，似乎轻车熟路。

《红楼梦》描写贾府的经济往来情节很多，也很厚重，一句话概括就是礼来礼往，利来利往。但就“送礼”这件事本身，贾府的人们是十分讲究成本核算的——他们是以小博大，本少而利多。不信你瞧瞧贾母生日的礼单，简直叫人瞠目结舌，可府上不就花了些酒水钱吗？成本并不大，可利润却丰厚得不得了。秦可卿的出殡竟引得北静王路祭，多少豪门大户人家出了吊唁钱。或许你会说这是贾府的红白喜事，不能说是敛财，但如果没有“成本控制”，这两件大事办下来，好多人家最后赔得连稀饭都喝不上。有句话叫“搬家三年穷”，什么意思？就是办乔迁之喜时，大手大脚，用度粗放嘛。贾母她老人家最会送礼，她送给人家的礼物、礼钱，都是小钱，但收到的效益却很是显著（她注重的是尊严、面子，安抚、收拢人心这些社会效益）。来府上寄居的薛姨妈也是送礼的高手，她初来贾府时自然要给府上的主人送上一点见面礼，这是人之常情。你猜她送的什么？八枝“宫花”。“宫花”，是皇宫中女眷所用之物，薛家是皇商，这东西不难拿到，也花不了多少钱，但送出去就显得珍贵、阔气，尤其是像贾府这样的人家的姑娘小姐们是看得上眼的。薛姨妈真不愧是商家之妇，擅长以小博大——她可赚大了。做了人情不说，还显摆了自己家的皇商地位，坐实了“落户”贾府的合法性，拉近了与贾府主子间的距离。

但贾府的“成本意识”用到极致，就变味成了急功近利，就是眼前得利后尾受损。王熙凤透支贾府的权力地位，交通平安州，干涉平民婚姻，得昧心钱3000两纹银，可谓“无本生意”，可结果落下“贪赃枉法”的罪名，连累了贾府，让朝廷给治了罪。惯于走门子“打点”、投机钻营的贾芸，为了承包大观园工程的一些子项目，只花了些“冰片、麝香”就走通了王熙凤、贾琏的门子，揽下了承包绿化工程的活儿，银子白花花地挣来。可有了钱之后，便与贾蔷等人混在一起，喝酒赌钱，闹翻了天，后来还设计要把王熙凤的女儿巧姐卖掉，最终毁了自己的前程。钱来得容易去得快，必然肇祸，贾芸的下场就是例证。与有脸面的主子不同的是，贾府的佣人们送礼的“成本”往往要大得多。书第六十二回，写秦显家的为了谋求贾府饭堂里一个炊事员的差事，处心积虑巴结在府里有些地位的林之孝家的，花了“一篓炭，五百斤木柴，一担粳米”的礼物。差点就去“上班”了，可后来因为两府佣人们之间窝里斗，这事便“黄了”。“班”没上成，送出去的东西也肉包子打狗——有去无回。

成本经济学提示人们，交易是有成本的。这是因为人们在进行经济活动时，总是面临着有限理性和信息不对称，这就使人们不可能在无交易成本的情况下进行。贾府的经济活动，无论是对外交往还是内部经济活动，其实都面对着一个“有限理性”和“信息不对称”的问题。王熙凤交通平安州、贾赦唆使贾雨村强占石呆子20把古扇时，都不知朝廷此时正在追缴国库欠银、整饬吏治，这些“信息”他们知之甚少或浑然不知，这就是“信息不对称”；秦显家的“找工作”正赶在满府上下自行“抄捡”大观园、整顿经济秩序的当口，时宜不对，尽管你拎了不少东西，也找到了有些权威的家佣头目，但事情就是没办成，交易未能成功。这也是理性不够、信息不灵所致。

所以，贾府的经济交往和经济活动中的交易，从“收支总账”上来衡量，是不算成功的，是无效的甚至是“负效益”。但贾府的当事人是无知的，或者说头脑里还缺少这方面的概念。这从府邸的呆坏账中得以说明。呆坏账的明显特征就是：你欠别人的，账里有但不起眼，或被其他来往账目所掩盖；别人欠你的，今天还讫明天再借出，变成陈年账、账外账，像贾琏玩的那一手。也难怪贾政在锦衣军上门抄家之际，捶胸顿足地喊：“这了不得！……大本儿都保不住了。”贾府其实是寅吃卯粮，收支极不平衡，连重要收入来源的地租收入一项也是很多年收不足额，更何况贾琏这帮人经常把一己的经济成本转嫁于“贾府”这本公账上了。

大观园装不下全域旅游的梦

大观园是艺术的虚构，却浓缩了世间众多园林的精华。但它几乎成为一种刻板的程式，后人的景观设计多受其影响和约束，难出其右。在全域旅游如火如荼的今天，我们当从大观园里汲取美学营养，但须剔除其建园理念、使用和管理理念的糟粕。

《红楼梦》第十七回写大观园建成后，贾政领一帮门人清客去看园子，其实是为迎接即将“游幸”此地的贾妃“打前站”。

贾政游园，还有意带上自己那位痴情、机灵、“不成器”的儿子贾宝玉，每过一处景点、每停留一处亭榭，都要宝玉和众人试题匾额并题咏。《大观园试才题对额　贾宝玉机敏动诸宾》这一回写得洋洋洒洒，既堂皇又卑琐，既庄严又谐趣，其用心就是让园子合礼仪规制，贾妃临游时体面，进而使大观园声名鹊起。用今天的话来说，就是一个旅游景点建成即将“剪彩”之际的一场预演。

平心而论，贾府修建这座园子，是花了血本，下足了精雕细刻的功夫的。从文中闪烁其词的文字交代来看，此园子大致横直“三里半大”，依贾府旧有的结构布局，将宁国府、荣国府两府连成一片。大约花了一年的时间建成，耗费了大量的人力物力。这是贾府的重点工程，上自最高权力人贾母，下到普通差役家丁，无不欢呼雀跃，拍手称快。此园的设计和布局也匠心独运，堪称巧夺天工，诸如“沁芳闸”“蜂腰桥”什么的，充满诗情画意；什么“稻香村”“蔷薇院”呀，散发出乡土气息。尤其是园内还有栊翠庵（那是贾府的家庙庵堂，以盛长红梅树而闻名）的山头、自然由高而低径流的泉水，使得园子野趣横生，景象万千。

大观园虽是艺术的虚构，却浓缩了世间众多园林的精华。但它几乎成为一种刻板的程式，后人的景观设计多受其影响和约束，难出其右。这种刻板的模式大致体现在以下三个方面：

一是凡园林建筑必依山傍水，似乎没有那种“小桥流水人家”的意境就不叫园林，愣是挣脱不了闲适、清雅的格局层次。

二是凡园林必有匾额、牌号，似乎不这样就显得没文化、没派头。于是乎想方设法请来达官显贵、风流名士来赐墨宝、颁新词，以致纯美的自然风景给“人为地”涂上了江湖市侩之气。那天贾政及随行的清客们所题咏的，都是些歌功颂德的文辞，纵然贾宝玉才情纯洁，也不过是些“嗔莺咤燕”“桃红柳绿”的应景文字。

三是将园子与尘世生活隔离。一道篱笆就好比仙凡两界，令人不敢越雷池半步；一道围墙就是一道绊索，叫人望而却步，心生畏惧，更不用说用上电网和暗器拱卫之大防了。贾府建造大观园，只图让贵为皇妃的贾政长女贾迎春省亲时有个优雅、排场的住所，但贾妃住了一晚之后，园子就大门紧闭，四周原先的家奴佣户们的来往进出便大受影响。大观园门卫极其森严，第三十七回就详细记载：即便是贾蓉等本族的人，也是“非请勿入”；园内丫鬟晴雯病了，宝玉想悄悄地请一个大夫进来也不准。这种封闭、割裂，只是让自己和少数人自由却让大多数人丧失自由的弊端在中国封建社会园林文化里浓得化不开，成为影响民生和社会进步的桎梏。

因而有研究《红楼梦》园林及旅游经济的学者就郑重提出，应重新修改山子野（书中记载是他绘制了大观园的图纸）的设计图纸，即将大观园的规模扩大，将铁槛寺及周围的村子也框入，甚至刘姥姥所在的农庄也纳入大观园的版图，与园子里的“稻香村”自然连为一体。而且拆掉所有的围墙和栅栏，让放牛的板儿、摘柳条的春燕、捉迷藏的小厮们自由进出，这样宝玉或许不那么抑郁，黛玉的笑脸或将绽开，贾母将多结识到几个刘姥姥这样“积古”的老人。更重要的是，贾府里的人们能听闻到市声，能看见街道上零星的几位洋人，听到他们说地球是圆的并非平面……至于各处景点上所需的匾额、题咏，大可不必千篇一律，非得蹈前人之老路，叫贾宝玉自己书写几个（他平日里书写的“斗方”市面上就很抢手嘛!），或者叫林黛玉题咏几个，以她自创的诗配上自家的园子才更能彰显大观园的特色。

旅游是现代社会中人们的一种短期性的特殊生活方式，享受性体验是人们的终极追求，人们通过旅游体验的享受以达到愉悦身心、净化心灵的目的，这也应该是旅游资源输出者的最高追求。如果一定要说旅游经济，说到底那也是一种开放经济。在全域旅游如火如荼的今天，我们除了从《红楼梦》大观园里汲取美学营养，还应尽最大可能剔除其建园理念、使用和管理理念中的封闭、保守、狭隘、自私的糟粕，牢固树立“天人合一”，人与自然和谐统一，人与人和谐相处，开放包容、资源共享的理念，让人们在旅游中发展经济，在发展经济中兴办旅游，从而实现旅游和经济的共生互利，人和自然的和谐统一，多种文化的交流融合。

【清】孙温　绘

大观园装不下全域旅游的梦

一大通虚诳的螃蟹账

刘姥姥的臆断，其实是普通人对富贵门第物品陈设的一种“拜物教”。这种物品的实际价格和人的臆断价格的偏差是因为人的框定依赖所致，经济学上有个术语叫“框定偏差”。

《红楼梦》第四十回里写刘姥姥上席吃鸽蛋，一下没夹住，掉到地下去了，她可惜地说：“一下几两银子没有了。”一个鸽蛋，有这么大的价钱吗？很多人读《红楼梦》读到这里都禁不住犯起疑惑来。

著名红学家冯其庸的解释是：清代一些大官僚、大地主为了补养身子，便不惜将人参、鹿茸这些上等补品拿来喂鸡、喂鸭，当然也喂鸽子。然后鸡、鸭、鸽子下的蛋便不是原来蛋的价钱了，自然贵十倍、百倍甚至千倍。不能说冯老先生说得不对，据说他是看了太多的清代笔记的。但笔者要说，冯先生看得太实了，或者准确地说，是太执拗、太拘泥了。

刘姥姥是“豆芥之微”的乡村老妪，她进了恍若天国的大观园，便满眼金花，所见事物无不价值放大。不是吗？她一进贾府闻得自鸣钟敲响便双腿发软打战，醉酒后鬼使神差摸到宝玉怡红院住处，见了玻璃陈设竟头晕目眩，不知所以。还有，《红楼梦》第三十九回，刘姥姥第二次来到贾府。碰上周瑞家的夸螃蟹：一斤只称两个三个，这么三大篓，想是有七八十斤呢！刘姥姥接过话茬儿：这样螃蟹，今年就值五分一斤，十斤五钱，五五二两五，三五一十五，再搭上酒菜，一共倒有二十多两银子。阿弥陀佛！这一顿的钱够我们庄稼人过一年了。刘姥姥说了一串“五”字，她是说五分银子一斤，五钱银子十斤，五十斤就是五五二两五。周瑞家说一篓有七八十斤，这里，刘姥姥想都不想就按一百斤计算，一百斤就是五两银子，三篓，还不是三五一十五嘛。刘姥姥为什么夸张着算呢？按七八十斤一篓算，不怎么好算，只能归成整概算。一篓按五十斤算行，按一百斤算也行，为什么刘姥姥要按一百斤算呢？原来刘姥姥是打秋风来的！要顺情说好话的，要说人家爱听的，自然要夸张些说。深究起来，刘姥姥的算法毫无厘头，不准确、不靠谱，只是她刘姥姥的臆断。这就是普通人对富贵门第物品陈设的一种“拜物教”。这种物品的实际价格和人的臆断价格的偏差是因为人的框定依赖所致，经济学上有个术语叫“框定偏差”。

如今的人们也大抵如此。譬如，你到一个五星级酒店吃一碟萝卜皮，往往比小馆子要贵十倍百倍。难道这萝卜也得人参、鹿茸水泡养的不成？只因陈列、摆放的环境一变则身价大增。况且五星级酒店的楼宇、包房、服务生等成本都会摊进这碟萝卜皮上去的。

这就如同到异国他乡，同样的物品，在国内寻常得很，到那边，价格则大变，往往变得离谱惊人。《红楼梦》现成的话叫“物离乡贵”。除了这个原因，恐怕与“外国的月亮自然要圆些”这种心理暗示也有关系吧！

这里引用一则微信上爆屏的段子：同样的一块石头，你往菜市场上卖，只几元几十元；送到什么博物馆去，少则几千，甚至几万几十万。那么，拿到交易所去交易呢？那就有可能是天文数字了。刘姥姥所食的鸽蛋要是在他们的屯乡里吃，几文钱；到妙玉的那个栊翠庵呢，恐怕得几百钱；可一上了贾府的餐桌，加上有贾母、王熙凤这些个大人物在座，当然几两银子一个便值了！

当然，刘姥姥堪称一位出色的农民外交家，她去贾府是报着打秋风的目的，见到贾府的人自然极力去奉承，见到什么物品都极力往好的方面去说、往昂贵的方面去说。书中这样的例子的确不少，譬如她准备去贾府前，就对自己的女婿狗儿说“（他们贾府）拔根寒毛比咱们的腰还粗呢”，见到周瑞家的说螃蟹，便赶忙凑过去，算起一大通虚诳的螃蟹账，而且还说“这一顿（吃螃蟹）的钱够我们庄稼人过一年了”。不说别人的富贵，便凸显不了自己的卑微；不说贾府有钱，就衬托不出自家的寒酸，那自己上门的目的意图就不明了，哪里还能有什么秋风可打？哪里还能有“满载而归”的沉甸甸的收获？

宝黛恋中的“绿豆经济学”

“绿豆”对婚姻爱情的杀伤力是很大的。《红楼梦》中描写宝黛感情交流不畅的情节很多，他们二人感情忽冷忽热，忽亲昵忽疏远，忽倾情投入忽又怨憎相加，其中所处经济地位的差异是一个重要因素。

《红楼梦》中贾宝玉、林黛玉的爱情悲剧可谓家喻户晓，殊不知宝黛爱情之花的枯萎凋零正是经济原因——经济的差异，经济地位的不匹配是导致宝黛最终做不成夫妻的主要因素。用经济学原理来剖析，其实他们俩在恋爱过程中，一直陷入“绿豆经济学”的怪圈。

《绿豆》是香港 ViuTV 开台后播出的首部自制剧。故事讲述了办公室白领马嘉烈与的士司机大卫这对情侣同居时所经历的生活琐事。这对情侣同居后不久，就因为生活中的“芝麻绿豆”琐事，开始出现裂痕。比如大卫没有及时更换快用完的卫生纸，或者马嘉烈用完榨汁机没有及时清洗，等等。

“绿豆”对婚姻爱情的杀伤力是很大的。表现在婚后往往导致婚姻破裂、解体，婚前恋爱则神离貌合，有缘无分。林黛玉因为父母双亡十一二岁便来到贾府，寄人篱下，其一言一行都格外小心谨慎，至少她的心理是脆弱不堪的。在贾府的主人和奴仆眼里，林姑娘最多是个时来暂去的寄居客。一个寄居别人家的女孩，在封建社会的豪门人家简直和丫鬟使女没什么两样。而贾宝玉是贾府的后辈主子，是一府的“人望”，这种差异化，注定了他们俩的恋爱就是一个笑谈，且为日后相悦相恋过程中出现的“芝麻绿豆”的事埋下隐患。书中记述贾宝玉和林黛玉常常为一些生活琐事赌气、误会、不开心，寻死觅活的。不能只笼统地说一通林姑娘“心眼小”“不大气”之类的话，换作你我，敢打赌也会那么“任性”的。《红楼梦》整部书中，林黛玉给人的印象似乎都是多愁善感，不开朗，不阳光。总之，不讨人喜欢。读者想必有这样的印象，大凡府里主仆们的生辰寿日宴请她是很少参加的，即便去了，也没精打采，极不自在。她诗写得好，但临到“众筹”出银子，她也不踊跃，不大方。她大方不了，无家世，收入也有限，所以她时时感到做人难、难做人。正如书第四十五回里，她和薛宝钗交心时所说：“你如何比我？你又有母亲，又有哥哥，这里又有买卖地土，家里又仍旧有房有地。……我是一无所有，吃穿用度，一草一纸，皆是和他们家的姑娘一样，那起小人岂有不多嫌的。”这种对自身经济地位和处境的自觉认知，表现在平日里与人交往、相处时便十分情绪化，也影响与宝玉的情感交流。这里还以书第二十八回宝黛俩在王夫人屋里为一味药闹得不愉快的事来说明，经济地位的差异往往会发生许多不该有的误会，久而久之自然便生出许多隔阂。这回书中，本来王夫人、宝玉、宝钗几个是为林黛玉治病配一味药的，因为这味药的药方甚是“奇葩”，不但名贵而且用材偏奇刁怪。大家说着说着，就闹得不欢了，以致宝黛二人都不同桌吃饭了。黛玉生来有“内症”，到贾府来却要这边为她抓药治病，且这药又那么昂贵，林姑娘是既自责又自卑；王夫人此时的心理是：药再贵也得花银子，对这个来府上的又可爱又可怜且是至亲的姑娘小姐管多了自然不乐意，不管吧又不妥；宝钗面对这位多病多灾的姨表妹，既同情又嫉妒，心里总是酸酸的，说不出的味道；宝玉呢，不当家理财不知柴米贵，不知花钱的苦楚，一味地絮叨药方子的蹊跷，价格的昂贵，叫埋单的一方心痛，受用的一方别扭、难为情……于是大家伙儿话说着说着就说不下去了，饭也吃不到一处了。

日常生活中难免有许多琐碎的事，琐事形成交往，交往滋生感情，交往的累积，情感或浓稠炽烈，或单薄疏远，而这些琐事大多源于金钱、源于利益、源于金钱利益面前人的态度和心理。《红楼梦》中，描写宝黛感情交流不畅的情节很多，他俩感情忽冷忽热，忽亲昵忽疏远，忽倾情投入忽又怨憎相加，盖因所处经济地位的差异。宝玉养尊处优、视金钱为粪土，是他的积习，他没有多少物质的概念并非伪装造作，但他的恋人黛玉往往误解；黛玉姑娘冰清玉洁，又太在乎脸面和尊严，洒脱不开，淡化不去，心里的物化情结太深。他俩对“禄”“蠹”的痛恨，对物质条件的不在乎，对经济基础和美好爱情的界定，有很多相同的地方，却又有太多的差池和区别，这种差别就体现在“芝麻绿豆”的生活琐事里，剪不断理还乱，恰如同两股道上跑车，不能相交会合。这正是宝黛恋悲剧的根由。

鲁迅先生在小说《伤逝》里就留下名言：“人必生活着，爱才有所附丽。”这话点明了精神世界里物质因素的重要性。爱是一种精神状态，让精神有所依附，必须有物质的存在。而婚姻不单有葡萄酒、鲜花和蜡烛，还有厨房里一堆没有清理的盘碗和一地鸡毛。这是人所共知的常识了，但笔者根据宝黛恋的悲剧还要补充一句，即两个人的经济基础不能过于悬殊，经济背景、经济态度也应当大致契合，这样不至于夏虫对着冰凌在言语。王子和乞丐女的爱情是有的，但那往往是少见的或为“特例”。贾府的焦大爱不上林妹妹，同样，宝二爷与林妹妹的爱情也只是望谈。这便是“绿豆经济学”给我们的启示。

【清】孙温　绘

宝黛恋中的"绿豆经济学"

《红楼梦》中“石头”的经济寓意

中国古典文学名著《红楼梦》原名《石头记》，不能简单地把书名的变更看成书籍传播的需要，也不能全信书作者曹雪芹在书的“前言”里那几句“障眼法”交代，其实取书名为《石头记》是有明显的经济寓意的。

中国古典文学名著《红楼梦》原名《石头记》，不能简单地把书名的变更看成书籍传播的需要，也不能全信书作者曹雪芹在书的“前言”里那几句“障眼法”交代，其实取书名为《石头记》是有明显的经济寓意的。那就是：在一块板结的石头（喻指清初保守、落后的封建经济制度以及连带而生的毫无生机的贾府府邸经济）上是绽放不出经济之花的，类似于贾宝玉这样的贾府阔少既不具备“补天”之才，也不足以为贾府经济大厦做有力的支撑。这是曹雪芹满腔心酸的泪水凝结的结论，是他寄托在巨著里的深刻主题。

中国封建社会几千年一直以“读书取仕”为正途，因而产生了诸如贾政、贾雨村这样的“禄蠹”官宦，这些人大多只知道唯上跟风，思想僵滞，对社会少有贡献，尤其对经济毫无用心，也鲜有建树。书中多处记述贾宝玉对这些“禄蠹”们深恶痛绝，不屑一顾，这本身没有错。但贾宝玉对“经济”很是反感，认为那也是不入流的，非男儿所为，这就大错特错了。中国封建士大夫阶层，哪怕是饱读诗书的读书人也谨守“君子远庖厨”的古训，因而很多人落得“四体不勤，五谷不分”的境地，而且还美其名曰“谦谦君子”。曹雪芹就是这样的一位君子哥，他出生在江陵织造的深宅大院，锦衣玉食，过惯了衣来伸手、饭来张口的生活，可一遇到朝政变幻，家道变故，便失去依托，一事无成，以致穷途末路，无法讨生计。曹雪芹是在自家被抄家问罪、流落京城，在茅椽蓬牖，瓦灶绳床，“举家食粥”的情况下著述《红楼梦》的，其所谓“满纸荒唐言，一把辛酸泪”，“荒唐”二字是深深的自嘲、自责，“心酸”二字恰是泣血的“自况”。所以他在塑造贾宝玉这一艺术形象时，不但融入了自己痛楚的经历体验，也寄寓了自己对读书人一心追求“仕途人生”的辛辣嘲讽和无情批判。

如果光看到这一层，仍然没走进曹雪芹的内心世界。曹雪芹的可贵之处，正在于他不但看出“仕途”并不等于经济，“禄蠹”有害民生这一点，还在于他敏锐地觉察到改变家族命运、振兴府邸经济，摆脱困厄生活状况，还得励精图治，开源节流，发展生产和劳作，所以他才在书中满腔热忱地塑造王熙凤、贾探春等一众“裙钗一二可齐家”的巾帼女性人物群像，尤其是对贾探春代理主持家事、推行府邸新政的种种作为，予以热情歌颂并寄予深深同情。“今风尘碌碌，一事无成，忽念及当日所有之女子，一一细考较去，觉其行止见识皆出于我之上。”这是曹雪芹在书中以贾府女性经济人与自己做对比后的一段深深喟叹。

书中对“石头”这一巨大的意象予以反复描摹、不断解剖、深层挖掘，揭示出“石头”的补天济世功能，而对幻形为玲珑剔透、肖如雀卵的那块戴在主人公贾宝玉颈脖上的“通灵宝玉”则加以挖苦、嘲笑和斥责。贾宝玉从来没把这块玉放在心上，平时也是极不情愿地佩戴，好多次自己都视之如草芥地扔到地上。在贾宝玉看来，这玲珑万方的小巧之物简直就是一块废物，是“百无一用”的东西。这难道仅仅看作是《红楼梦》在“编故事”，或至多是“串联情节需要”？

《红楼梦》中“石头”的巨大经济隐喻意义，值得当下的读者好好回味。即不要求每一块石头都去“补天”，但石头绝不是“玩偶”的代名词。石头的秉性特质，在于其有棱角、有形状、有硬度，堪作奠基、填补坑洼、铺路承重之用，万不可成为摆设，成为奇淫奇巧的摆件；还有，石头要用对地方，这既要求“石头”自我认知和担当，也希望掌握和使用“石头”的人和机构，正确认识“石头”的性能属性，会安排使用好“石头”。“天底下没有不可用的东西，既可用，就值钱”，这是《红楼梦》里贾探春的话，说的是经济，也说的是经济中的人。用到现如今的社会职场上，给我们的启发意义仍然十分鲜明。世上没有什么不可用的“才”，关键看你如何使用；“天生我材必有用”，关键看你如何释放、如何选择，人才要适得其所。

《红楼梦》中关于“石头”的辨析，还为我们深刻地揭示出关于“经济”的朴素、民本思想，即任何经济理论乃至知识文化，如果脱离社会、脱离人们的现实生活，走不出象牙之塔，不在现实生活中加以应用，与实际相结合，而是死啃教条，充门面、当摆设，那都不叫知识和理论，也激活、发展不了经济。经济是有形的，但又是无形的，就譬如《红楼梦》中的那块“石头”；经济是冰冷的，但又是赤热的，就如同贾宝玉和曹雪芹的内心世界。

《红楼梦》隐含的两个经济学原理

贾母的见解和举动蕴含着一个朴素的经济学原理。按现代经济学的解释是：在经济不景气的时候，人们基于对未来的担忧，会选择更多的储蓄进而减少消费。

《红楼梦》通篇还贯穿着一个慈善经济的“马太效应”原理。关于这一点，贾府的理解是片面的、肤浅的，还没能从深层次上把握，以致将“慈善”变味为“显富”和“摆阔”，最终害了一府众人。

众所周知，如果消费超过收入，就没有余钱可以储蓄，也就无法积累资金，最终只能过贫穷的生活。所以，多半时候我们会为储蓄而吝啬、小气。经济学上的这一“节约悖论”在《红楼梦》中的贾府，被一个人演绎得淋漓尽致。这个人就是贾母。《红楼梦》第一百零八回，写贾府被抄家后，一个个垂头丧气，没精打采。该吃的不吃，该玩的不玩，该买的不买。这还得了？贾母看不下去了。她发表意见了：“如今这样的日子我也罢了，你们年轻轻儿的还了得？”贾母尤其对一府的财经总管王熙凤的表现不满意，说“凤丫头也见过些事，很不该略见些风波就改了样子，他若这样没见识，也就是小器了。”贾母不光深谙过度节约不是解决经济危机的办法，而且拿出实实在在的行动。府上被抄没后，经济特别紧张，正赶上薛宝钗（此时她已经和贾宝玉拜堂成亲了）过生日，贾母二话不说，马上从自己多年的积蓄里拿出一百两银子为宝钗过生日，叫来众人照样和先前一样笑一笑，乐一乐。

对于贾母的这种见解和举动，人们多从“重拾精神”的角度加以阐释和解读，从一个长辈对儿孙们的关怀、撑腰打气的心理因素来分析评价，其实这里面蕴含着一个朴素的经济学原理。按现代经济学的解释是：在经济不景气的时候，人们基于对未来的担忧，会选择更多的储蓄进而减少消费。可是如果所有人都减少消费的话，社会整体经济就会陷入愈发不景气的恶性循环中。洞察这一悖论状况的英国经济学家凯恩斯在他的《就业、利息和货币通论》一书中就指出：在经济不景气的时候，消费就是美德，储蓄就是恶行。这话被实践证明是很有道理的。通常情况下，经济繁荣时期，储蓄的增加有助于减轻社会通货膨胀压力，是有利的；而在经济萧条时期，消费的减少会使国民收入成倍减少，从而使经济进一步恶化！所以在经济萧条时期，政府总会增加财政支出，鼓励消费，来挽救经济颓势。国家如此，作为一个庞杂府邸经济实体的贾府也是如此。

《红楼梦》通篇还贯穿着一个慈善经济的“马太效应”原理。关于这一点，贾府的理解是片面的、肤浅的，还没能从深层次上把握，以致将“慈善”变味为“显富”和“摆阔”，最终害了一府众人。和大多数富贵门第一样，贾府也是乐善好施的。见到穷人便施舍，凡遇到大日子、纪念性的日子，便四处布施。刘姥姥是离府里不远的乡野老妇，她因为生计困难，上门来攀亲、打秋风。这下倒好，府里又是拿钱、又是给物，刘姥姥满载而归后逢人便说贾府的“富有”。贾府“拔根寒毛也比我们的腰粗”，便是刘姥姥这些穷苦人们对贾府的结论。还有，过端午节，一府众人去清虚观打“平安醮”，见人便撒钱，连路人也沾光得利，让市面上的人对贾府之富好生联想。贾府在坐实了“富可敌国”的名声后，终于让江洋大盗给盯上了，被洗劫一空。

慈善行为不当所带来的负面效应是："凡有的，还要加给他，叫他多余；没有的，连他们所有的也要夺过来。"，经济学上把这种现象称作"马太效应"。而现代意义上的慈善，则强调"社群"的需要，"社群价值"优先于个人价值。因此慈善意味着实现一套包括劳动者优先的雇佣制度，对付市场危机的安全保障，以及足够的医疗、教育、生存保证等措施在内的完整机制，从而实现社会各阶层的相对平衡和稳定。当然，贾府所处的时代，是资本主义萌芽阶段的清初封建社会，整个贾府是封建府邸经济的实体，叫贾母、王熙凤她们的头脑里装有现代慈善意识，叫一个府邸去做有益于社会的慈善事业，保障"族群利益"、彰显"族群价值"，是苛求和不现实的。但贾府完全可以变"输血"为"造血"，变不断地"送鱼"给别人为"借渔网"或"租渔网"给别人，这应该是可以的。就像贾探春那样，看着府里雇的嬷嬷、下人们生活困顿，衣食有虞，她作为府里的"三小姐"不是直接从府里拿银子去周济她们，痛快地"放点血"给她们，而是把她们动员和组织起来，把闲置的大观园"包"给她们打理，让她们通过自己的诚实劳动换取物质财富，改善贫穷拮据的生活。所以，从这个意义上说，贾探春是深谙慈善"个中三昧"的。《红楼梦》中"大观园土地承包经营"堪称贾府慈善业的一大亮点和新篇，值得大书特书。

后　记

后记，是写在书后面的文字，与书稿关涉不大，可以写也可以不写。但书稿排好在出版社了，编者来电说似乎“后记”还没见到呵，于是想起还得写几句。

敝著《红楼梦经济学》2015 年 7 月出版发行后，我仍然在《红楼梦》的“经济”主题上兜圈子，越陷越深，不能自拔，无论是在大的枝干抑或小的末节上都不断有新的发现和心得，便滔滔不绝地写开来。承蒙资深媒体人、理论研究专家、《深圳特区报》“理论周刊”主编周国和先生的奖掖和鼓励，这些文字得以陆续刊发，从 2015 年年末至今，几乎每周或半个月一篇，从未间断过。《红楼梦学刊》署名文章《2017 年 <红楼梦> 报纸、网络与新媒体传播及年度活动述评》一文细心地指出：“在《深圳特区报》长期开设专栏的张麒，在 2017 年以平均每月两篇的速度刊发文章，内容涉及工匠精神、三农问题、中医药养生、古玩收藏、乡愁经济、饥饿疗法、清初商业环境等与经济民生相关的问题，贴合现代社会政治环境与日常生活，十分引人关注。如近年来讨论较多的工匠精神，作者大致梳理了小说中精美的手工艺品如苏绣、璎珞、玻璃炕屏等，并说‘工匠精神的目标是打造本行业最优质的产品，其他同行无法匹敌的卓越产品’，‘这种精神，不光在《红楼梦》贾府的物用器物上得以观照，也在贾府主人以及其生活的社会流通大环境里得以体现’。而对今年格外重视发展的传统中医文化，作者也提出，‘中国文化，有中国人独特的发现、独特的心思，融入了中国人的世界观、价值观，有中国人秉持的生存观念和生活态度’，而‘中医文化博大精深，这里面有易学、玄学、天文学、物候学等知识体系，集中体现了中国医学的精髓’。”

一家国内外有影响的报纸，如此地重视红学研究，如此不间断地在几年间刊发同一个研究者的文章，是不多见的，自然会引起学界和社会的瞩目。这除了报社和编者对包括古典名著《红楼梦》在内的国学经典的阐发利用特别重视外，还体现了对《红楼梦》经济学价值研究发掘的垂青和偏爱。作为文章作者的我倍感荣幸！资深出版人、知名财经作家、中国经济出版社编辑部主任伏建全先生一直关注本人在《深圳特区报》上刊登的文章，认为在经济新常态的大背景下，从经济学视角研究《红楼梦》、研究国学，充分彰显出中国的“文化自信”，具有昂扬的时代精神和学术勇气，更具有巨大的现实意义，当作为出版传播的首选。因而几次与作者联系予以结集出版，对《红楼梦》的经济学研究的尊重、激赏和加持之心溢于言表。伏建全先生对书稿内容反复批阅，对书稿进行深度编纂和把关，就书名、书稿中的文章标题、辑录分排、关键词句提炼、剪裁等字斟句酌，条分缕析，独运匠心，缔造创意。伏先生及编辑部同仁们身上体现出的文化人的襟怀和专业精神，令我深深地折服和感佩！

爱是不能忘记的，我永远不会忘记中国经济出版社、《深圳特区报》，还有伏建全先生、周国和先生他们对我的关爱、扶持和奖掖，在此深表感谢！

几年来在“红楼梦经济学”的学术研究过程中，本人得到了很多学界前辈、同仁和朋友们的指导、鼓励和帮助，如著名红学家、中国红楼梦学会学术委员会主任胡文彬先生，中国红楼梦学会学术委员会委员、天津红学会副会长任少东先生，知名作家、时代文艺出版社原总编辑张秀枫先生等，都给予我很多具体的提示和指导，我十分感激当没齿不忘！尤其令我感动的是，胡文彬先生不顾年事已高，从皓首穷经修订《中国红楼梦大辞典》、编纂《曹寅全集》的百忙之中，拨冗为敝著《真金白银说红楼》作序，体现出先生对一位后学晚辈的提携和厚爱，对“红楼梦经济学”研究的认可，表达了先生对自己平生所矢志探索追求、寄予深情的《红楼梦》研究事业的坚守和嘱望，令人感佩！先生的序言读过，禁不住泪湿眼眶。我深知，他文中的那些美言和鼓励的话，其实是表达一位红学前辈对所有后学者、接力者的一种关怀、期望和慰勉打气。既是写给我的，也是送给所有“红学”研究的后辈们、后来者。

周国和先生不惜放下一个理论课题的研究，挤出时间为《真金白银说红楼》作跋，读者会发现我书中所“说”的与他跋文中所“说”的是多么地和谐统一。周先生是独具匠心、眼力超群的编辑方家，更是红楼梦经济学研究的“助产婆”，我由衷地感谢他！

衷心感谢中国中小企业研究院院长、中品正源（北京）有限公司总裁肖强先生一直以来对我的关怀和帮助！还有几位素来令我敬佩的朋友——中国县域医疗报道平台创始人、MED24 医学传媒总编辑汪言安先生，著名企业家、韶关商会会长曾庆光先生，安徽淮南东方医院集团总院党委书记、康宝药业有限公司董事长朱兴林先生，资深“红迷”彭军先生，深圳市百世昌泰贸易有限公司总经理叶新耀先生等，他们对我的著述和研究都给予了许多支持和帮助，谨致深深的谢意！还有众多为我的日常研究提供帮助的友人的名字，恕不一一列出了。

本书写作前后几年间，自己曾两次患病住院，加之自己只是体制外的研究者，经济上、生活上遇到诸多困难和障碍，是妻子杜姗一直以来无怨无悔地支持我，成全我，担起了许多生活重担。虽然我不是贾二舍，她却堪比我生活中的“王熙凤”，我当感恩和惜福！

本书中引用《红楼梦》的原文均出自天津古籍出版社 2006 年 10 月第 1 版《脂砚斋重评石头记》，所选用的十二张图片均为清朝画家孙温所绘，在此谨向严正的读者作交代和说明。

张 麒

二〇一八年九月十六日于深圳